鷗外の遺品

森於《お》菟《と》と台湾
遥かなる旅路

多胡吉郎

現代書館

鷗外《おうがい》の遺品《いひん》

~森於菟と台湾　遥かなる旅路~

多胡吉郎　＊　目次

プロローグ

『天寵』の画家・宮芳平の絵

鷗外遺品のひとつ、宮芳平『歌』
（文京区立森鷗外記念館所蔵）

一九一四年（大正三年）十月十二日――、秋たけなわの夕刻のことである。

ひとりの青年が、東京は千駄木・団子坂にある一軒の家のまわりを、行きつ戻りつしていた。

団子坂の中腹、坂をのぼりきる手前の左側にたつ二階建てのその家は、観潮楼と呼ばれ、世に文名を轟かす鷗外森林太郎の住まいである。

鷗外に尋ねたい用件を抱えた青年は、まずは根津権現へと抜ける藪下道《やぶしたみち》に面した表門から観潮楼を訪ね、玄関で来客用に吊るされた半鐘を撞木でたたき、案内を乞うた。

だが、家の中から返事はなく、右手の団子坂の方にまわって、今度は裏門から中を窺った。

夫人と思しき美しい女性が現れた。鷗外先生に伺いたいことがあると、青年は告げた。

夫人は子供が病に伏していると言い、気が乗らないそぶりを見せた。

そうでなくとも、一面識もない自分のような者に果たして鷗外が会ってくれるかどうか、青年に自信はなかった。

だが意外にも、主人の意向で青年は座敷に通された。

青年の名は宮芳平、この時二十一歳。東京美術学校に通う苦学生で、洋画を学んでいた。

肩まで垂らした長髪、ひょろりとした痩軀、蒼みがかった顔、その上に載る丸眼鏡……、美術学校の制服に身を包んだ姿には、質朴ながら、芸術にかける若き情熱がほとばしっていた。

対する鷗外は、五十二歳。若き日より一貫して陸軍省に軍医としてつとめ、一九〇七年には陸軍軍医総監、陸軍省医務局長という、トップの座に昇りつめた。

一方では、小説、詩、評論、翻訳、劇作と、旺盛な文学活動を展開し、明治から大正にかけて日本の文学界を牽引する巨星のような存在であった。

宮芳平が観潮楼を訪ねたのは、鷗外が第八回文展、洋画部門の審査主任だったという事情による。宮は、点描法を使って幻想美のなかに寄り添う二人の女性を描いた『椿』という作品を提出していた。もやもやした青春の気持を、幽閉された二人の王女のような姉妹によって描きたかったと、後に宮は回想している。

気負いたつ若き美大生が、人生のすべてをかけるように描いた渾身作だったが、入選しなかった。

審査結果が発表になったその日に、宮は自作に下された評価を不服とし、審査の代表責任者である鷗外に、落選の理由を尋ねに来たのだった。

鷗外は、宮芳平の作品をよく覚えていた。

強烈な顔料で細かい点を打ったように描き、ちょっと見には彩色の細やかな毛氈のようにも、また砕いたガラスに光線が当たって屈折しているようにも見え、凝視を重ねれば模糊としたなかに二人の女人が寄り添っているのを認めることになる、不思議な味わいの絵であった。

ありきたりでない、しかしそれゆえに、評価の定まらないその絵は、注目を集めながらも、選者たちの手にあまるような恰好となり、最後は「どうしよう」「まあよそう」といった判断で、没になった。

「ありったけの金をかけ、費やし得る時間の限りを費やし、嘗《な》められるだけの苦辛を嘗めてしあげた、運命をかけた作品が落選してしまいました。せめてもの心やりに、あの絵のどこが格に合わぬか、聞かせていただきたいのです……」

宮は愚直に、思うところを鷗外に尋ねた。

鷗外は、文展の審査については何とも語ることができないが、作品自体はよく憶えているので、個人として絵について話し合うことは可能だとした。そしてまず初めに、どのような気持ちから作品を描いたのかと、問い質した。

「言葉でどう言い表せばよいのか、よくわかりません。何か絵を描こうと思うと、いつも頭がいっぱいになって、いち早くそれを外へさらけ出してしまいたくなります。絵の主題は、ちょうどその時に描きたかったものなのです……」

溢れんばかりの感興が表現の源だとする青年の物言いは、疑いようもなく芸術家の魂を宿していた。口吻を弄する風がなく、訥々《とつとつ》とでも実直に語ろうとする青年の言葉に、鷗外は誠実さを感じた。

「私は君の芸術家として意志を尊重する。君の絵には公衆の好みにおもねった跡もなく、大家の意を迎えた跡もない。しかし私は、君の絵に対して物足らぬ感じを抱いてもいる。自分の感覚が鈍いためかもしれないが、絵に欠点がないとも限らぬだろう。これは君が何をよくするかという問題だ。このたびの落選に屈せず、新しい作品を見せてくれるのを待ちたいと思う」

そう語った鷗外は、続いて、宮が美術学校でどのような教授と親しくしているか、また芸術上の友と呼べる学友がいるかなどを尋ね、交わりの乏しい宮の実情を知ると、師友の間で刺激を受けることの要を説いて交際を勧めた。

自身が審査に加わった公募展の落選者の訪問を受けるなど、憤怒や遺恨の標的として身をさらすような居心地の悪さであったに違いないが、しばらく話を交わすうちに、鷗外はこの宮芳平という青年画家がすっかり気に入ってしまった。

世の汚濁に染まらず、貧も厭わず芸術ひと筋に生きるその純粋さは、本人には見えない光輝に満ちて、共にいるこちらまですがすがしい気分になってくる。芸術家であるべく天に選ばれた人には違いなく、その一途さ、懸命さは、人生の階段のあらかたを昇りつめた初老の男からしても、茫洋たる闇の彼方にさぐりあてた貴い灯のように見えてくる。

文学と美術と、進む道は違えども、どこか若き日の自分の姿に重なる気もした。

その日、鷗外は宮を慰め、その前途を祝して帰した。

宮芳平が次に鷗外を訪ねたのは、翌年の三月六日のことだった。

その間、宮は経済的困窮にあえぎながら、なんとか絵の道を進むべく格闘していた。画材商の家に住みこみ、店の仕事を手伝いながら美術学校に通ったが、商いと芸術と、一日を半々に使い分けようにも、気持ちの切り替えが思うようにゆかず、難儀を重ねた。

ある画家のもとを訪ねると、薔薇商から薔薇の花を必要に応じて運んでくれれば、謝礼として毎月五円を与えようと言ってくれた。

これで「画がかける」、「画だけはかける」という不死身の思いに心を強くし、早速貸間を借りて画室とし、制作に励もうとするが、実際にはモデルに支払う金にも困窮した。

仕方なく、宮は文展に出した『椿』の額縁を二十円で売り、その金でモデルを雇った。二度目の訪問からひと月後、一九一五年四月に、鷗外は青年画家との交流を『天寵』という短編小説に書いた。文展落選の日の観潮楼での出会いを前半で綴り、後半では半年後の再会時に聞いた宮のその後の苦労が綴られた。

小説『天寵』のラストに、鷗外は青年画家に語った次のような言葉を置いた。

「君は自分の境遇をひどく不幸だと思っているか知らぬが、一転して考えて見れば、君のような fils de la fortune は珍しい」――。

フランス語の部分は、「幸運児、運命の寵児」といった意味である。小説のタイトルの『天寵』も、これを踏まえてつけられた。

生い立ちや環境に恵まれずとも、おのれの道を真っ直ぐに進む純粋な若き芸術家は、余人には望んでも望み得ぬ恩寵を天から授かっていると、鷗外はそう言いたかったのだろう。だから諦めるな、頑張れと、これはひとり宮芳平を超え、すべての志ある若人に向けた鷗外の思いであったに違いない。

陰に陽に、鷗外は宮を助けた。人を紹介し、ご馳走もし、衣服なども与え、時には現金を渡すこともあった。

一九一五年の六月九日には、宮の『歌』という作品を買いあげた。

若い男女が、花の咲き誇る椿の木にもたれつつ、顔を寄せ合い、歌を歌うさまが描かれていた。男は洋装でマントをまとい、女は和服に身を包む。『椿』と同じく点描画であったが、フォルムはずっと明確である。

その年の秋に行われた第九回文展では、『海のメランコリー』という宮の作品が入選した。作品が現在では散逸しているので、どのような絵であったのか確認できないが、英国のラファエル前派の趣をもつ作品であったという。

この時も鷗外は審査主任であったが、宮が家に帰ってみると、子供の字で大きく「おめでとう」と書かれた葉書が届いていた。

審査の責任者として自身が直接に祝辞を寄せることが憚られたためか、鷗外は子供の手を借りたのである。長女の茉莉はこの年十二歳、次女の杏奴は六歳になるので、杏奴に書かせたものだったかもしれない。

一九一六年の暮れ、十二月二十七日には、『落ちたる楽人』という宮の作品を鷗外が購入している。海の底で人魚たちが踊り、ひとりの若者が竪琴を置き息絶えた様子が描かれたが、油彩で描いた後にパステルで仕上げたものだった。

宮の回想によれば、観潮楼でこの絵を見た鷗外は、じっと絵を熟視し、宮から作品のモチーフを聞いた後に、「絵を置いて行け」と言ったという。宮の言い値で、鷗外は絵を買いあげた。

二人の間のやりとりには、こんな逸話も伝わっている。ある時、宮が鷗外に、

「誰でも私の絵を奇態な絵だと言います」

と言うと、鷗外はポンと膝を打って、オッホッホと笑った。

そして、次には急に真顔になって、

「ウム、奇態だ。しかし君、毛虫はどうだ。奇態だろう。だが、せっせと葉を食べているうちに蝶になる」

いつしか宮も蝶のようになると、鷗外はそう言いたかったのである。

宮芳平は、鷗外を生涯の恩人とした。

宮から鷗外に出された葉書がいくつか残されているが、一九一五年八月二十六日付の葉書には、文豪から寄せられた恩愛への素直な感謝が述べられている。


――芸術のために愛を持って下さる先生に対して私は心から感謝します。

先生の愛が、如何に私のためによき運命を、おだやかな道に見出しつつあるかと云う事を思いますと、先生に対してのみではなく、世の中に対して神と云う様なものに対して何とも言い知れぬ感激に心が満ちます。涙と云うものは悲しみの時に許《ばか》り流れるものではないと云う事を最早《もはや》幾度経験した事でありましょう。――


宮が鷗外を最後に訪ねたのは、記録を見る限り、一九二一年八月六日のことになる。

この時、妻がいることを打ち明けることになった宮に、鷗外は既に団子坂で見かけたとして、「善さそうな女房だな」と述べた。

別れ際に、鷗外は宮にひとつの贈り物をした。前年に出た、『沙羅の木』という題の自作の詩集だった。

玄関でその本を宮に渡しながら、鷗外は言った。

「今度来る時は、表から上がりたまえ」

初訪問の時がそうであったように、宮はいつも裏の通用門から観潮楼に出入りしていたのである。

この年の秋には、鷗外は志賀直哉ともはからい、宮芳平の後援会を起こそうと計画、「夜波音《よはね》会」という名も決まったが、実際に会が機能することはなかった。翌年、一九二二年の七月九日に、鷗外が六十年の生涯を閉じたからである。

鷗外亡き後も、宮は宮ならではの生を生きる。

長野県諏訪高等女学校に奉職し、美術教師としてつとめつつ、つましい生活のなか、自作の絵をこつこつと描き続けた。

三十五年に及んだ教師生活から引退した後には、知人や教え子から家やアトリエが提供され、なおも絵を描き続けた。

生涯、人気作家になることはなかったが、おのれの道を貫き、一九七一年、七十七歳で世を去っている。

長く地元の限られた人々に知られるだけの画家だったが、二十一世紀を迎える頃から次第に世の注目を集め始め、単に鷗外の小説に登場した人物としてだけでなく、画家・宮芳平として、評価が高まりだした。

亡くなって数十年もたって、ようやく「蝶」として羽ばたき始めたのである。

生誕百二十年にあたる二〇一三年には、「宮芳平展～野の花のように～」という大がかりな個人回顧展が、全国の美術館を巡回した。

ひたむきに自己を見つめ、世の中の評価に頓着することなく、数千枚もの絵を描き続けたその人生が、清澄な味わいの作品とともに、人々の共感を呼ぶのである。

こうして見ると、宮芳平が最後に観潮楼を訪問した際、鷗外から『沙羅の木』の詩集を贈られたことは、とても意味深長であるように思える。詩集のタイトルともなった鷗外自作の詩からは、宮芳平に宛てたメッセージが伝わってくる気がするからだ。

沙羅の木

褐色《かちいろ》の根府川石《ねぶかわいし》に
白き花はたと落ちたり
ありとしも青葉がくれに
見えざりしさらの木の花

沙羅とは夏椿のことを言い、『平家物語』の冒頭で有名な「沙羅双樹」の「沙羅」とは別の木だという。六月に白い花をつける。

詩の内容は、青々と茂る葉に隠れて、咲いているうちには見えなかった白い花が、根府川産の褐色の安山岩の上にはたと枯れ落ち、そこで初めて、それまで美しく咲いていたことが知れる、といった意味である。

いなくなって（滅びて）以降に初めて気づく真価を謳っているが、それは文字通り、亡くなってからようやくその人の価値を知るということにもなるし、世の中の目（評価）など気にせず、こつこつと地道に生きる尊さを訴えてもいる。

静と動の交わる一瞬をとらえた俳句的な描写のなかに、人生訓や精神哲学をも加味した、いかにも鷗外らしい名詩であるが、これが宮芳平の生き方と見事に重なり合うことに驚かざるを得ない。

鷗外はまるで、宮という人間のその後の歩みを見通していたのではないかと思えるほどだが、逆に言えば、宮が鷗外の遺訓を守るように、恩人から受けた愛を忘れず、その愛の本質をわきまえ、正しく受け継いだからだったろう。

——鷗外はわたしにとって巨像である。わたしは盲者である。わたしは鷗外の一面に触れたと思ったが、どこに触れているのかわからぬ。ああでもない、こうでもないと言ってもしかたがない。わたしは、ただ鷗外のこまやかな愛情を感じて栄光の道を歩きえるかと思った。（中略）

こうやって人の恩愛がわたしの上に重なる。けれども人の恩愛も情宜もその素質なきものも、芸術を如何ともすることができない。それは生涯わたしの残念で無念になろう。しかしまた、その素質なきものの魂を、このように支えていてくれる。それは詐《いつわ》りなき人の恩愛の賜物である。

わたしはその極致の一つを鷗外に見ようとする。鷗外はわたしに生きている。——

鷗外の死から半世紀がたった一九六二年、謄写印刷による個人通信誌『AYUMI』に綴った文章で、宮は若き日の自分が鷗外から受けた過分な恩愛を、このように語っている。

宮芳平という孤高の画家のなかに、鷗外はいつまでも生きたのだった。

『天寵』という短編小説は、半年あまりの期間の交流を描いて終わるが、鷗外が物語の核に楔《くさび》のように打ちこんだ精神は、宮芳平という「後継者」の人生を通して、長編小説のように書き継がれ、完成されたのである。

＊　＊　＊　＊　＊　＊　＊　＊　＊　＊　＊

鷗外が宮芳平から購入した二点の絵――『歌』と『落ちたる楽人』を、私は、二〇二一年に東京都文京区の森鷗外記念館で開かれた特別展「観潮楼の逸品――鷗外に愛されたものたち」で、実際に見ることができた。

常設展示はされないものの、同館所蔵になる品なので、これからも折に触れ、人々の目に触れる機会があることだろう。

絵は百年を超す歳月の積み重ねと、その間の苦難を象徴するかのように、おぼろげに退色して、鷗外が目にした頃の鮮明な色合いを想像するのはなかなかに難しい。

しかし、絵が完成した当初の鮮やかさとはまた別の、時に寂びたような情趣は、流転の途次に宿したもうひとつの内なる物語を秘めて、いぶし銀のような光を放つかに見えた。

二つの絵には、鷗外と宮芳平の心あたたまるやりとりが、永遠の記憶として貼りついている。『落ちたる楽人』の画布からは、「絵を置いて行け」と宮に語ったという鷗外の言葉が聞こえてきそうであった。

森鷗外記念館は鷗外の暮らした住まい、観潮楼の跡地にたつ。宮芳平の絵も、鷗外生前は、観潮楼の壁に飾られていた。

その事実だけを見ると、鷗外旧居地にたつ記念館にこの絵が所蔵されているのは、至極当たり前、何ら疑問を挟む余地のない既定の事実のように思えてくる。

だが、東京の歴史に通じた人ならばすぐにも思い至るであろうが、戦争末期、東京は米軍の空襲で壊滅的な被害を受けている。観潮楼のあった千駄木一帯は、一月二十八日の空襲で焦土と化したのである。焼け野原に、大理石でできた鷗外の胸像のみがぽつんとたつ、廃墟さながらの写真が残されている。

ならばどうして、宮の絵を含む鷗外の遺品は、焼けもせずに、こうして二十一世紀の今日まで、記念館の陳列室に姿をさらすことができているのだろうか――。

謎を解く鍵は、森鷗外の長男・於菟にある。鷗外没後、父の遺品のおおかたを管理していたのはこの人だった。

於菟は、父と同じく医学――ただし専門としては衛生学を学んだ父とは違う解剖学の道に進み、ドイツ留学を終えて以後は、東京帝国大学医学部の助教授としてつとめたが、一九三六年、台湾の台北帝国大学に医学部が開設されるのに伴い、教授として赴任した。家族も連れ、本人としては台湾に骨をうずめる気で海を越えた。

この時、於菟の手元にあった父・鷗外の遺品も、台湾へと運ばれたのである。

悩んだ末の選択であったに違いないが、結果として、台湾に移したことで、鷗外の遺品は戦災を免れ、またそれよりも前、一九三七年八月に観潮楼を襲った火災に巻きこまれることもなく、無傷のまま今日まで伝わっている。

台湾では、於菟一家は台北市内の東門町に最も長く暮らしたが、その家の壁には、宮芳平の『歌』と『落ちたる楽人』が飾られていたのである。

於菟は、鷗外の子としてはただ一人、最初の妻、登志子を母として生まれた。生まれてすぐ、鷗外が妻と離縁したため、赤ん坊の於菟は里子に出された。

数え五歳の時に森家に戻るが、鷗外は多忙を極め、またやがて後妻を娶ったこともあって、父の愛に恵まれて成長したとは言い難い。

ところが台湾では、於菟は鷗外の遺品と暮らし、日々それらを閲するなかで、独占的に「父」に接することが可能となった。

その結果、鷗外について証言する随筆が、数多く生まれることになったのである。今なお鷗外研究の貴重な資料となっているそれらの文章は、新天地の台湾で、鷗外の遺品に囲まれて暮らすなかから生まれたのであった。

多くの実りをもたらした父の遺品との「蜜月」は、しかし、十年ほどしか続かなかった。台湾に移り住んだことで、鷗外の遺品は戦災を免れたものの、今度は別の試練、困難に見舞われることになった。

一九四五年八月、日本は太平洋戦争に敗れ、台湾在住の日本人は日本へ引き揚げざるを得なくなったのである。

台北帝大医学部長までつとめた於菟は、大学が中華民国統治下に組み入れられて以降も、一年半あまりは請われて教授として留まり、台湾人学生を相手に教鞭をとった。だが、それはあくまで過渡的な措置にすぎず、台湾での生活の基盤を失う定めに変わりはなかった。

於菟一家の引き揚げは一九四七年の四月、引き揚げ者の携行できる荷物は限られており、鷗外の遺品は、於菟自身が携行できたわずかな品を除いて、大半を台湾に残さざるを得なかった。

於菟は、鷗外の遺品の保管と、状況が好転し次第、日本へ送還してほしい旨を、台湾人の同僚に託した上で、帰国船に乗った。

依願を受けたのは、日本時代から台北帝大医学部につとめ、台湾人として初の教授になった杜聰明であった。台湾医学の父と呼ばれる人物である。

杜は、中華民国に移行して後、台湾大学の医学院長に就任したが、配下の同僚、蔡錫圭に頼んで、鷗外の遺品の管理に当たらせた。

鷗外の遺品は於菟の手を離れたまま、長く台湾に留め置かれた。

国交が断絶し、また中華民国による統治が始まったばかりの台湾では、日本はつい先日までの「敵国」であり、日本につながるものは敬遠され、危険視される怖れがあった。

日本人にとっては近代文学の父となる偉人ゆかりの品であるといっても、その価値が忘れられ、あるいは暴力的に否定されて、襤褸《らんる》か汚物のように遺棄されてしまう可能性すらあったのである。状況が好転し、大小十一箱にも及ぶ鷗外の遺品が日本行きの船に乗せられたのは、一九五二年の秋になってからだった。税関での手続きを経て、無事東京の於菟の手元に戻ったのは、翌年九月のことである。

鷗外全集を始めとする書籍類の他、著名なものとしては、ドイツ留学時代にザクセン王国軍医監のロート博士から贈られた陶製のビアジョッキや、母と妻の仲を和らげるために購入した双六盤、晴れ姿をつつんだ文官大礼服、死の床でとられたデスマスクなどの遺品が返還された。

しかし、宮芳平の二点の絵は、この時にも日本に戻らなかった。額に収められた二つの絵は、それぞれに大きく重く、船に積む木箱には収まりきらなかったのである。

日本に引き揚げて以降の森於菟は、父・鷗外の遺品返還のことが常に頭から離れず、気がかりな状態が続いた。

一九五三年に遺品のあらかたが返還されて以降は、遺品を収納すべき鷗外記念館の設立が大きな目標となったが、一九六二年にそれがかなうや、最後に残った宮芳平の絵の返還のことが、老いの身を奮いたたせる最後の悲願となった。

於菟の脳裏には、宮が鷗外への感謝を忘れず、鷗外から受けた愛を支えに、画業ひと筋に孤高の道を貫いていることを踏まえ、二つの絵が鷗外の余薫を伝える貴重な遺品として認識されていたのである。

最後の遺品返還にあたっても、再び杜聰明、蔡錫圭の尽力がものを言い、一九六八年になって、『歌』と『落ちたる楽人』の二つの絵が、日本に戻された。

その間、実に三十二年もの春秋を台湾で重ねたことになる。台湾が日本でなくなって以降だけを数えても、二十三年の月日を要した。

その返還を誰よりも喜ぶ筈であった於菟は、それより一年前、一九六七年の暮れに世を去っていた。解剖学者としての業績の他に、父・鷗外の遺品を守り抜くことを生涯の使命とした於菟であった。その努力の甲斐あって、鷗外の遺品は、殆ど散逸することもなく、今では文京区立森鷗外記念館に保存されている。

だが、於菟のみならず、彼の真情と熱意に応えた台湾の人々の、信義に厚く、身の危険を顧みぬ勇気ある協力があればこそ、鷗外の遺品は今もなおこの世に伝わっている。

台湾という東アジアのへそのような地を襲った激動の歴史を思えば、鷗外の遺品が戦後も台湾できちんと守られ、時代の荒波もものかは、波濤千里の海を越えて無事に日本に送り返されたことは、奇跡に近い。

この鷗外の遺品をめぐる、まさに『沙羅の木』の花のような、貴くも稀有なる物語を、私は次章から詳しく追ってみようと思う。

森於菟を軸に、知られざる事実を掘り起こし、関わった人々の行動と思いを追うことはもちろんだが、単に秘話を紐解くという次元に留まるものでないという予感がある。

鷗外の生前と、没後と、前後二つの物語は、決して異なる磁界に帯磁したものではない。

鷗外から宮芳平に伝えられた精神の輝きは、於菟を通じ、或いは遺品を介して、台湾の人々にも受け継がれ、余光に浴させた。

近代という、すべからく生き馬の目を抜く式の、利にさとい行動をとることが求められた時代にあって、『沙羅の木』に象徴される、鷗外の胸を熱くした生の理想像は、『天寵』を始め、多くの作品のなかで、こだまを交わし合っている。

東を知り西に通じ、学を積み、知の沃野を広げ深めて、「テエベス百門の大都」と形容された鷗外である。

文豪という言葉がこの上なくふさわしい、類まれな文学者の遺品が、長く台湾にあって、戦後の困難な時期に、異国となった南の島から日本へと送り届けられたのだ。

鷗外の精神がこだまを交わし合うのは、その作品のなかだけではない。

鷗外の遺品と、遺品を預かった人々の心の内にも、はるばると海路を越えて響き合い、奏で合う、虹の橋がかけられたのだった。

宮芳平の絵は、鷗外の遺品をたどる精神の旅路を導く、最大の道標となるに違いない。

第一章

森於菟の孤独

鷗外森林太郎を中心に、於菟らが眠る森家の墓所（禅林寺）

鷗外の遺品を語ることは、於菟《おと》を語ることでもある。

この人の努力があればこそ、戦争を頂点とする昭和史の波乱激動を超えて、鷗外の遺品は守られ、今に伝わっている。

写真で見ると、いかにも謹厳実直な印象だが、その生き方も、篤実に人生の年輪を重ねた一本の大樹を思わせるものだった。

森於菟（一八九〇〜一九六七）――。鷗外の長男であり、長じては医学の道に進み、解剖学者となった。父の思い出を中心に、いくつもの文章を残したが、随筆家としても秀でた才能の持ち主だった。

そう書けば、名家に生を受け、何不自由なく育ったエリートを想像されるかもしれない。父譲りの文才にも恵まれて、あらかじめ整えられた波乱なき人生行路を、順風満帆に進んだと、そのように理解されるかもしれない。

確かに、森於菟という人はいかにも学者らしく、道理をわきまえ、筋道のたつ世界に生きた。端正な理の人だったわけだが、だからといって、決して人情味を解さぬ石部金吉ではなかったし、エッセイを読むとよくわかるが、心あたたまるユーモアを解する人でもあった。

先天的に受け継いだものがあるのは自明ながら、その実、資質の多くは本人の努力によって、人生の歩みのなかに学び、獲得していったものだったろう。決して父の名声、森家の威光に拠って受動的に得たものではない。

　むしろ、その生い立ちと育った環境を知れば知るほど、この人が、よくぞやけも起こさず、偉大な父の足を引っ張ったり、文豪とたたえられるその顔に泥を塗ったりすることもなく、父子間に望まれる愛と敬意を過不足なく身につけ、父の生存中から亡き後に至るまで、一貫して「鷗外の子（長男）」の立場を堅持し得たものだと感心する。

　親思いのよくできた息子の顔を人には見せつつ、水面下でもがく水鳥の足のように、ひそかに抱えた苦悩の大きさは、はかりしれない。

　しかも、この人の真に凄いところは、世間体のよい「仮面」をかぶってとりつくろうのではなしに、よしんば初めの頃こそ「仮面」の部分があったやもしれず、不断の努力を重ねるうちに仮面は仮面でなくなり、外面に内面が追いついて、見事な調和を見せたことである。

　鷗外の息子という肩書は、於菟の実体になじんで、矛盾も破綻も見せなかった。むしろ長ずるにつれ、老いるにつれて、於菟は父に近づき、鷗外の人格をおのれのものにしようとした。

　鷗外の子供たちといえば、於菟を筆頭に、茉莉《まり》、不律《ふりつ》（夭折）、杏奴《あんぬ》、類《るい》と続くわけだが、文才という点では茉莉が独自のきらめきを見せたものの、「鷗外」という、文豪である上に、人格的な徳性にも包まれて称揚された個性のふくらみを最も正しく継いだのは、この人、於菟であったように思える。

　森於菟の苦労――それは、世間が予想するような、あまりにも偉大な父をもってしまったが故の、コンプレックスに起因する二世としての悩みだけにあったのではなかった。むしろ、その点は、於菟はなから自分を比較対象外と自覚しているところがあって、深い懊悩には達しない。於菟の苦悩とは、生まれついてのものだった。不幸な生い立ちを背負って生まれたが故の苦しみだったのである。

自分は望まれぬ者としてこの世に生を受けたのではないか……。自己存在の根幹が常にぐらぐらとして、もろく危うかった。

その不安から逃れ、父の愛にすがりたいと願っても、父はなかなか自分の脇にはいてくれなかった。仕事で忙しいとか、出張が重なってとか、そういう次元とは異なる事情によって、於菟は孤独を強いられた。

それでも、於菟は父への信頼を捨てなかった。寝食を忘れるほどに打ちこんでいる仕事の中身を知るほどに、父を仰ぎ見るばかりとなった。

父は、於菟個人の父であると同時に、それ以上に、まさに「鷗外」だったのである。

森於菟は、一八九〇年（明治二十三年）九月十三日、鷗外森林太郎とその最初の妻、登志子との間に生まれた。

登志子は海軍中将にして男爵の赤松則良の長女で、鷗外は郷里の先輩・西周《にしあまね》の熱心な勧めにより、結婚することになった。華燭の典をあげたのは一八八九年三月である。

四年に及んだドイツ留学から鷗外が日本に帰国したのが一八八八年の九月八日、四日後には鷗外の後を追ってドイツ人女性・エリーゼが来日。ベルリンの恋を日本に持ちこもうとした計画は挫折し、別離を決した鷗外がエリーゼを横浜港に送ったのが十月十七日――。

　エリーゼとの別れから、赤松登志子との結婚まで、半年にも満たない。婚約は一八八八年の十二月にはまとまっていたというから、恋人との別離からわずか二か月ほどで、鷗外は身を固める決心をしたことになる。

　鷗外の親を始め、周囲の者たちとしては、エリーゼ事件によって受けた「傷」をカバーするためにも、きちんとした家柄の娘との婚約を急ぐ必要があったのだろう。なお、ここで言う「傷」とは、恋を放棄した青年の心の傷ではなく、将来を嘱望された若き官僚が社会的に受けたダメージのことである。

　鷗外は、ある諦念の上に腹を固めて登志子と結婚した。

　初めは根岸に居を構えたが、鉄道線路に近く、汽車の運行がうるさいため、五月からは赤松家の所有になる上野花園町の家に移った。ここで『舞姫』を始めとするドイツ三部作を書き、文壇に打って出たのである（なお、この家はその後長く旅館「鷗外荘」として使われてきたが、二〇二一年秋、コロナ禍によって閉館した）。

　登志子はじきに身ごもり、翌年秋に長男の於菟を出産した。だが、子をなしてほどなく、鷗外は妻との不和を理由に家を出てしまう。

　器量がいまいちであったとか、訳詩集『於母影《おもかげ》』や『しがらみ草紙』の発刊など、鷗外の旺盛な文学活動に充分な理解がなかったとか、同居した末弟の潤三郎に出す食事が鷗外と比べて粗末で（鷗外の）怒りを買ったなど、いくつかの理由がそれなりに語られてはきたが、母となったばかりの若妻を拒否するに足る根拠にはなっていまい。

まるで突風にでも煽られたように、一方的な拒絶をもって、鷗外は登志子との関係を粉砕してしまったのである。

兄贔屓の妹・喜美子が、「大事なお兄様もその時だけは憎らしく」感じた（小金井喜美子『次の兄』）というほどに、性急で利己的な負のエネルギーの爆発であった。

嫌われてまで一緒にいる必要はないと、赤松男爵はすんなりと登志子を引き取る。こうして、破婚は一気に進んでしまったのである。

登志子は後に他家に嫁ぐことになり、再婚先で一男一女をもうけもしたが、一九〇〇年、胸を悪くして世を去っている。まだ二十九歳の若さだった。

鷗外の側からすれば、この悲劇は、エリーゼ事件が自身のなかで完全には解決していないことを露呈してしまったことになろう。

相思相愛の仲ではあっても、家族や周囲の反対に押し切られ、国境を越えた恋は実らなかった。日本国のため、森家のためと、さんざんに諭された挙句、鷗外は自我を折り、一世一代の恋を胸内にしまった。

結果、郷里の先輩や親の勧めるままに、名家から妻を娶った。だが、新妻との間に築く家庭が子を得て安定するかに見えた矢先、鷗外は卓袱台《ちゃぶだい》返しのように結婚生活を白紙に戻してしまった。

鬱屈した憤懣が溜まっていたことは間違いなかろうが、その怒りの正体は、若妻の至らなさより、自我を捨て世間に屈したおのれ自身への憤りであったかに思われる。

かなり後のことにはなるが、鷗外の母・峰子は、孫の於菟に、次のように語ることがあったという。「あの時（＊註　エリーゼ事件の時）私達は気強く女を帰らせお前の母を娶らせたが父の気に入らず離縁になった。お前を母のない子にした責任は私達にある」（森於菟『父の映像』）――。

赤松登志子との破婚の真の理由が、無理強いしたエリーゼとの別離の反動であったことを、峰子は見抜き、悔悟していたというのである。

では、その「母のない子」はどうなったのか――？

於菟は生まれてすぐ、乳をもらう必要もあって、里子に出された。預けられたのは、平野甚三という本郷森川町にあった煙草屋である。

森家の間では、そのまま養子に出してしまったほうがよいのではないかとする考えもあったらしい。だがこれには、峰子の母親にあたる、鷗外の祖母の清子が大反対し、於菟は森家に戻ることになった。数えで五歳の時であったという。

ちょうど、千駄木の団子坂に鷗外が観潮楼を求め、増改築によって家族そろって――清子、峰子と静男夫妻、鷗外、末の弟の潤三郎が一緒に住めるようになって一年がたっていた。そこに、幼児の於菟が加わったのである。

母のいない子は、観潮楼に暮らして、ようやくにして父を得た。

しかし、依然として、父は遠い人であったらしい。於菟自身の筆になる次の回想がある。

――私は、母は元より、父との縁もうすく、乳母の家に里子として育ち、五歳の時から祖母に育てられた。「父の膝の感触」を味わったことは、小学校入学前に二回ある。一度は夜半急に呼吸困難で眼をさました時で、私は平屋の方で祖母と曾祖母との間にねかされていた。騒ぎをききつけて書斎にまだ起きていた父が来て抱いてくれた。臨床家でない父は格別の手当はしないが、「苦しい、苦しい。死んじまう」と叫んであばれる私を、「何、大丈夫だ」といってしばらく抱いてくれたのだと思う。さすがにいつも馴れない男親の腕をたのもしく感じつつも、その皮膚が少しもたくましからず、年とった祖母達より柔かい感触なのを不審に思いながら安心して眠ったらしい。(『野菜が鬼になる』一九六一『あまカラ』(一一八)より)――

二度目の「父の膝の感触」の思い出を得る前に、父は一年二か月ほど、家を空けることになった。一八九四年の夏、軍医として日清戦争に従軍したのである。

戦争は日本の勝利に終わり、鷗外はいったん一八九五年五月に広島の宇品港に戻ったものの、そのまま、清国から割譲された台湾に派遣された。現地の抵抗運動に遭いながらも台北入りを果たし、日本統治の最初の四か月ほどを南の島に過ごして帰京したのは、一八九五年十月四日のことだった。

そしてようやく、二度目の「父の膝の感触」を得る日が来る。前出の文章の続きである。

――又やはりその頃日清戦争にお留守番した褒美というわけで春の暖い一日、人力車で父の膝にのって上野公園の「商品陳列所」という広く平べったい建物に入った。玩具ばかりならべた所へ行って「坊主の好きなものを取れ」といわれ、何の先入観念もなく軍艦の玩具の所へ行き、一番大きい戦艦富士の模型の前で動かなくなった。相当高価なものであったろうがすぐ買ってくれたので、大得意でそれを両手で抱え、又父の膝に乗って家に帰った。――

日清戦争から帰還後、暖かい春の日とあるので、この思い出は一八九六年の春、おそらくは三月のことなのだろう。

この年の四月には、於菟は小学校に進む。

しかし、一八九九年の六月には、鷗外は北九州の小倉に第十二師団軍医部長として赴任する。於菟は、またしても父と離されてしまう。

鷗外が日清戦争から凱旋し、小倉に赴任するまでの四年たらずの間が、於菟が父と密なる時間をもつことのできた、貴重な月日となった。

――記憶に残っているのはやや大きくなって小学生の私が夕方しばしば父の散歩のお伴をしたことである。春や秋は紬の袷《あわせ》、夏は白い絣の帷子《かたびら》で白縮緬の兵児帯《へこおび》、よく白足袋をはいた。いつも握りの丸いステッキをついてたばこ（多分葉巻）を手にもっている。「坊主、散歩しよう」といってずんずん出て行くのを小さい私は帯を祖母にしめ直してもらい駒下駄をつっかけて追っかけるのである。白山から森川町へかけて夜店の出る頃で、一軒一軒面白そうに見てあるく。めったに玩具や絵本なぞ買ってはくれない。父はことに子供のよみものにやかましく、仮名づかいのまちがった本なぞ与える事を好まなかったのである。少年世界や小波（＊註　児童文学作家の巌谷小波《いわやさざなみ》）のお伽噺など欲しくてたまらないのを私は父の気をかねてねだらずにあとで祖母に買ってもらった。
父はこの散歩で冗《むだ》な物を買わずに街の景物を観察して楽しむ事を私に教えた。古本屋に必ず立寄る。どこの店の主人とも馴染になっていて店先に腰かけて話しこむ。そして古い汚い本を山のように持出して見せるのを一々選り分ける。私は退屈でたまらぬからその間、近所の金魚屋や絵草紙屋の店で遊んでは時々父の方を見て立上るのを待つ。（森於菟『父の映像』より。続く二点の引用も同じ）――

――休みの日にはよく諏訪様へ出かける。諏訪様というのは日暮里の諏訪神社のことで午前から握り飯を竹の皮包に入れて行くのである。（中略）その境内にある見晴らしの茶店がいつも行く所で崖下の鉄道線路の向側は三河島辺まで大部分は田圃であった。父は必ず何か独逸語の本を懐に入れてくる。茶店で寝ころんでいつまでもその小説か哲学の本を読んでは葉巻をふかしているのである。私は捕虫網を持って来て崖下の草原で蝶を追廻して一日を暮す。帰るのは茶店の主人が片よせた葦簾に夕陽がうすくさし、その頃はこれも珍しくなかった烏が啼きつれて鳥栖を求める時であった。何をしたともなく暮れた夕を小さい私は父ののんびりした気持に抱擁されて家に帰る。一言一言ずつ独逸語を教えてくれたのもこういう日の往復の道から始まったらしい。――

於菟による父との思い出の回想を読んでいて気づくのは、鷗外が、今流に言うなら子供と一緒にキャッチボールをしたとか、ともに魚釣りに興じたとか、そういう共同の遊びをしていないことである。

鷗外はいつも鷗外の世界にいて、勉強を続けている。散歩の時間、あるいは休日といえども、鷗外は侵しがたいおのれの世界に生きている。子は、その父を仰ぎ見ながら、太陽の周りをぐるぐるまわる衛星のように、父に付き従うばかりなのである。

しかしそれでも、父と一緒にいられることが、少年は嬉しくてならなかった。ともに休日を過ごした夕べ、「父ののんびりした気持に抱擁されて」家路につく於菟の心も、何がしかのあたたかみに満たされている。

母のいない子の、父の愛を求め、すがろうとする姿が、けなげに映る。だが、次のような記憶の記述には、於菟という少年の抱えた淋しさが行間から滲み出て、どきりとさせられる。


——また、私は父と二人きりで落付いた日本料理屋のしんみりした奥座敷に、黒い塗膳を前にして向い合っていた事を思い出す。神田川の奥座敷である。父は独身でとかく宴席なぞで夕食する場合が多いのを、一年に一、二回私をつれて一流の料理屋で馳走してくれるのであった。父は紋服に袴でゆったり胡坐をかいて盃を手にしている。平常酒をたしなまぬがこういう時には特に上機嫌でわずかばかりの酒を特別ゆっくりのむのである。私はきちんと座って膝の上に四角に畳んだ手拭をのせている。かたわらに島田か丸髷の美しい女中がついて料理をとりわけては私の膳の皿にのせてくれる。私は母が居らず父もめったに一緒でなく、年寄った祖母と曾祖母との毎日の夕食が急にわびしいものに思われて、家庭というものはこういうのが真実ではないか知らんと考える。見ると皿に大切れの蒲焼がのる。若い女の手が串をぬいてくれる。それに私はふと「母」を感じてその白い顔を一寸見て、わるい事をしたようにちらっと父の顔を盗み見る。——

母を欠いた家庭のいびつさを、少年は自覚している。物足りなく、淋しくも感じている。料亭の女中の、形ばかりのやさしさにも、少年は母の面影を探ろうとする。しかし、そういう自身の感情に、ふと父への遠慮がよぎる。

父が料亭につれて行くのは、息子への愛情の顕れに違いない。だが、そこにはどこか、自分のわがままで母のない子にしてしまったという、悔恨が滲む。わが子に向き合うに、不憫に思う気持ちが重なっている。

平素はたしなまぬ酒を、父はその場での作法というように注文し、ゆっくりと飲む。

息子を前に手にする盃には、曰く言い難い感慨がまつわりついたことだろう。喜びはあれ、ほろ苦さの沁みる酒でもあったろう。

美しくも哀しい父子間の景色に違いない。父の淋しさが息子の淋しさにこだましている。淋しさによって、ひとつ思いに結ばれる親子なのである。

先にも触れたように、鷗外は一八九九年六月、第十二師団軍医部長として小倉に赴任した。左遷であるとも言われ、本人にもその意識があったと伝わる。

離れ離れに暮らしつつも、父と子は、手紙で交信を続けた。於菟の手になる『父の映像』は、この時期の思い出も漏らしてはいない。

――私は幼時から独逸語を父にならって小倉からは独逸語の通信教授をうけた。それは一つづりにして今なお秘蔵している。公務に文筆に一人で数人前の仕事をする父が、二つ折の半紙に毛筆で私の高等小学で習う英語にドイツ語をそえ、よみ方を片仮名で書き一々訳をつける。今その一頁をうつしてみる。

quite 全ク = ganz（ガンツ）

ボッチャンハ guite ト書イテ居タガ違ヒダ

Du schreibst ganz gut

アナタガ　カク　全ク　善ク　――

於菟の原著では、この引用はもう少し長く続くが、どのようなものであったかを知るにはこれで足りるだろう。

鷗外は、「ボッチャン」とか「ブクリ坊主」などと親しげに子に呼びかけながら、息子のドイツ語の助けになるよう、「通信教授」を続けたのである。

鷗外の小倉滞在は一九〇二年三月まで、二年九か月に及ぶ。先妻・登志子の訃報に接したのも、小倉でのことであった（一九〇〇年一月）。新聞に出た死亡広告を、旧友の賀古鶴所《かこつるど》が送ってくれたのである。

――嗚呼《ああ》是れ我が旧妻なり。於菟の母なり。赤松登志子は、眉目妍好《びもくけんこう》ならずと雖《いえども》、色白く丈高き女子なりき。和漢文を読むことを解し、その漢籍の如きは、未見の白文を誦すること流るゝ如くなりき。同棲一年の後、故ありて離別す。是日嶋根県人の小倉に在るもの懇親会を米町住吉館に催す。予病と称して辞す。（鷗外『小倉日記』より）――

上野花園町の家を飛び出した時の、火山の噴火のごとき感情の爆発は、既にすっかりおさまっている。後悔のからんだ惻隠の情が鷗外の胸を浸した。

先妻の訃報に接したこの日、さすがに鷗外は溢れる思いに気をふさがれ、宴会への出席をとりやめている。

於菟は両親の破婚後、自分を産んだ女性に一度も会うことなく、永遠に生母を喪うことになった。

＊　＊　＊　＊　＊　＊　＊　＊　＊　＊　＊

その二年後、鷗外とその家族たちにとって、大きな変化が訪れた。

一九〇二年一月、鷗外は十二年近く続いた独身生活にピリオドを打ち、再婚に踏みきったのである。

相手は荒木しげ子。大審院判事、荒木博臣の長女で、銀行家の御曹司との最初の結婚が夫の女遊びからひと月ほどで破綻した後、荒木家に戻っていた。

鷗外四十一歳、しげ子は二十三歳。新郎新婦ともに再婚になる。十八歳の年の差を乗り越えての結婚だった。

しげ子は美貌で知られ、鷗外の母・峰子は、初めてその容貌に接して、世の中にはこんな美人もいるものかと感心したという。

最初の妻が容姿の点では見劣りがし、それが息子の気に入らない一因だったと考えた峰子は、再婚相手には美人が望ましいと考えた。

母の勧めもあり、また実際に見合いの席で会ってみて、鷗外自身も気に入り、一流好みのしげ子にも気に入られて、とんとん拍子に結婚話が進んだ。

「好イ年ヲシテ少々美術品ラシキ妻ヲ相迎へ」たと、恥ずかしそうな、しかし明らかな喜びに溢れた報告を、鷗外は賀古鶴所のもとに送っている。

小倉での新婚生活が二か月ほどたった一九〇二年三月、鷗外は東京の第一師団軍医部長への異動の辞令を受け、転勤することになった。新妻をつれて、東京へ戻ったのである。

血のつながりはなくとも、母のできたことを、於菟は喜んだらしい。料理屋の女中にさえ、「母」を感じてならなかった於菟なのである。

だが、新たに鷗外の妻となることを選択した女性は、於菟の存在を、快く受け入れてはくれなかった。森家における自分の立場からすれば、先妻の子など、感情としては「宿敵」に等しく思えてならないのだった。

新しい母から何か物を貰っても、表情を変えない於菟の姿を見て、

「ほんとに物喜びしない可愛げのない子ね」

と遠慮なく毒づいたりもした。

喜怒哀楽の表情に乏しいのを、複雑な家庭環境に育った子供の傷心の故と考えるよりも先に、「可愛げがない」という印象が口を突いて出てしまうのである。

波風が立ったのは、於菟に対してばかりではなかった。やがて、義母の峰子との間に、壮絶なバトルを演じるに至る。

峰子のことを、「お母様」と呼ぶようなことはなく、鷗外の前ですら、「あの女」というような呼び方をした。自分は鷗外の妻となったのであって、峰子の娘になったのではないという理屈からである。食事も、峰子と同席して食べようとはしなかった。

観潮楼は、嫁姑間の対立から、鷗外が小説『半日』で描いたような、火宅に変じた。

しかも、『半日』という作品が発表されるや、しげ子の忌諱に触れ、単行本への収録は許されず、全集からも長い間外された。家庭内問題は、鷗外の執筆や創作そのものにまで影響を及ぼす事態となったのである。

鷗外を悩ませた森家内の葛藤について、また個性の強いしげ子という女性の人格について、ここでことさらな論を張ろうとは思わない。

ただ、嫁姑の争いの陰に隠れて見えにくくなっているものの、鷗外の遺品を考える上では、於菟の側から、この火宅の実態を見ておく必要がある。

「可愛げがない」という発言にしても然りであるが、根が正直というのか、しげ子は思うところ、感じるところを、腹に収めてはおけない人であった。於菟は幾度となく、この新しき母からの「暴言」に堪えなければならなかった。

新しき女性として、しげ子の生き方に同調的な論の多い昨今ではあるが、今の視点から見ても、さすがにこれは度が過ぎると感じるのは、於菟を私生児だとけなして憚らなかったことである。

あんたは私生児だ、パッパが認知しただけだと、しげ子は於菟本人の面前で語ったという。鷗外は先妻の登志子とは籍を入れていないのだから、正規の結婚ではなかった、従って於菟は私生児だというのが、しげ子の言い分だった。

鷗外が最初の結婚に際してきちんと籍を入れていなかったのかどうか、正確な事実関係は、よくわからない。

於菟自身は、一九三三年に発表した『時時の父鷗外』（後に『父親としての森鷗外』と改題）という文章のなかで、「私の生母は家にいた期間の短かった故か私の家の戸籍簿に名が見えない。これが謄本にその名のあるべき私の母の所に空欄という朱印を見出すわけである」と書いており、しげ子の発言を裏づける形になっている。

しかし、吉野俊彦氏の『鷗外・五人の女と二人の妻　もうひとつのヰタ・セクスアリス』（文藝春秋一九九四）によれば、鷗外の父の「森静男千住除籍簿をみると赤松登志子は明治二十二年三月六日正式に森家に入籍しており、また離婚は翌二十三年十一月二十七日となっており」とあって、於菟による未入籍説の誤りであることが明らかにされている。

また、軍の公的資料である「陸軍省貳大日記」中の「総医第一五号」には、「森一等軍医結婚ノ儀ニ付申進」として、「軍医学校教官陸軍一等軍医森林太郎」が「海軍中将兼議定官従四位勲一等男爵赤松則良長女　登志」との結婚を願い出、三月六日に裁可が降りたことが記されている。

於菟が目にした、生母の名があるべきところが空欄となった戸籍簿の存在を考えれば、少なくとも、しげ子が妄想のままに勝手な言いがかりをつけたというわけではなさそうだが、登志子が正規の妻として森家に迎えられなかったというような事実はない。

於菟が「空欄」の戸籍簿を見たのがいつのことなのか、これもはっきりとはしないが、しげ子から浴びた悪口が強烈であったが故に、その書類を見た際に、このことなのだと、即座に断定してしまった可能性はある。

いずれにせよ、先妻の子と後妻との間の血のつながらない親子関係ではあれ、母の愛を知らずに育った息子にかける言葉としては、著しくデリカシーを欠いている。

於菟にとってみれば、心の傷となったことはもちろん、自身のアイデンティティーそのものにさえかかわる出来事だった筈だ。

一九〇三年一月には、鷗外としげ子との間に、長女・茉莉が誕生した。

一九〇四年二月にロシアとの間に戦争が勃発すると、翌三月から一九〇六年一月まで、鷗外は軍医として従軍し、再び家を空けた。

鷗外が戦地に赴くと、しげ子は茉莉をつれ、芝明舟町の実家近くの借家に移ってしまう。鷗外のいない観潮楼なぞ、しげ子からすれば地獄でしかなかったのだろう。

日露戦争から凱旋した日――一九〇六年一月十二日、鷗外は午後三時頃、観潮楼に戻り、たちまち祝いの宴が開かれた。

祖母の清子、母の峰子、次男の篤次郎夫妻、妹の喜美子と夫の小金井良精と子供たち、三男の潤三郎、そして於菟と、森家の面々が一堂に会した。だが、妻のしげ子と娘の茉莉は、その席にいなかった。

宴席がはね、夜中の十一時頃に、鷗外はひとり団子坂の観潮楼を出て、徒歩で明舟町に向かった。国家間の戦争は終わっても、家庭内の戦争は終わっていなかった。

約二年ぶりに戦地から帰宅したその日、鷗外はどうしても妻に会わなければならなかった。嫁姑間の諍《いさか》いに、基本的には手をこまねくしかなかった家庭人鷗外の、能《あた》う限りの努力であった。

軍服姿のまま、鷗外は底冷えのする深夜の東京を黙々と歩いた。明舟町の妻の家にたどりついたのは、午前二時をまわっていたという。

鷗外の「努力」が功を奏したのか、ひと月後の二月十三日になって、ようやくしげ子は茉莉をつれて、観潮楼に戻っている。

鷗外が母を立てて、初めは峰子を中心とする家族は母屋に住み、鷗外としげ子は離れに暮らしたが、峰子の老いが進み家事の中心がしげ子に移り、また一九〇九年には潤三郎が京都府立図書館に奉職して家を出たのに伴い、やがて鷗外夫妻がその子らと母屋に暮らし、峰子と於菟は離れに暮らすようになる。

鷗外が日露戦争から戻った一九〇六年の春、於菟は独逸協会中学校を卒業、第一高等学校に入学した。

母のいない子として育ち、新しい母には疎まれと、そうした成り行きもあって、ただでさえお祖母《ばあ》ちゃん子であった於菟は、峰子の薫陶を強く受けるようになった。

峰子にしてみれば、於菟を母のない子にしたのは自らの責任だと感じている部分もあり、また新たな母を用意したのも自分なので、しげ子への思惑が違えば違うほど、不幸な孫は自分が守ると、そういう気概を覚えてやまなかったらしい。

一九〇八年四月、於菟が第一高等学校の最終学年に進む前の春休みに、峰子が亡き登志子の両親である赤松則良夫妻のもとへ於菟をつれて行ったのも、そうした気の張りようからであったかと思われる。

この時、峰子は於菟を伴い、父・玄仙（鷗外の祖父。白仙とも）の墓参に滋賀県土山の常明寺を訪ねたが、その帰路、赤松夫妻の暮らす遠州見付に立ち寄ったのである。事前に鷗外にも断りを入れ、於菟には、わざわざ一高生の肩書の入った名刺を用意させるという周到ぶりであった。

浜松の東方、東海道線中泉の駅（現・磐田駅）から人力車で向かった見付の赤松家に着いた時には、既に日もとっぷりと暮れていた。

「かねてから林太郎が成人致しました於菟を、一度お邸にと申しますのでつれてあがりましたが、よく会ってやって下さいました」

と、峰子は慇懃に挨拶をする。

於菟を見た赤松夫人は、

「ほんとにあなたが於菟さん。ねえ盛三（＊註　登志子の弟）御覧、お登志によく似て。これではひとりで来ても見違いはありません」

と言い、赤松翁は「おう、おう」と迎え、

「よくおいででした。林太郎さんも御出世で結構。あなたもお達者で」

と峰子に挨拶をした。

「御出世」云々は、この前年、一九〇七年に、鷗外（林太郎）が陸軍軍医総監に就任したことを踏まえている。陸軍軍医として、最高位の地位にのぼりつめたのであった。

破婚以来、十八年の月日が流れている。登志子が世を去ってからも、八年あまりがたつ。怒りの応酬となった破婚当時の沸騰した感情は、既に潮が引くように瞋恚《しんい》の矛を収めている。

恵まれない不幸な出会いではあったが、結果として生を受けた於菟が、今や一高の三年生になろうとしている……。

赤松家には、登志子が再婚先で産んだ一男一女のうち、娘の美代子がいた（息子は夭折）。まだ小学生であったが、於菟にとっては初めて知る異父妹であった。

見付で教えてもらった登志子の墓を、於菟は峰子ともども訪ねることになる。観潮楼からもほど近い、駒込の吉祥寺にある赤松家の墓地の一隅に、登志子は眠っていた。

――私には不幸な生母の、後の夫の菩提寺にも送られず一人の幼男児（それは私が見付で会った少女の兄馨三）とともに実家の墓地に寂しく埋められているのを一《ひと》しおあわれに思った。（森於菟『鷗外の母』）――

於菟は、墓の前に立つことで、ようやく生母との対面を果たした。

両親が別れて以降、於菟は一度も母と会ったことがなかったが、実を言うと、峰子は一度、登志子に会ったことがあった。

於菟がまだ尋常小学校二年生のことだったとされる。秋の日、根津権現の境内で、他家に再び嫁いだ登志子と、峰子は偶然に出会ったのだった。

後日、峰子からその話を聞き及んだ於菟は、峰子との思い出を記した『鷗外の母』のなかで、この時のふたりの様子も綴っている。

――その池のほとりにある茶店に腰をよせた二人の女は、不幸なる袂別以来の物語に一刻を過した。境内には銀杏の木も多いからその黄ばんだ撥形の葉の数片は床几の上にも落ち散ったであろう。「今から思いますとほんの子供の、何事もわかりませぬわたくしの我儘から旦那様にうとまれまして、あなたにも申し上げようのない御心配をかけました。叶わぬ願いとはあきらめて居りますものの、この世で今一度おめにかかりお詫言を申せたらと、思えば眠れぬ夜もいく度かございました。」との悔み言に「まあまあお登志さん。」と嫁であった時と同じように呼びかけた祖母は、「過ぎ去った事は今さら何とも致し方がありません。あなたも今は他家の奥様、これからの御身ですからどうか御大切に。

於菟は私が面倒見て居りますから御心配なく。もうこの近くの小学校に行って居ります。よそながら御覧になるなら御連れしましょうか。」「子供の事はお母様が、あら御免遊ばせ、お母様と申し上げまして。あなた様が御世話下さいますなら心残りも御座いません。あいましてもかえって子供のためになりますまい。それにわたくしも、どうやらすまぬ心持もいたしますから、それではこれでお別れ致しましょう。皆様、あの皆様御大切に。」「あなたも御機嫌よう、御無事に。」「有りがとうございます、では御免遊ばせ。」赤松家では言葉使いが特に礼儀正しかった。くり返す「御免遊ばせ。」が祖母の聞いた私の生母の最後の挨拶であった。――

このことを於菟が峰子から聞いたのは、おそらく墓参の日のことだったのではないかと、私は想像する。

墓の寂然とした佇まいと、峰子の語る最後に出会った際の様子から、於菟には、薄幸な女性だった母の、孤独ながらも凛とした礼儀正しさが印象に残ったのであろう。

「御免遊ばせ」という母の最後の言葉が、まるで自分に向けて投げかけられた遺言か何かのように、リフレインの尾を引きながら、胸内にいつまでもこだまを響かせたのではなかったろうか……。

鷗外が陸軍軍医総監の職にあったのは、一九〇七年から九年間ほどである。

この間、於菟は観潮楼の同じ屋敷内に起居しながらも、しげ子への遠慮から、鷗外とは「家庭内別居」のような距離を保って暮らさざるを得なかった。

そんな於菟に、突然、父との密なるひと時が訪れた。
一九一〇年二月十三日――、於菟は前年四月より、東京帝国大学医科大学に通う大学生だった。

――ある曇った、うすら寒い日に、父は自ら踏台に乗って観潮楼玄関正面の欄間の真中に釘を打っていた。私は門の前を通りかかっていたのだが、門を入って父に代ろうとした。すると父はふり返って「釘はもうすんだ。於菟。下にある額を取ってくれ」という。見ると、式台から一段上って畳の敷いてある所に額はたてかけられてあった。それを取って父に渡し、父の体が安定するように足つぎを押えた。額はかけられた。初の字が大の字の下に貝を書いたもので私には読めなかった。「あれは何と読むの」ときくと「ひんわかく（賓和閣）。この家でお客さんが仲好くするのだ。うちのものは始終けんかしているから丁度好いだろう。」父は肩をすくめるようなかっこうをした。（中略）
私はこの記念すべき日、母の異常な気質を憚るため、父が私と顔を見合せ親子らしい会話をせずに過した十余年が一瞬夢であったかと私も思い、父もおそらく感じたと思う。（森於菟『砂に書かれた記録』）――

観潮楼の玄関正面の欄間に飾られることになった額は、朝鮮から帰った軍医から贈られたものだった。木製で、横に三文字が記されていたが、最初の文字が、「大」の下に「貝」を置いたような書体で、判読が難しい。
鷗外は「賓和閣」と読み、「うちのものは始終けんかしているから丁度好い」と語った。自嘲めか

「賓和閣」の額（『鷗外の母』より）

した言葉の底に、物悲しさが響く。

この日、しげ子はたまたま子供をつれて外出していたらしいが、「賓和閣」の額を取りつける作業が、つかの間、父と子を本来の絆で結んだのである。

この先、「賓和閣」の額は観潮楼のシンボル的な存在として、訪問客らを迎え、その目にとまることになる。

プロローグで紹介した、画家の宮芳平が初めて観潮楼を訪ねたのは一九一四年十月十二日のことだったが、この日、宮は初め正門から鷗外邸を訪ね、この額を見上げ、その下に置いてあった半鐘を撞木で叩き、応接を請うたが、返事がないので、裏手にまわったのである。

多くの客の出入りを見守り続けた「賓和閣」の額であった。

鷗外没後、一九三六年に於菟が台湾に渡って以降は、台北の森家の応接室の入り口に飾られた。額に込められた父との記憶が、鷗外の遺品のなかでも、とりわけ貴く感じられたのに違いない。

なお、鷗外が「賓和閣」と読んだ額の三文字は、今では「貴和閣」と解読するのが正しいとされていることを付言しておく。

一九一六年三月、鷗外の母・峰子が亡くなった。六十九歳だった。

峰子という森家の支柱が消えても、しげ子の於菟に対する態度は変わらなかった。

鷗外との間に四人の子を得て、うちひとりは夭折したものの、今や森家は否応なくしげ子を中心にまわる。於菟は長男でありつつ、居候のような日陰の存在であった。

峰子が没した翌月、鷗外は陸軍省医務局長を退任した。一九一七年十二月には、帝室博物館総長兼図書頭《ずしょのかみ》に就任。鷗外は慣れ親しんだ軍服を脱ぎ、背広で出勤する人となった。

帝室博物館総長となって半年あまりがたった一九一八年の夏、その春から東京帝国大学医学部解剖学助手をつとめていた於菟は、初めてドイツ語で論文を書くことになった。

於菟は父にドイツ語を直してもらいたいと願い、鷗外もまたそれを喜んだ。だが、鷗外は於菟にこう言い添えた。

「お前がしげしげ来ると、お母さんが機嫌をわるくするから、役所へ来いよ」

その後五、六日の間、同じ屋敷の棟違いに暮らす父に会うために、於菟は上野の博物館まで通うことになった。昼休みの前後を挟んで、総長室で父と子は対面したのである。

昼食時になると、父は家から持参した弁当を広げ、於菟は役所出入りの仕出し屋からとった弁当を食べた。

——ある日、私はこの昼食の時、父と私が悪い事でもするようにこうしているのがいかにもみっともない事ではないかといった。私は父が家庭の事をもう少しテキパキしたらと考えたのである。すると父はただ「女は気の狭い者だからそのつもりでいなければいけない。お前は自分の考通りで何でもゆけると思うが世の中にはいろいろ別な考え方もあるのだから気をつけなくてはならぬ」と云った。

父は不幸な気持の齟齬があった場合にも、決して私に母の事を悪くいわぬ。また母にも私の事を悪くいわぬのである。その後世の中に出て眼の前に居らぬ人の悪口を楽しそうに語り合う人のあまりに多いのを見るにつけ、父のこの態度は尊敬に値すると考えている。（森於菟『父の映像』）――

若い頃の鷗外は、向こうっ気が強いというか、自己の意志を強引にでも貫かねばすまないところがあった。文学上の論争であっても、ロジックとレトリックのすべてを駆使して、獅子吼《ししく》する如き勢いで、ひたすら相手を折伏しようと努めてやまなかった。

だが、エリーゼ事件を嚆矢《こうし》として、その後の人生においてさまざまな挫折を経験するなかで、鷗外は諦念を学んだ。圭角が取れ、懐が深くなる一方で、陰影を濃くすることにもなった。

於菟が父の家庭上のことで、「もう少しテキパキしたら」などと珍しく批判めいた口をきいたのは、この年の一月、秋田県の医師・原平蔵の長女、富貴を妻に迎え、自身の家庭をもったことが影響しているかと思われる。

実は於菟には、祖母の峰子が亡くなった年に、学業不振なども重なって、一時の気の迷いに流されるように、ある女性と一緒になったことがあった。この人には珍しい「脱線」だが、「脳病の血統をひいていた」（小堀杏奴『紅梅』一九三七）ことが判明し、別れたという。於菟の考えというより、森家の意志であったろう。

その後、一九一八年になって、於菟は改めて富貴を妻として迎えたのである。

富貴は学校から帰宅した夫に、すぐにも顕微鏡とプレパラートを用意するような女性だった。

「家庭教師のような女房だ」と、初め於菟は叔母の小金井喜美子にこぼしたらしいが、次第に馴染み、仲のよい夫婦となった。夫の目からしても、研究者の妻にふさわしい、しっかり者の女性だったのである。

於菟の文章は、次のように続く。

――この論文訂正が終った翌々日の朝である。すでに結婚して別家したために父の家を半分わけてもらって裏合せに住んでいた私の家の門口をあけて父が入って来た。いつも用があれば呼ばれるのでこんな事は例がない。私が驚いて出てゆくと、格子戸を半分あけた父は出勤の途と見えて背広服に手提鞄をさげている。不安そうな眼付きで私を招く。多分私の家の者にも聞かせまいとの心づかいである。私がそっと格子戸の外に出ると小さい声で「お母さんが大変怒っている。当分うちへ来てはいけない」という。「どうして」「何、いってもいいのだが機嫌をわるくさせない方がいいと思って云わずにおいた。昨日お前の論文が出来たのであんまり嬉しくてつい日記に書いたらそれを見られてしまったのだ」。父は泣顔と苦笑とをごたまぜにしたような変に歪んだ顔をしている。私は一言も出ない。父はすぐ後向きになって私の家の格子戸と門との間五六間をトボトボあるいて、そっと門をあけて出て行った。その後姿はいかにも哀れな老人の衰えをまざまざ示して私は見るにたえなかった。（森於菟『父の映像』）――

この時、鷗外は五十六歳。亡くなるまでにはあと四年ある。しかし、息子の目にも、この時の鷗外はひどくふけて見えた。

火宅に憔悴し、諦念を積み重ねた鷗外の孤独が、息子の目にも痛ましく映ってならなかったのである。

思えば、最初から最後まで、孤独と孤独が響き合い、こだまし合うような父子であった。幼い時には息子の孤独が顕著だった。時間の経過とともに、父の孤独が色濃くなってゆく……。


於菟が最後に目にした父の姿も、孤独そのものだった。

一九二二年（大正十一年）三月十四日、於菟はドイツに留学するため、そして義妹の茉莉は前年からフランスに留学している夫（仏文学者の山田珠樹。後に離婚）を追ってパリで合流するため、ともに東京を発った。

出発から欧州までの往路、母の違う兄妹が一緒に旅することになり、鷗外は東京駅まで見送りに行った。

鷗外は、三十二歳になろうとする年に初めて欧州の地を踏む息子に、

「お前はおれとちがってじじいになって行くから面白い事もあるまい」

と、笑いながら語ったという。

若き日のドイツでの日々、なかんずくエリーゼとの恋の記憶が頭を掠めていたのだろう。語り口にはなおも豪放な響きがあるが、言葉の底に淋しさが滲んでいる。

また、茉莉に対しては、汽車に乗りこむ前に、「もう一度、欧羅巴《ヨーロッパ》に行きたい」と何度も口にした

という。

子供たちの洋行が、まぶしく見えてしかたなかったのであろう。時がひとめぐりし、今や子供たちに溌溂とした青春の輝ける時がまわってきたのを、悟ることにもなったに違いない。

欧州を再訪したいとする願いが、むなしい夢にすぎないことを誰よりも知っていたのは、鷗外本人だった筈である。

前年に『帝諡考』を著し、『元号考』へと稿を進めたが、鷗外が外見的に急に老けこんできたのは家族の目にも明らかだった。腰は曲がり、老眼鏡を使わねば字が追えなくなった。

東京駅の別れの段階で、おそらく鷗外は、於菟と茉莉に二度と会えぬであろうことを自覚していたかと思われる。自身の体内で病が進行し、先が長くないことは、冷徹な科学者の目が否応なく自らに悟らせたであろう。

東京駅での鷗外の様子を、於菟は『父の映像』のなかで、こう綴っている。

――大正十一年春私は妹をつれて欧州に遊んだ。その時母やその他親戚知友とともに東京駅に送りに来てくれた父の老いた姿は今でも眼前にうつる。その夏私どもを遠くに置いて死んだ父の顔にはすでに死相があらわれていたのではなかったか。――

同じ日のことを、別のところでは、次のようにも書いている。

――（父は）衰弱ようやく著しく、自ら老の日ごとに身に迫るのを感ずるかのように腰を前にかがめた、見るも痛ましい姿で、私どもを見送りに東京駅まで来てくれた。見送人の中に私の勤めていた東大解剖学教室の主任井上通夫教授を見出した私が、父に井上博士を紹介したとき、父は低声で言葉少なくこれに挨拶した。これが、私が最後に耳にした父の声であった。（『砂に書かれた記録』）――

実は鷗外は、船の出る神戸まで同行して見送りがしたかったらしい。とりわけ、まだ二十歳にもならない愛娘の茉莉のことが、気がかりで仕方なかったようだ。

だが、於菟と長く一緒にいることをしげ子が嫌う故に、名古屋在住の知人・虫明久平に頼んで神戸まで向かわせ、マルセイユ行きの客船賀茂丸に乗りこむ際には、船まで一緒に赴いて、あれこれと船上生活について指南してもらったという。

於菟との間に抱えた家庭内問題は、最後の最後まで、鷗外の胸をふさぎ続けた。

於菟が東京を発ってから四か月もたたない七月九日、鷗外は帰らぬ人となった。六十歳であった。

於菟が父の訃報を受け取ったのは、鷗外にとって青春の地でもある、ベルリンの下宿においてだった。

その前日、於菟はワイマールにゲーテの遺跡を訪ね、『ファウスト』の初の邦訳も手がけた父について、いろいろと思いを馳せたばかりだった。

幼少時より父との絆を欲しながら、於菟は、どこか父との縁の薄い子であった。父は近くにいながら、常に遠い存在だった。

父子の間の微妙な距離感は、しげ子との間の子——鷗外をパッパと呼んで慕い、鷗外もまた溢れんばかりの愛を惜しみなく注いだ、茉莉、杏奴、類とは異なる、於菟だけが知るものだった。

その最期を知ったのが、父ゆかりの地ではあれ、地球の裏側のようなベルリンであったというのも、鷗外と於菟の宿縁を象徴している気がしてならないのである。

第二章

新天地、台湾へ

台湾に向け東京駅を発つ森於菟と家族（台湾日日新報より）

鷗外が一九一三年（大正二年）一月に発表した『ながし』という作品がある。

美術雑誌『みづゑ』の創刊者として知られる、水彩画家の大下藤次郎の青少年時代をモデルにした短編小説である。

大下は、『みづゑ』創刊に先立つこと四年、一九〇一年に『水彩画之栞《のしおり》』という水彩画入門書を刊行しているが、鷗外はここにも序文を寄せている。

また、大下が四十一歳の若さで亡くなった後、一九一二年には、『大下藤次郎年譜』をまとめた。

大下未亡人が、鷗外に特に資料を提供した。それが、翌年に『ながし』を書くことにつながった。

さて、その『ながし』の内容である。

旅人宿を営み、馬商売もする家に生まれた「藤次郎」は、生母が家を出た後、後妻に入った継母から疎まれ、自分に親切にしてくれた下女までが迫害に遭う。そういう陰険にして不幸な家庭の状況にあって、主人公は何とか奮闘して生き抜こうとする。

小説では、青年主人公が庭に草花を植え、心の慰めにそれを水彩画で描くという、美術開眼のようなシーンが登場するが、これは後にその道の大家となった大下の運命を踏まえて、鷗外が挿入した創作であるという。

それはともかく、鷗外の『ながし』を見ていると、私の目にはどうしても於菟と重なってしまう。

もともと鷗外は、ドイツ留学時代からの知己であった画家の原田直次郎を通して大下を知った。絵の世界に身を投じてより、大下は原田のもとで学んでいたのである。

その作品ともども、鷗外は、大下の淡々とした「水のような」性格を愛したという。

大下への親炙《しんしゃ》は、画家の作品と人柄への敬慕ゆえであったろう。だが、大下をモデルに小説を書く時、義母による蔑みに堪えておのれの道を開くくだりに焦点を当てたのは、於菟への愛を二重写しにしてのことだったように思える。

世に言う「継子いじめ」に類似した境遇に生きる於菟に対して、「水のような」態度で生きてほしい、苦難にも負けず進んでほしいと、鷗外は祈るような気持ちで、そう願ったのではなかったろうか……。

『ながし』が発表された一九一三年、二十三歳になる於菟は東京帝国大学医学部で学んでおり、その年の十二月には同校医学部を卒業することになる。

祖母の峰子の目が光っていることもあって、於菟はとりあえず道を外さずに進んではいる。だが、鷗外には、息子の胸の内に、幼少の頃から癒しがたい孤独が巣くっているのが、否応なく見えていたのだろう。

『ながし』という作品執筆の動機が於菟への愛にあったと限定してしまえば、さすがに強弁となるかもしれない。

しかし、作品を世に送り出す際には、妻のしげ子を慮《おもんぱか》って家ではろくに口もきけない息子の於菟を鼓舞し、激励せんとする父としての愛が、満腔の思いとなって鷗外の胸に揺れていたと思えてならないのである。

では、鷗外亡き後、『ながし』に込められた父の愛は、於莵に対し、どのような余香をかぐわしめたのであろうか。於莵自身が、その後、『ながし』という作品に特別な思いで向き合うことはあったのだろうか。

鷗外の手に余った観潮楼のごたごたは、巨大な中心点を失った森家のなかで、どのように変容していったのだろうか……。


於莵がドイツ留学を終え、日本に戻ったのは一九二四年（大正十三年）九月であった。鷗外が没して、既に二年二か月が過ぎていた。

父のいない観潮楼に戻ってみると、家父長制の色濃い当時のこと、於莵自身が一家の主という立場につくことになった。於莵夫妻が母屋に移り住み、鷗外未亡人のしげ子は離れに自身の子らと暮らした。

帰国早々、新家長として於莵が手がけねばならなかったのは、鷗外の遺品の整理だった。

――私が欧州に留学して帰った大正十三年の秋の一日。この時は父が私の留学中死去したので私が観潮楼の主人となり、母はその西側別棟の弟類の家に移っていた。楼上で母と私は父の遺品の整理をした。衣類や日ごろ座右に用いた調度類は、母が小金井家の叔母を相手に大体その整理をすましたのであるが、私の帰朝を待って扁額や掛軸、巻物、置物などの値ぶみをしたのである。主として親戚、知友への形見分けをするためで、この日桂五十郎（湖村）翁を招じて鑑定をしてもらった。翁は端然と袴のひだを正して控えておられ、その前に次々と軸巻物などがのべられた。母や私の問に対するその落着いた「ハーイ」「ハーイ」という応答が、あるじの代ったのを知らぬ気な小春日和の観潮楼に沈んだ響を伝えた。（森於菟『観潮楼始末記』）――

遺品の整理に立ち会ってもらった桂五十郎（湖村）は、高名な中国文学者で、鷗外の漢詩の師でもあった人物である。漢籍に通じるのはもとより、陶芸や書画にも造詣が深かったので、適役と見込まれたのであろう。

興味深いのは、しげ子が、遺品の整理に際しては、於菟に一応の信頼を寄せたことである。

一見、お嬢様育ちによるわがまま放題のように見えて、しげ子には自分なりの理屈が存在するのが常であった。

「あれは大義名分を重んずる」と、鷗外は於菟に漏らしたこともあった。

亡き夫の遺品に関して、基本的には長男である於菟の手にゆだねることを、しげ子が拒んだ形跡がない。これは、母屋から離れに移る際にも同じで、やはり揉めた様子は見られない。

――父と二人、己が生んだ愛児のみを交えて生活を楽しもうとしてから三四年経つか経たぬかに父を奪われた母の悲しみは大きかった。私が父の死後帰朝してから家の整理について母と話し合った時も、父の手沢の残った調度その他について「これは於菟ちゃんのものだが私の生きている間だけ私の手もとに置きたいから。」母の物欲に我執を張らぬ事は私もよく知っていたし、私も自分ではそんな事には恬淡のつもりで、それは母も認めていてくれた。それで遺産に関する物質的の事では少なくとも母と私の間に毫末も感情の疎隔を起させる種はなかった。その母のいう心持は私にもよくわかるのですべてを母の意にまかせた。そしてそれらのものは母の没後その遺言によって弟の手から私へと移されたのであった。（森於菟『鷗外と女性』）――

於菟が父・鷗外のことを書いた文章には、必然的に、時にしげ子が登場する。だが、私が驚くのは、多くの場合において、「母」と記述し、例外的にしか「義母」と語らなかったことだ。かつまた、「母」を語るに、幾度となく堪えねばならなかった自身の傷心をことさらに語ることを避け、おのれの被害はなるべく控えめに、しげ子の立場を思いやった筆遣いが目立つことである。父・鷗外が妻とした女性への敬意には違いないが、ここには、於菟という人の人間性がいかんなく現れている。

鷗外の遺品に的を絞ろう。

森於菟の『砂に書かれた記録』には、ドイツ留学から帰国した於菟が抱えることになった鷗外の遺品について、その概要が項目別に挙げられている。

A、父の遺稿とその処置。

B、父の遺した記念品。

一、父の書いた額、掛物、巻物、原稿など。
二、父の友人知人が父に贈った書画。
三、父が残した記念品、（玄関の額、釣鐘、居間、客間、書斎を飾った置物、額、掛物など。）
四、その他の記念物（胸像、レリーフ、デスマスク、モノグラム、服のポケットにあった遺品、日記、写真等。）
五、書簡、端書、電報、葬儀関係書類。

C、遺言書三通。

これらの品々は、基本的にはそれまでも観潮楼に存在してきたものだったので、於菟が見たこともないような未知のものは、少なかった筈だ。

それでいて、これらの品々が皆、自分の管理下にゆだねられたという事実は、緊張を伴う新たな重みをもつものだったかに思われる。

物心ついてより、父は偉大なる社会的存在であった。父の名は森林太郎だが、それ以前に、鷗外なのである。

その偉大な父の業績を、今や自分が守らねばならない立場に立った。重責であることは言うまでもない。

於菟は、幼少の頃より、父の愛に飢えて育った。しかし、父の遺品がわが手にゆだねられたことで、父との関係が、新たなステージに突入することになった。

緊張は、自覚にもつながった。そのことを示す一例が、鷗外の遺した蔵書の処分に際しての於菟の差配であった。

鷗外の蔵書資料は、文学、国史を中心に、古地図や武鑑（『渋江抽斎』等の執筆に参照された）の類、和漢の医学書、ドイツ留学中に収集された洋書などで、「テエベス百門の大都」と形容された巨人の残した資料だけに、内容は多岐にわたり、数も多い。

その膨大な蔵書を、於菟はすべて東京帝国大学の図書館に寄贈することにしたのである。「鷗外文庫」として、今も東大付属図書館に伝わる。

鷗外が東京帝国大学の文科に親しい知己がいたわけでもなく、東大に好印象をもってもいなかったらしいことから、蔵書の納め先として疑義を呈する声もあった。鷗外が生前に『能久親王事蹟』を寄贈したことのある、南葵文庫を推挙する人もいた。

於菟もその点、迷わぬではなかったが、保管先としての確実性と、利用者の便宜から、東大図書館を選択したのだった。

もちろん、自分が当時東京帝国大学医学部に奉職する身だったので、身近にいて、蔵書の行方を見守ることができるという利点もあった。また、異母妹・茉莉の夫であった東大文学部助教授の山田珠樹が図書館の司書をつとめていたことも、背中を後押しすることになった。

鷗外の個人的交遊の枠を超え、より公共性の高い施設に決めた於菟の選択は、後世から見れば、まことに正しい判断であったと言うべきであろう。

それと同時に、於菟の確固たる決断のなかに、新たな自覚が感じとれもするのである。

これまで、複雑な森家の事情のなかでは、於菟の側から父に近づくことはタブーとされてきた。それが今初めて、於菟は堂々と「父」に近寄り、父の魂のこもった蔵書の行く先を定めるのに、決然と差配をふるったのである。

遺品と向き合うことで、於菟は父との距離を縮めることが可能になった。

愛煙家の鷗外が日々使用した喫煙具のなかに、西洋の貴族にでもふさわしげな、小粋な葉巻切り(シガーカッター)があった。長さ十四センチほどの横長の形状の片方の先に犬の顔があしらわれており、反対側の先についているカッター部に葉巻を挟んで、吸い口を切る。

於菟はこの葉巻切りを、生まれてすぐに里子に出され、数え五歳になるまで育ててもらった煙草屋の平野家の長男、平野久保《ひさやす》(万里)に形見分けした。

平野は於菟にとって乳兄弟となる存在だったが、少年の頃より文学、特に和歌に関心をもち、やがて森家に出入りするようになった。鷗外の主宰する和歌の集まりに、与謝野寛や伊藤左千夫らに交じって席をつらねたのである。

長じて東大を出、その後はドイツ留学を経て、農商務省、商工省などにつとめた。一方で、平野万里の名で歌人としても活躍した。

この平野に、於菟は鷗外の羽織袴と、葉巻切りを贈っている。葉巻切りが形見分けされたのは、平野が煙草屋の出身であったからに他ならない。

それは、平野だけでなく、於菟自身の幼少期の記憶と重なっている。

生母とは永遠の別離を強いられ、籍ではつながっている父もまた別の家にいて、その愛を欲しても求めようもなかった、孤独な日々の記憶である。

煙草屋に里子に出された父の不在期を、於菟は三十年の歳月の後、葉巻切りという父の遺品で補塡したように見える。

なお、平野久保に贈った二つの遺品は、一九四七年に平野が没した後、未亡人の好意によって於菟のもとに返還されることになる。

於菟は、葉巻切りは観潮楼跡にできた鷗外記念室に託し、羽織袴のほうは津和野の郷土館に寄贈した。

＊　＊　＊　＊　＊　＊　＊　＊　＊　＊　＊

於菟の証言にもあった通り、鷗外の遺品の整理の際には、しげ子は落ち着いて事にあたったようだ。だが、持ち前の癇の強い気性が矛を収めたわけではなかった。よく言えば真正直、感情と言葉を呑みこむことを知らない性格は、鷗外没後も変わらなかった。

鷗外の死因は、父の静男も患った萎縮腎として発表されたが、しげ子は於菟に対して、異を唱えて憚らなかった。

「パッパが萎縮腎で死んだなんてうそよ。ほんとは結核よ」――。

そこまでは、よい。

実際、他人には告げぬものの鷗外は結核を患っており、だいぶ前から、痰を吐いた紙を自ら庭で燃やしていた。病が昂じて床に就いて以降は、子供たち——杏奴や類が病床に近づくことを許さなかった。

身近に鷗外を見守ってきただけに、しげ子は、萎縮腎などという表向きの病名を信じず、反発を感じてならなかった。

だが、しげ子がしげ子である所以は、於菟に対して、次のひと言を言い足さずにはおれなかったところだ。

「あんたのお母さんからうつったのよ」——。

確かに鷗外の先妻・登志子は、二度目の嫁ぎ先で一男一女をもうけたものの、胸を患い、若くして亡くなっている。鷗外と所帯をもった頃から結核を患っていたかどうかは微妙なところだが、しげ子が全く根拠のない虚言を弄しているわけではなかった。

だがそれを、於菟本人を前にして口にするのは、やはりデリカシーに欠ける。於菟は間違いなく傷ついたことだろう。

現に、この時のしげ子の発言は、「あんたのお母さんから」の蛇足が付されたが故に、まっとうな証言としては扱われず、いつもの発作的言辞として聞き流されてしまった。

於菟が、鷗外の臨終を看取った額田晋博士から、喀痰を顕微鏡で調べると結核菌がいっぱいだったと聞き、鷗外の死の真相を発表するのは、一九五四年になってのことになる。

於菟は幼い時から、義母しげ子の遠慮ない、あけすけな物言いに、何度となく傷ついてきた。

両者の基本的な関係は、しげ子が投げかける言動に、於菟が怯え、人間関係の成熟を避けるという構図であったろう。

だが、鷗外の遺品整理に於菟が自主性を発揮したのと同じく、しげ子との関係もまた、鷗外没後、微妙な変化を見せる。

森家の家長として、また鷗外を受け継ぐ者としての自覚が、於菟を成長させ、懐を深くしたようである。

一九四三年、しげ子が没して七年後に書かれた『鷗外と女性』という文章のなかで、鷗外没後の義母との関係を、於菟は次のように綴っている。


——母には少なくも一部に芸術家的な素質（少し誇大ないい方だが）があって深慮よりも直感を重んじた。「かんじ」の好い人悪い人という事が常にその好悪を支配した。それは感情的な人から理智的な人を見る時にしばしば表面にあらわれる。「かんじ」を鋭くしこれに忠実な事は芸術上には最も大切であるが世間に生活する場合には周囲を狭くするので、それが母の不幸の一つの原因であったと私は思う。事実それに抵触さえせねばこの上もなくやさしい親切な母で、世間でいう「継母」という概念の中に含まれる分子など少しもなかった。肉親の子以外に私も父の死後によく母と心置きのない話をした。母が世間にわるい人ばかり多くて好い人は何と少ない事かと嘆息するので、私が「人には美点も欠点もあるので全然わるい人というものはそんなに居ないでしょう。私なぞおめでたい性分で何でも人の性は好いものと思っているのです。お母さんも人は自分によくしてくれるものときめて、悪い事をした時だけ用心したらいいでしょう。第一気が楽じゃありませんか。」というと、「於菟ちゃんにはそれが出来ると私も思うが私にはどうしても出来ないのよ。」と寂しく微笑んだ。心に汚れのない人だけに安まった気持の時の笑顔には、非常に美しく尊いともいえるものがあって、永く私の瞼《まぶた》の内に残っているのである。――

於菟は自分のこうむった辛苦には敢えて目をつぶるかのように、しげ子というひとりの女性を客観的にとらえようとしている。かつまた、その長所を引き延ばして、短所を補って余りある美点をクローズアップする。

鷗外亡き後、「母と心置きのない話をした」と回想し、その「汚れのない」心を「美しくも尊い」と綴る於菟の筆は、謙遜という次元を超えて、人を見る自らの目を高次元に持ちあげようとしているかに見える。

そのようにして、於菟は父に近づこうとしたのかもしれない。晩年の父がたどり着いた寛容寛大な心に、おのれの人格を高めようとしたのかもしれない。

だが実際には、事態はそのように平穏な状態に落ち着いたわけではなかった。鷗外存命中とは異なる様相を見せつつも、観潮楼はなおも激震から逃れられなかった。

しげ子は、義母の峰子の生存中には激しく峰子とぶつかったが、今度は、同じ屋敷内に暮らす於菟夫人の富貴に対して、悪感情を抱くようになった。

先の『鷗外と女性』の文章に続けて、於菟は述べている。

――母は人に対して「かんじ」がその好悪を支配するので、私の妻は不幸にしてお気に入らず、母から見るとその「冷い、理性に勝った声」が気にさわるらしかった。――

しげ子は、義理の妹にあたる小金井喜美子とも、前々から険悪な関係であった。要は、身近にいる女性に対し、妥協ができぬまま、敵意が昂じてしまうのである。鷗外没後、それが半同居の於菟夫人に対して向けられることになった。

鷗外が悩んだ家族間の不和、葛藤が、そっくり於菟に降ってきた。母屋と別棟に分かれて暮らしているとはいえ、火宅の焔は、同じ敷地内に両家族がともにいることが難しくなるほどに、噴きあがった。

――帰朝して観潮楼の主人となった翌々年の暮には、私は止むを得ない事情でこの家を去ることになった。「事情」というのは義母と私たち夫婦との間が次第に面白くなくなり、ことに義母が感覚的に我々をきらうため、父の在世当時のある期間と同じように母の神経がいら立ち、私どもがその近くにいることさえその危険な妄想を激発させそうになったためである。かねがね心がけてはいたが、年の暮近く「事情」がせまったので充分配慮をする余裕がなく、国鉄大久保駅に近い古色蒼然たる空き屋敷のような門構えの家にあわただしく移ったのであった。(森於菟『観潮楼始末記』)――

珍しく、於菟がここでは「義母」という表現を使っている。そう語らずにはすまぬほどに、しげ子との間の和は砕け散ってしまったのであろう。

「妄想」という言葉も登場した。しげ子は、富貴が自分をなきものにしようとしていると、時にはそのようなことまで口走ったらしい。

於菟夫妻が近くにいるだけで、しげ子の感情の爆発はおさまりがつかなくなり、危険な領域にまで達してしまうのだった。

同じ敷地内での半同居がこれ以上は困難だと悟った於菟夫妻は、一九二六年のうちには観潮楼を出た。於菟が帰国してから二年しかたっていない。

「家から逃げ出すとは不見識ね」と、しげ子は冷笑したというが、何を言われようと、背中で受けて、出て行かざるを得なかったのである。

翌一九二七年には、叔母の小金井喜美子の勧めに従い、再び谷中三崎町へと居を移した。

そして、ついには東京から逃れるように郊外へと移転することを決め、世間的には子供たちの健康のためという理屈をもって、一九三〇年、埼玉県大宮公園近くの盆栽村に広い地所を借り、建坪七十坪の二階建ての洋館を建てて引っ越した。

まるで、故郷を追われたディアスポラでもあるかのように、於菟は転居を繰り返したのである。

その間、鷗外の遺品も、於菟とともに転々とした。

鷗外が暮らし、華々しい文学活動の拠点として天下に名声を放ち、多くの文学者たちを集めもした、まさに鷗外文学の居城とも言うべき観潮楼は、抜け殻と化した。観潮楼の母屋は貸家となり、文学とは縁もゆかりもない人たちが暮らすことになった。

鷗外の遺品は、もともとの住処を逸し、舞台を離れて、独立した存在となった。これは、遺品の運命を考える時、ひとつの転機であったとも言える。

於菟にとって、文学作品を除けば、遺品が父を偲ぶよすがのすべてとなった。

客観的にはただの物体である遺品が、アラジンの魔法のランプにでもなったかのように、過去の煙を吐き出して、本来収まっていた観潮楼の部屋の佇まいや、窓からさしこむ光の加減、その部屋特有の匂いなどを活き活きと蘇えらせる。

遺品が秘める父の記憶は永遠にそこに刻され、父の言葉や物腰、ぬくもりなどを語ってやまない。

遺品は、唯一無二の貴い語り部であった。

大宮に建てた新築の家は、たいそうな宏壮の屋敷だったという。

玄関への進入路のある外門には二度ほど道を曲がってたどりつけるという具合で、その先に英国風、二階建ての洋館が聳えている。

この屋敷で幼少期を過ごした於菟の五男・森常治氏は、その著書『台湾の森於菟』（ミヤオビパブリッシング　二〇一三）のなかで、東京帝国大学医学部助教授だった当時の於菟の給料だけでは、このような瀟洒な屋敷を購入できる筈もなく、おそらくは当時岩波書店から出されていた『鷗外全集』の多額の印税が資金源となったのではと推測している。

永井荷風が、「文学者になろうと思ったら大学などに入る必要はない。鷗外全集と辞書の言海とを毎日時間をきめて三四年繰返して読めばいい」と語った（『鷗外全集を読む』一九三六）、近代日本文学の金字塔とも言うべき全集であった。

なお、森常治氏は、於菟が大宮公園の近くに移転先を選択したのも、鷗外の長編小説『青年』で主人公が大宮の氷川神社を訪ねる場面が描かれていたからであろうと推測している。

だが、緑豊かな環境での大宮での暮らしも、長くは続かなかった。移転後五年ほどがたった一九三六年、於菟に新たな移転の話がもちあがる。開設されたばかりの台北帝国大学医学部の教授として赴任してほしいという話だった。

――昭和十一年一月台湾の台北帝国大学に医学部が新設され、その部長にきまった東大教授三田定則博士から私に教授となって台大医学部解剖学第一講座を担任するよう交渉があった。叔父の小金井名誉教授もすすめたので私はこれを受諾した。その年二月台北帝国大学教授として、妻富貴を伴って台湾に行った。(中略)その際父の遺物で私の管理下にあるもののすべてを、大形の木箱数個に荷造りして予《あらかじ》め台北帝大に郵送した。(森於菟『砂に書かれた記録』)――

於菟は淡々と事実経過を記すのみで、台湾に赴く自身の胸中には立ち入っていない。だが、やはり抑えた筆ながら、『砂に書かれた記録』の別のところでは、台北転居に伴う当時の心情について、ちらりと触れている。

――その後私を訪れた台北帝大への転任は私にとって一種の救いであった――

台湾への転任が、於菟にとって「救い」だったというのは、どういうことだろうか……。

この感情表現は、「教授」職に就くという職歴上の昇進への思惑などとは、およそ違うところから湧出している。

まず考えられるのは、依然として続いたしげ子とのトラブルからの脱出である。東京から居を大宮に移してなお、観潮楼別棟から発せられる有形無形のストレスに対し、富貴夫人ともども、心に傷を負い続けたということだ。

ディアスポラたる宿命が、ついには内地を離れ、台湾にまで向かわせたということになる。義母との呪縛からの解放は、そのような過激とも見える行動によってしか、達成できないと考えられたのであろうか……。

森家の当主として瀟洒な館を構え、そのまま東京帝大につとめ続けていれば、ほどなく教授の座も転がりこんできたであろうところを、於菟は、安定安住の座を自ら放棄するかのように、新生への飛翔をはかった。この大胆果敢さの裏には、何かしら、魂の奥底から突きあげるような力が秘められていたように思えてならない。

私は於菟の言う「救い」とは、自己の再生を期す積極的な意志のことだったのではないかと考える。逃げるという一面はもちろんあったろう。だが、どうせ逃げるならば、ちまちまと東京とその周辺に居を移すのではなく、いっそ海の向かうに高飛びをしてしまう。そのことによって、心の障害となっていたものを、思いきって断つ……。

大鉈を振るい、身辺をきれいに払った後は、鷗外という巨人に寄生するのではなしに、精一杯、おのれの持てる力を発揮して、自立した、そして社会の役にたつ公の人として生きる……。

いつしか、於菟の胸中にそのような夢が萌芽していたのではなかったか。そのようにして初めて、自分は真に鷗外の子となり、晴れて鷗外を父と呼べると、そう心を固めたのではなかったろうか……。だとするならば、台湾は、都落ちの先の隠れ里などではなく、真に自分らしい人生を立ちあげる、再生の新天地となる。

そのように、マイナス思考からプラス思考へと跳躍できたのは、於菟が『鷗外全集』によって改めて父の作品を読みこみ、かつ自分が管理することになった父の遺品のひとつひとつと向き合うことで、巨視的な視野が開けたからだと信じたい。

面白いのは、父にとっての終《つい》の棲家であった観潮楼から離れ、父の妻だった女性から遠のくことで、逆に、父に――、この場合には鷗外に、接近したように見えることである。

幼少期より、父が父であるよりも以前に鷗外であることに対し、於菟は淋しさを感じ、愛に飢えたように、父のぬくもりを求めてきたのだった。

ところが、事ここに至って、父の遺品との邂逅と語らいを通して、於菟は鷗外に自己を重ね、人として高次の結界に飛翔せんとした。父から離れつつ、父の懐深くへ飛びこんで行く逆説のドラマを於菟は演じたのである。

しかも、台湾は父とも縁をもつ土地でもあった。

日清戦争に軍医として従軍した鷗外は、終戦になっても帰宅せず、そのまま、日本への割譲の決まった台湾に赴いた。

日本による統治の最も早い時期に、鷗外は四か月あまりを台湾に滞在、台湾総督府衛生総務部長として疫病の猖獗《しょうけつ》を抑え、医療面での民生の向上に努めた。

爾来四十年の歳月が過ぎ、清国から「化外の地」とされた未開の地が、今や台北帝国大学に医学部を開設する事態にまでなったのである。

父の蒔いた種が、芽を吹き枝を張り、幹を伸ばしたところに、自分は接《つ》ぎ木をして、大樹を育てあげようとの思いが、於菟の胸を熱くしていたかに思われる。

逃避が同時に接近であり、私が公と融合してと、他人の目からすればパラドクシカルにも映る、しかし本人としては、これぞわが道という強い意志を秘めての旅立ちとなった。

大宮の自宅は思いきって売り払った。台湾に骨をうずめる覚悟だったのである。


一九三六年二月九日、於菟は東京を発った。

長男の真章《まくす》と次男の富《とむ》は東京の武蔵高校に在学中であったので寄宿舎に預け、小学生の礼於《れお》、樊須《はんす》、そして未就学の常治《じょうじ》が両親とともに渡台した。

東京からは汽車で神戸に移動し、二月十二日、そこから高千穂丸に乗船して、台湾に向かった。台湾の玄関口・基隆《キールン》港まで、三日の行程である。

船中で、於菟はやるべきことがあった。東京日日新聞から頼まれていた『父の映像』の原稿執筆である。

『父の映像』は、犬養毅や原敬、また渋沢栄一や夏目漱石など、諸方面にわたる著名人の人となりを、子の立場から綴るシリーズで、鷗外のものも是非にと望まれていたのである。

船中のサロンで、於菟は思い出すままに、折々の父との記憶を書き綴った。

父との思い出の具体的なあれこれは本稿でも伝えたが、さすがに日本を離れるというテンションがそうさせるのか、回想のひとつひとつに情が溢れ、行間に秋風の吹きぬけるような淋しさを滲ませる。

そういう個人的な記憶の合間合間に、於菟は、鷗外の偉大さを点綴した。

――かかる悩み（＊註　家庭内の不如意や葛藤）の中にあの大きな仕事をした鷗外は、決して私どもつまらぬ者達の父であるばかりでなく、永久に残るべき人格者であると信ずる。――

――これ（＊註　『鷗外全集』二十三巻分の原稿）を私の今用いている二百字詰の原稿用紙にあてはめると九万二千頁。これを二十二歳から六十四歳まで四十二年間平均に割当てて二千百九十頁。すなわち一日平均六頁一千二百字という事になる。これを生み出すためにした読書の量は恐らくその十倍を超えたであろう。（蔵書の数は和漢洋書を合して約一万二千冊である。）――

新天地に向かう於菟の胸に、あざなえる縄の如く、私人である父の思い出と、公人としての鷗外の歩みが想起された。

しかも、船が本土を離れ、南洋を進むにつれ、後者の、父・鷗外の遺した膨大な公の仕事が、威厳に満ちた大波となって打ち寄せた。

於菟は、少年の日々から抱いてきた淋しさを、公人鷗外の業績によって、乗り越えようとしたかのようだ。

船中で筆にした『父の映像』のラストを、於菟は次のように結んだ。

――観潮楼も年ごとに古びてゆく。種々の事情で私が外に住むからはこれを保存する上に他人に貸しまたその人の都合で種々の改造を加えられるのも止むを得ない。さなくとも木と土と紙とから成る日本の家は政府の保護建造物にでもならぬ限り一私人の保管には堪えず、遠からず朽ち倒れ、父の記憶はただその著作と後人の筆になる思出の文にのみ残ろう。

私の船の行く先もかつて日清戦役後父が半年を暮した地だ。さらば台湾へと追懐の筆を擱《お》く。――

於菟夫人の富貴は、この時から三十年あまり後に、於菟の三回忌を前にしてまとめた夫の鷗外関係の遺稿集『父親としての森鷗外』（筑摩叢書　一九六九）の「あとがき」で、台湾へ向かった時の気持ちを綴っている。

義母とのいざこざで自身も苦しめられた人であり、かつ於菟の片えにいて夫の胸中を誰よりも察していた人の言葉なだけに、正直な思いの溢れた文章になっている。

――小学生二人、就学前の五男と三人を伴って昭和十一年二月東京駅を出発しました。万歳万歳の声が遠く消えた時、私どもは思わず顔を見合せて申し合せたかのように、ホッと溜息をついたのです。

「ああこれですべてから遁れることが出来たのだ」と。

於菟は天かける翼を得た鳥のように、また荒野に初めて鍬を入れる農夫のように、新しい天地へ、新しい学部へ自分の思い通りの教室を新設しようという希望に燃えたのでした。――


さらば、いざ台湾へ！

鷗外の遺品は、別便の船で、同じ航路を南に進んだ。

父の遺品とともに、於菟は新天地での生活を切り開くことになったのである。

第三章

観潮楼焼失
～台湾の於菟 その一～

台湾大学医学院付設医院旧館（旧台北帝国大学医学部付属医院）

森鷗外の長男・於菟が、新天地・台湾の基隆港《キールン》へ到着したのは、一九三六年二月十五日の昼過ぎのことだった。

二月九日の午後に東京駅を汽車で発ってから、六日後になる。十二日に神戸で高千穂丸に乗船、出港して以来、三日ぶりに踏む陸地だった。

夫人の富貴、三男の礼於《れお》、四男の樊須《はんす》、そして五男の常治《じょうじ》が一緒である。

慣れぬ船旅に疲れた家族たちを奮い立たせて下船すると、待ちかねたように、新聞記者たちが於菟一家を囲んだ。

家族そろってカメラに収められ、於菟には談話が求められた。

東京帝国大学医学部の助教授だった逸材が、台北帝国大学の医学部開設に伴い、解剖学主席教授として赴任したのである。到着前から、既に話題を集めていた。

台湾日日新報はこの日（十五日）、於菟一家が東京駅を発った時の写真を掲載、「森博士東京を出発」と題した記事を載せていた。九日の出来事を報ずるには遅い感じが免れないが、これは実質上、於菟の台湾到着を前にした予告記事の役割を負っていたためだろう。

その台湾日日新報は、十六日になって、基隆港で取材した於菟の談話を発表した。

――「長男と次男は学校の関係で東京に残し、妻と子供二人を連れて来ました。一昨年来台した際の私の人類学的方面の研究は未だ完成せず、台湾着任を機に補足する心算です。研究の続きは次席となる金石教授に任せ、私は私の本来の仕事である発生学方面に専心致します。特に台湾は熱帯性動物に富んでいるので、爬虫類、両棲類、或は猿等により発生並に比較解剖をするので、台湾は特殊な研究資料の多い点は学究の徒には恵まれている土地です。台湾では別に随筆をものするような事はありません。」（一部、句読点を補った）――

台湾到着第一声となる貴重な談話なのだが、記者の誤記や勘違いもあり、いくつか補足説明が必要となる。

まずは同行した子供の数についてである。「子供二人を連れて」とあるが、「子供三人を連れて」の間違いである。

次に、「一昨年来台」とある件である。家族は別として、実は於菟にとって、台湾は初めて訪れる地ではなかった。一九三四年に、学術調査で一度訪れたことがある。

この時の台湾訪問については、その内容と意義など、少し長い説明を要するので、いったんは後まわしにする。なお、その時の調査に基づく研究の続きは「金石教授」に任せるとあるが、これは解剖学第二の講座を受けもつことになった金関丈夫教授の名を誤記したものだろう。

ミスが続出したのは、この日の記事が高千穂丸で来台した著名人士をまとめて紹介する「多士済々のお客で賑わった高千穂丸　きのう基隆に入港」という性格の記事だったからで、談話が載った人物だけを拾っても、米国ロスアンゼルス日本人商工会議所会頭の藤岡精四郎、台湾紙業専務大川義雄と、森於菟の三人に及ぶ。来台した重要人物から次々に談話を取らざるを得ず、記者もひとつひとつの詰めが甘くなったものらしい。

そういう「取扱注意」の記事ではあるが、私がここに載る於菟の談話で注目したいのは、最後に短く述べた、台湾では随筆を書くつもりはない、というくだりである。

前章で述べたように、於菟は、東京日日新聞の依頼を受けて、『父の映像』という父・鷗外との思い出を綴る文章を、新天地に向かう洋上で書きあげた。新たな門出に際して、心の整理をつける意味もあったのだろう。

基隆港に到着早々、もう随筆は書かないと於菟に言わしめたものは、船中で完成させた『父の映像』の充足感があればこそだったという気がする。父・鷗外については、書くべきは書ききったと、そのような思いが胸を占めていたのだろう。

ただ、『父の映像』の充実の余韻を引きずりつつも、於菟が自ら進んで、執筆に関する否定的見解を吐露したとは、考えにくい。これは、台湾日日新報の記者が、まずは台北帝大での抱負を尋ねた後に、角度を変えて質問を重ねたからだったと推測される。

というのも、一九三四年に世に出た於菟の第一随筆集『解剖台に凭りて』(昭和書房)と、翌年に出た第二随筆集の『屍室断想』(時潮社)が、それぞれ評判がよく、版を重ねていたからである。

森於菟という名前は、解剖学の医学博士というだけでなく、名随筆家としても広く世に知られていたのである。

「ところで博士、随筆のほうは、次にはどのようなものをお書きになりますか?」とか、「次の随筆は、台湾のことがテーマになるのでしょうか?」などといった記者の質問を受けて、於菟は含羞に顔を歪めながら、

「いや、台湾に来て、随筆を書くつもりはありません」

と、ぶっきらぼうに答えてしまったものと思われる。

世の期待をになって新設された台北帝大医学部に奉職する身としては、その地に足を踏み入れるやいなや、「余技」と言われかねない活動についての抱負や構想を語ることが憚られたのだろう。それほどに、新しい職場にかける意気込みが真剣だったということでもある。

だが、後世の我々にとって幸いなことに、この時の於菟の禁欲的決意は、結果的には貫かれることがなかった。

それどころではない。今に残る森於菟の文章——その代表的なものは、どうしても父・鷗外とその周辺を綴ったものになるが、それらの主要なものは殆どが台湾時代に書かれているのである。

台湾に向かう船上で書かれた『父の映像』を筆頭に、『鷗外の母』(『台湾婦人界』一九四二年六月~十月)、『観潮楼始末記』(『台湾時報』一九四三年一月~三月。オリジナル・タイトルは『観潮楼物語』)、『鷗外と女性』(『台湾婦人界』一九四三年一月~五月)等々、於菟にとって、「鷗外」物の執筆という次元に於いても、台湾がいかに実り多き場所であったかということがわかる。

於菟が台湾に暮らしたのは四十五歳から五十六歳までだが、年齢的にも、かつては仰ぎ見るばかりだった父の姿を、自身の歳に重ねて改めて見直すこともあったろうし、森鷗外という近代日本を代表

する文豪の記録を、歴史に残す思いで筆をとることもあったろう。

しかし、於菟に積極的に筆をとらせた最大の根拠は、台湾という、日本本土からは適度に離れ、係累との煩わしさからも解放された環境にあって、内省の積み重ねが磨きあげた純粋な記憶の反芻にこそあったのではなかろうか。

時の堆積を穿った井戸の底に沈む鏡の中から、於菟の目と心がとらえた父や家族の姿が、曇りなく、ありのままに立ち上がってきたのである。

ドイツ文学者の池内紀氏は、森於菟の随筆家としての力量を高く評価した人であったが、於菟の『父親としての鷗外』が一九五五年に大雅書店から単行本として出版された時に、巻末に「解説　詩と真実――森於菟のこと」という文章を添えている。同名のちくま文庫版では削られたが、別途編まれた於菟の随筆集『耄碌寸前』がニ〇一〇年にみすず書房から出版された際に、再録された。

於菟の「鷗外」物の随筆が主として台湾から生まれたことについて、池内は次のように書いている。

――東京帝大医学部助教授から新設の外地の帝大教授になるのは医学畑ではどのようなケースにあたるかは知らないが、少なくとも精神的には於菟にとって大きな解放を意味していただろう。伯父が教授として君臨していた教室を出る。母のちがう妹や弟から遠く離れる。それは「偉大な父親」から適度なへだたりを取ったにひとしい。はるか南方の地で、はじめて文豪の「真実」があふれ出た。ともあれ、ほとんど人目につかぬ雑誌を発表の場にしたところが、いかにもこの人らしいのだ。――

池内が語った「叔父が教授として君臨した教室」というのは、鷗外の妹婿で、やはり解剖学者だった小金井良精が、かつて医科大学長をつとめ、一九二二年からは名誉教授となった東京帝国大学医学部のことを言っている。

池内もまた、東京との距離的なへだたりと、親族間のストレスからの解放が、台湾での於菟の目と筆を充実させたと考えた。

ただ、池内の筆が漏らした重要なことが、ひとつある。鷗外の遺品である。

於菟が台湾で父の記憶を純粋培養することができたのは、父の記憶を語り留める「遺品」が、独占的に身の近くにあったからだった。

誰の容喙《ようかい》をも受けず、鷗外の遺品のひとつひとつに、於菟は一対一で対峙することができた。異郷の部屋で形見の品々に接するたびに、遺品の紡ぎ出す父の物語を、この上ない濃密さで感受することができたのである。

鷗外の遺品は、東京を発つ前に、あらかじめいくつかの箱に仕分けし、台北帝大あてに送られた。だが、台北に着いてみると、不測の事態が起きていた。於菟自身の文章から引く。

——ところが、私より少し遅れて到着した荷物を台北で調べると、心覚えの書物の中で見当らぬものがかなりあった。その後も失われた品のあることを続々発見し、結局送り出した荷物の中の一箱が永久に消え失せた事を認め、あきらめるほかなかった。父の遺物の中でこの際紛失を確認したものにつぎの「日本芸術史」草稿の一部がある。（中略）この草稿の仮綴本四十三巻の中の二巻が、私の台湾転任のとき、不測の事故で失われたのであった。（『砂に書かれた記録』一九六五）――

『日本芸術史』とあるのは、そのタイトルのもとに鷗外の手で書き下ろされた原稿ではなく、鷗外が芸術関係の本を読む際に、気になった個所を二つ折りにした半紙に書き抜き、分類整理して保存しておいたものである。鷗外没後、於菟は、それらの書き抜きの束を、さらに項目ごとにまとめて仮綴じし、四十三巻になる『日本芸術史』草稿集としてまとめた。

そのうちの二巻分が、海を越えて運ばれる際に、どこかで散逸してしまった。その価値を認め、自らの手で整理し仮綴じまでした於菟にとってみれば、嘆きは大きかったことだろう。責任感の強い人なので、大切な鷗外の遺品を自己の都合で海外に運んだことを、臍を嚙む思いで悔やむことにもなったかもしれない。

ただ、後世から見ると、そのような不測の事態が生じかねない海上輸送を経験しながら、他の遺品を収めた木箱が、散逸したり、損傷を受けたりすることもなく、ザクセン王国軍医監のロート博士からプレゼントされたビアジョッキも、「賓和閣」の額も、宮芳平の絵など、現在、鷗外の遺品の代表的な顔として知られる品々が失われることなく今日まで伝えられていることを、多としたく思うのである。

なお、散逸を免れた『日本芸術史』の草稿は、現在では『日本芸術史資料』と改題された上で『鷗外全集』に収録され、鷗外の手になるオリジナルは東京都文京区の森鷗外記念館に収められている。

台湾到着直後の於菟の談話で、「一昨年来台した」とあった件について、きちんと報告しておこう。家族たちは別として、於菟にとって、実は台湾は初めての土地ではなかった。一九三四年の夏に、東照宮記念会から奨学金を受け、学術調査を目的に、一か月ほどこの地を訪ねてまわったことがある。

この時は、八月六日に神戸から瑞穂丸に乗船し、十日早朝に基隆港に着いたが、神戸乗船時のインタビューで、

「台湾各地を視察し、蕃人《ママ》並に本島人を色々人類学上から研究して見たいと思う。骨格、顔の形体、肩幅、頭髪等を仔細に調査研究すれば、自然その系統も判然するだろう」

と述べている（台湾日日新報　一九三四年八月七日）。

私は医学のその方面について詳しい知識を持ち合わせないが、解剖学というのは、人類学、民俗学との結びつきを深めやすいらしい。於菟も、そういう関心から、台湾に興味をもち、調査に訪れたのである。

だが、時間軸を逆転させてまで、私が一九三四年の台湾訪問について語ろうとするのは、於菟の医学的、民俗学的な研究を詳述したいからではない。未知なる土地だった台湾でさまざまな出会いがもたらされ、父・鷗外との関連でも貴重な体験を得ることになったこの初訪問が、二年後の台北帝大への転職と、父の遺品を伴っての台湾移住という大選択に、間違いなく影響をもたらしたと考えるからである。

於菟は、ドイツ留学から帰国後、母校である東京帝国大学医学部で助教授の職に就いたが、

一九二八年に昭和医学専門学校が東京に開校すると、そこでも教鞭をとった。最初に受けもった学級の学生数は百三十人を超えたが、そのうち二十五名が台湾人学生であった。

その後も、台湾人学生は於菟の教える学級に常に一定数い続け、なかには打ち解けて、大宮にあった於菟の家まで訪ねて来る者もいた。教え子に対し、人種や民族によって分け隔てなどしなかった於菟なればこそだったろう。

一九三四年に台湾を初めて訪問した於菟を、この昭和医専の卒業生たちが各地で歓迎した。その流れから、於菟は台中で、地元の名望家・林献堂を訪ねている。台湾民族運動の指導者で、台湾総督府としては、統治への協力を求めつつも、時に厄介な存在でもあった人物である。

また、同地の林水源の家では、その子女四名が教え子だというので、一家をあげての歓待も受けた。いずれも一九四二年に於菟が発表した『台湾の門弟』に載る事実だが、台湾は、最初の訪問の時から、於菟に対し胸襟を開いてくれたようである。

父・鷗外の関係でも、人の輪がひろがった。

台湾愛書会という、台北帝大の教員ら台湾在住の日本人知識人たちが始めた文化サークルがあった。専門分野はさまざまだが、いずれも書を重んじ、文化を尊ぶという趣旨の集まりで、内地に劣らぬ一流の文化を維持すべく『愛書』という研究誌を定期的に発行、多彩な文化人による原稿を掲載していた。編集は、第二輯以降、台湾在住の日本人作家、西川満が担当していた。

この台湾愛書会から、於菟は台湾滞在中、文豪・鷗外の息子ということで講演を依頼された。九月六日の午後七時、台北随一の規模と格式を誇る鉄道ホテルで、「森於菟氏に鷗外秘話を訊く会」という集まりが開かれた。

於菟の話は、鷗外の友人だった賀古鶴所《かこつるど》に尋ねたメモをもとに、軍医になった経緯、政治に進む意思をもちつつも政治家にならなかった理由、山縣有朋との縁――山縣は鷗外を西洋崇拝者と思い毛嫌いしていたが、日本古来の伝統を重んじる姿勢のあることを知って、後には和歌の会などで親しく交友した、といった内容であった。

於菟の講話の概要は後に文章化されて、一九三四年十二月発行の『愛書』第三輯に掲載され、さらには於菟の第二随筆集『屍室断想』（一九三五）に載り、今では、ちくま文庫の『父親としての森鷗外』にも収録されている。

解剖学調査を主旨とする一か月の台湾滞在のなかで、鷗外に関してもこうした実りを得たのは、台湾愛書会の発起人のひとりだった瀧田貞治の存在が大きい。

瀧田は一九〇一年生まれ、東京帝国大学国文学科を卒業した後、岡山の第六高等学校勤務などを経て、一九二九年から台北帝国大学文政学部の助教授をつとめていた。

瀧田の専門は近世文学の西鶴研究であったが、森鷗外への関心も高く、書誌学的なアプローチから文献収集と研究を重ねていた。

於菟が訪台する前年、一九三三年の十一月四日と五日には、台湾愛書会の主催により、台北で「森鷗外展覧会」が開催されている。

会場となった台湾日日新報社の講堂には、二千人もの人々が訪れ、この手のものとしては空前の盛会となったが、これは瀧田がいればこそ実現した企画だった。

実は、この時の展覧会の準備のため、瀧田は東京を訪ね、鷗外の末弟・潤三郎と於菟に会っている。森潤三郎の著書『鷗外森林太郎』（丸井書店　一九四二）の次のくだりが、そのことを物語る。

――鷗外記念展覧会

台湾愛書会の主催で、昭和八年十一月一日より三日間（＊註　正確には十一月二日に瀧田らによる講演会、四日と五日に展覧会）、台北市台湾日日新聞社講堂で開催された。この展覧会には台北帝国大学助教授瀧田貞治氏が上京して出品を蒐集され、於菟もわたくしも所蔵品を提供した。講演会もあり、瀧田氏編集の「鷗外書誌」と題する全著作の表紙を写真版とした豪華な目録が限定三百部刊行された。

――

於菟は、東京で瀧田に会っていたのである。

一九三四年の台湾初訪問の折に、於菟が台湾愛書会で講演をしたのも、前年から続く瀧田との縁があればこそだった。

瀧田は於菟に、『鷗外書志』を渡しながら、前年秋の鷗外展について語ったことだろう。また、八月初めに出たばかりの『愛書』第二輯も贈呈したに違いない。そこには、『鷗外展覧会の記』という前年秋の展覧会の報告と、書評として、台北帝大教授で英米文学者の島田謹二による『批評と紹介『鷗外書志』瀧田貞治編』が掲載されていた。

於菟は、瀧田と台湾愛書会を軸に、鷗外に対する敬意と愛情が台湾で保たれていることを知って、嬉しい驚きを感じてならなかったろう。

そして、この心の高ぶりは、一九三六年になって、台北帝大の医学部開設に伴う教授職就任の話がもちかけられた時に、間違いなく、於菟の心情に棹をさすことになったかと思われる。

於菟が生まれ育った東京を離れざるを得なかったのは、義母のしげ子との軋轢《あつれき》が生むストレスから逃れるためだった。遁走を覚悟した於菟の胸に、新天地での新たなポストへの期待や意欲が湧き起ってくるには、静かな誘い水、ないしは追い風として、内地に劣らず鷗外熱の盛んな人々が存在することへの安心感があったに違いない。

日頃、冒険主義とは無縁に見える於菟が、かけがえのない鷗外の遺品を遥々台湾にまで移すという大胆な決断に及んだのも、瀧田や愛書会の存在が、彼我の距離を縮め、心の垣根を低くしたからだったろう。

実はもうひとつ、瀧田と於菟の関係を語る際に、看過することのできない事実がある。

それは、瀧田が所持していた鷗外の自筆原稿のなかに、『ながし』があったことである。

第二章の冒頭でも紹介した通り、『ながし』は、『みづゑ』の創刊者であり、水彩画の大家であった大下藤次郎の少年期を綴った小説である。大下少年が、継母によっていろいろといじめを受ける、その様子が、後世の読者の目には、於菟と義母・しげ子との関係とオーバーラップされてならないという、いわくつきの作品である。

於菟は、「継子いじめ」というような文脈でこの作品に触れたことはないし、『ながし』という小説を自身に重ねるような見方を明らかにしたこともない。

しかしそれは、この人のよくできた人間性が、父の愛した女性を悪しざまに語ることを自らに封じたからとも解し得るのであって、胸の奥底の感情となると、別のものがひそんでいた可能性は否定できまい。

もし、於菟の偽らざる本心に於いて、『ながし』という作品に現れた、義母の虐待に屈せずおのれの道を拓いた少年の成長物語が、心の琴線に触れ、そのような作品を書いた鷗外の所業に、薄幸の息子に贈られた父の愛情を見ていたならば、その作品の自筆原稿が台湾の瀧田のもとに存在していることに、不思議な縁を感じてならなかったろう。

まるで、遥かな森の奥の古木に穿たれた秘密の穴に、自分の分身となる魂のありかを発見したような、奇縁とも、宿命とも感得される太い絆に、興奮を覚えたに違いない。

瀧田が所持していた『ながし』の自筆原稿については、台湾移住後、一九三九年に台北帝大で開かれた「森鷗外遺墨展覧会」の折と、終戦後の一九四六年に、於菟との縁がまわってくるのだが、それは私の筆がその時世にまで及んだ暁に詳述するとして、ひとまずは家族をつれて台北に移り住んだ、一九三六年の春の時点に戻って話を進めてゆこう。

＊　＊　＊　＊　＊　＊　＊　＊　＊　＊

台北で於菟たち家族が住まいとしたのは、大学があてがった官舎で、台北市街の東部、樺山町にあった。町名は初代総督の樺山資紀からつけられ、台北州庁や台北市役所などがあることで知られた。

勤務先となる台北帝大医学部からは、ほぼ隣町という近さである。

台北帝国大学の創立は一九二八年になる。開校当初は文政学部と理農学部の二学部制だったが、次第に学部数を増やし、一九三六年一月一日に医学部が設立された。

解剖学第一、解剖学第二、生理学第一、生理学第二、生化学、病理学第一、細菌学の各講座で構成され、於菟が解剖学第一を、京都帝大医学部助教授だった金関丈夫が解剖学第二を担当することになった。

他の教授たちも優秀な人材が選ばれ赴任したが、特筆すべきは、唯一の台湾人教授として杜聡明が就任したことである。京都帝大医学部に学び、台湾人として初めて医学博士となった逸材であった。

台北帝大医学部の講座は、翌年以降、次第に数を増加させ、一九三九年、二十四講座にまで増えたところで、完成とされた。

新設の台北帝大医学部の開校式が一九三六年三月三十一日、授業開始は四月十日であった。入学式は授業開始後、四月十五日に行われている。

解剖学主任教授として、於菟は多事にわたって忙しい日々を送っていたことだろう。

ところが、授業開始から一週間後、東京から思わぬ連絡が入る。しげ子危篤の報せだった。

感情のしこりを残す、いろいろな出来事があったとはいえ、しげ子は父・鷗外の妻であり、於菟の「母」である。森家の長男として、駆けつけないわけにはいかなかった。

四月十八日、於菟は慌ただしく台北を発つ。急がれるので、船ではなく、前年秋に福岡との間に運航を開始し、この三月に台北松山飛行場が開設したことで本格化した航空便で向かうことにした。

於菟の出立に関して、台湾日日新報に記事がある（四月二十五日）。それによれば、於菟は十八日に飛行機で台北を発ったものの、那覇経由で福岡着の予定が、悪天候により、大分県の佐伯海軍航空隊飛行場に不時着。さらなる手段を講じて、何とか東京に向かったという。

その先の消息は報道が途切れ、於菟自身もこの時の道中について文章を残していないので、詳細なルートは確認できないが、ともかくも、可能な限りの「最速」で、於菟は東京を目指したのだった。

だが実際には、しげ子は於菟が台北を発った十八日には息を引き取っていた。以前から患っていた腎臓病が悪化し、尿毒症をこじらせて死に至ったのである。五十六歳だった。

於菟は東京で、しげ子の葬儀から墓石の手配まで、事にあたったようだ。七年後にものした文章のなかで、次のように述べている。

——昭和十一年四月十八日母が歿した時、私は台湾から帰省して葬儀の事に従い、その墓石は父のと同じく少し小形にして父の墓の左手に残された空地に据えるように定め、書もとくに老年の中村不折翁に懇請したのであった。それは一周忌の時には出来上って思い通りのものになった。この墓に詣でるには秋の晴れた日、墓地の周囲にある栗の実が熟する頃がよい。それは生前の父の明るく澄んだ風格と、重厚な墓石と、あたりの落ちついた風物とがぴったり一致するように感ぜられるからである。

（『鷗外と女性』　一九四三年『台湾婦人界』五月号）——

秋の墓所の美しさを於菟は綴るが、これは東京三鷹の禅林寺にある墓のことを言っている。

一九二二年に鷗外が没した際には、向島の弘福寺に葬られたが、関東大震災の後、一九二七年に郊外の禅林寺に移された。従って、しげ子の死去に際しては、初めから禅林寺の墓所に埋葬し、鷗外の墓と並ぶように墓石をたてたのである。

森家長男としてのつとめを果たした後、於菟は台湾に戻った。往路は飛行機を利用したが、帰路は船であった。

そしてようやく、台北帝国大学教授としての於菟の日常が始まった。

当時の台北帝大医学部の雰囲気がどうだったのか、若き日にそこで学び、後に国立台湾大学医学院長となった李鎮源氏は次のように回顧している。

――開学当時、教授のかたがたが日本人と台湾人を区別しないで、良いものは良い、悪いものは悪いとして教育された。その影響で学生も日本人と台湾人が融和して勉強してきたし、これが非常に印象的なことです。（森常治『台湾の森於菟』より　ミヤオビパブリッシング　二〇一三）――

これは、森家の内側から見た常治氏の記憶とも重なる。

――父は島民だからといって階級的に劣っているものとして絶対に接してはならない、ということを子供たちの頭に植え付けたのだ。（同）――

もうひとり、やはり於菟の教え子だった哈鴻潜《はこうせん》氏にもご登場願おう。戦後、台中市の中国医薬学院解剖学科教授となった氏は、二〇〇〇年に行われた第一〇一回日本医史学会総会に招かれ、次のように於菟の思い出を語っている。

――森於菟先生は温厚の学者で人望があり、昭和十四年（一九三九）台北帝大医学部長に選ばれ、任期二年の医学部長を二度もつとめた。しかも二度目の部長任期中に終戦を迎えた。先生は台湾の解剖学教育と研究だけではなく、医学教育の最高責任者として大きく貢献した。（哈鴻潜『招待講演　台湾解剖学史――森於菟と金関丈夫両先生を中心に』日本医史学雑誌　第四十六巻第三号　二〇〇〇）――

哈の述懐は、特に開学当初のことだけを述べたものではない。一九三九年と一九四四年と、於菟が教授陣の互選によって医学部長に選出されたことにまで言及している。要は終始一貫、日本人・台湾人との間に妙な垣根をたてず、等しく温厚に接し、人徳により医学部長を二度つとめるほどであったということだ。

一九三六年六月二十二日、於菟は『台大文学』主催による文芸講演会に登壇している。観潮楼が文芸サロンとなり、鷗外を囲んで多くの文人たちが出入りしていた様子を、於菟自身の記憶から語ったものだった。

於菟自身の発意というより、台北の文学関係者たちからの要請を受けてのことだったろう。講演参加者たちは、森家の内側から見た文豪についての証言を聴きつつ、台北帝大医学部教授という表の顔以外に、鷗外の息子というもうひとつの属性をもつユニークな人物が間近に存在する貴重さを、改めて感じたに違いない。

この年の七月、於菟は再度上京している。しげ子の四十九日の法要のためであった。慌ただしい往復だった筈だが、台湾への移転のそもそもの理由が義母との軋轢《あつれき》にあったことを思えば、修羅の場から逃げ去った途端、まだ引っ越しの荷物整理も片づかないうちに、にわかにその起因の元が絶えてしまったというのは、つくづく奇妙な縁《えにし》と言わざるを得ない。

だが、そのことは移転、移住の根拠を失わせたというより、台湾での生活から、逃避的要素をはらりと払ったと見るべきかと考える。

つまり、しげ子の死によって、なるべく早く東京に戻りたいと願うのではなく、むしろ雨降って地固まるの道理で、つまらぬ心の迷いや杞憂を離れ、全身全霊、新天地での職務、営為に心血を注ぐことになったのである。

まさに富貴夫人が語った、「天かける翼を得た鳥のように」、「荒野に初めて鍬を入れる農夫のように」、新しい環境、新しい職場、新しい生活に、精一杯、おのれの力で足場を築くことができたのである。

新天地での充実は、執筆にも波及した。

この年の秋、二年前の台湾初訪問の際に縁の生じた『愛書』に、台湾移転後、初めてとなる随筆を発表した。「鷗外」物としても、台湾での初の収穫となる作である。

『「朝寝」前後』――。掲載誌の『愛書』第七輯は一九三六年八月二十八日印刷、九月一日発行の奥付を有しているので、おそらくは義母の四十九日から戻って、そう時を置かずに書かれたものだろう。

この随筆のなかで、於菟は、隠忍時代であった小倉勤務から東京に戻った鷗外の、文壇復帰第一作となった短編小説『朝寝』にまつわる思い出を綴っている。『朝寝』は一九〇七年の作、日露戦争従軍中の実話に基づく話である。

於菟がものした内容は、歌人の佐々木信綱の仲介により鷗外が文壇復帰を果たしたこと。復帰第一作の『朝寝』という小説を、於菟が老眼の進んだ祖母・峰子に朗読して聞かせ、「つまらない小説だね」と感想を漏らしたところに鷗外本人が現れ、ハハハハと大声で笑ったこと。そして、朝寝坊の従軍記者とされた「小島」なる人物が、鷗外の幕僚の軍医正がモデルであることを明かした上で、小説のラストの、寝坊してようやく起床した小島が大欠伸をした際に燕の糞が落ちて口中に入ったという落ちは、実際には、於菟が小学生の頃に目撃した、鷗外が自宅で食膳にのる鮎の塩焼きを口に含んだ途端、縁側で吐いた（蜂が魚にもぐっていたため）経験から着想を得た創作のように思われること――等々、身内にしかわからない鷗外秘話に、推測による解釈も交えて、自由に綴ったものである。

作品に対する息子の批判を耳にした鷗外が、大笑しつつ、「あれを前篇にして後篇に小島が夢の中で燕にいじめられるところを書こうと思ったが、あまりひどいからやめた」と語ったという、照れ隠しのような言葉までが紹介されている。

鷗外の『朝寝』が、ごく短い、軽い読み物であるのと同様、於菟の『「朝寝」前後』もまた、些事《さじ》のいくつかを重ねた短い書き物にすぎない。しかしながら、随筆はもう書かないと台湾到着直後に語っていた否定的意志が覆された意義は大きい。

興味深いのは、自らに課した沈黙を破って父の思い出を綴った台湾での第一エッセイが、鷗外の文壇復帰第一作についての文章だったことである。

於菟が意識的に父と子の「復帰第一作」を重ねたかどうかはともかく、明らかなことは、父の残した作品とそれにまつわる出来事を、改めて異郷の地で確認している於菟の姿が、この小品に透けて見えるということだ。

作品執筆時の父の姿を、記憶の底から掬うように蘇らせ、時計のねじを逆転させて、豊かな実りを掌中に収めている。セピア色の古写真にみずみずしい色彩がつく記憶の蘇生に、於菟は遠方から訪れた客人を迎えるかのようなときめきを覚え、感慨深げに微笑を浮かべていたのではなかったろうか。

胸の鼓動が、静かに、しかし朝の夏山に分け入る木こりのように弾んでいる。肩肘張らずに過去に向き合い、雑音や塵芥を漉《こ》して、純然たる時の滴りを慈しむ……。

遺品を通して父と向き合う、台湾での於菟の基本姿勢が、既にこの『「朝寝」前後』には確実に胚胎しているのだ。

この姿勢が定まったからであろうか、一九三六年の秋から冬にかけて、『「朝寝」前後』に遅れじとばかりに、於菟の「鷗外」物が堰を切ったように生まれる。

『鷗外と解剖』を『科学ペン』創刊号（科学ペン社　十月号）に、『或る日の鷗外』を『台大文学』十一月号に、『鷗荘』を『鷗外研究』第六号（十一月）にといった具合である。

雑誌発表だけではなかった。それらの原稿をまとめて単行本として世に出す努力も、於菟は惜しまなかった。第三随筆集として、東京の時潮社から九月十六日発行の奥付をもって出版された『木《もく》芙蓉《ふよう》』がそれである。

収録された三十篇の内容を見ると、第一、第二随筆集と同じく、今回も専門の解剖学に関する「解剖」物（於菟本人は自嘲のユーモアを込め、「グロ」物と呼んだ）と、父に関する「鷗外」物とが、およそ半々ずつで構成されている。

「鷗外」物のなかには、台湾への船中で書いた『父の映像』を始め、『「朝寝」前後』、『鷗外と解剖』と、台湾で書かれた最近作も含まれる。

『木芙蓉』の巻末に載る『日光』という作品が面白い。

これはもともと、鷗外が小倉赴任中だった一九〇一年の夏、独協中学二年在学中の於菟が、祖母の峰子や叔父の篤次郎とともに日光に一泊旅行した時の遊覧記を、小倉の父に宛てて書き送ったところ、鷗外が文章を添削して送り返してきたものがベースになっている。

於菟の文章を鷗外が添削した例としては、『父の映像』に載る、中学生の息子の綴ったドイツ語と英語の文章を鷗外がチェックし、通信教育を行っていたという事実があったが、日本語の文章を添削した事例もあったわけである。

『木芙蓉』に発表するに際して、於菟は、父から送り返されてきた日光遊覧記に先んじて、事情を説明した前書きを添えた。

そのなかに、「つい先だって、昭和十一年夏七月上京の折」に独協時代の恩師に久しぶりに再会したという記述があるので、しげ子の四十九日を済ませて台湾に戻って以降、この前書き部分を筆にしたことが知れる。

つまりは、単独の雑誌発表はなかったものの、『「朝寝」前後』とほぼ同時期に、父の文章添削についても思いを馳せ、自身の随筆集のなかに記録として残すべく、前書きの文章を書いていたということなのだ。

東京から遠く離れた台湾で、かえって純粋に亡き父の思い出を懐旧し、鷗外研究にも寄与する文章を綴るという、台湾での於菟の立ち位置がよくわかる。

鷗外の添削が具体的にはどのようなものだったのか、ほんの一部にはなるが、『日光』の終結部を引こう（一部漢字にルビを添える）。

括弧内が於菟のオリジナル文章で、鷗外は添削に続き、遊覧記全体への感想も付している。


——家に帰りて回想すれば（思い返せば）二日間の遊蹤《ゆうしょう》宛然たる一場の夢なり。憾《うら》むらくは此行時間少きが為めに（万事皆夢の如し此度は時間差し迫りたる為）中禅寺湖に泛《うか》ぶこと能わざりき（湖の辺に遊ばざりしが）他日放学の時（此後休暇あらば）必ず又日光に往きて中禅寺湖の辺に宿りて舟を湖上に漕ぎ出で（宿り湖に漕ぎ出でて）一日を烟波の間に過さんかな（一日を過ごさんと思うなり）。

布置整い文章穏かなり福間も亦《また》旁より一読して賞讃せり。八月十五日乃翁——


報告を旨とする於菟の平易な文（旧制とはいえ、中学二年生なのだ！）を、鷗外は薫り高い名翻訳として知られる『即興詩人』さながらに、文学的な、美文調の文章に昇華させ、送り返している。息子の文章を追いつつ、その成長に目を細めている父親の姿が目に浮かぶようだ。ここには、偽りのない父子間の愛情が溢れている。

鷗外の遺品として海を越えた、処々に朱の入れられた旧い書蹟を見つめながら、三十五年前の思い出を改めて嚙みしめる台湾の於菟の胸にも、亡き父への追慕の情が、寄せては返す波のように揺れている。

なお、「福間」とは小倉時代の鷗外の弟子でドイツ語の巧みな福間博のことで、小倉時代の鷗外を記した伝記の類であれば、安国寺の住職・玉水俊虠《しゅんこ》とともに、必ず登場することになる人物である。後に鷗外を追うように上京し、於菟にドイツ語を教える個人教授ともなった。

明けて一九三七年――、於菟は鷗外の長子として大きな仕事に従事した。

岩波書店から刊行が続けられてきた『鷗外全集』に、新たに日記篇が加わることとなり、第二十巻（日記一）、第二十一巻（日記二）が出ることとなったのである。

編輯者には、木下杢太郎、小島政二郎、斎藤茂吉、佐藤春夫、平河万里とともに、森於菟が名を連ねている。

第二十巻の奥付に「昭和十二年五月三十日発行」とあり、第二十一巻は「昭和十三年一月三十日発行」とある。

それぞれの本の巻末に、於菟が「後記」を書いている。第二十巻の「後記」の末尾に、次の記述がある。

――日記は我々の所蔵する物の全部で、私が現在出版所に遠い台湾の地に在任して居る為予《あらかじ》め妹小堀杏奴をして精査せしめ、然る後私が一閲した。――

これによって、東京にいる義妹の杏奴の協力を仰ぎつつ、『鷗外全集』日記篇刊行にあたったことがわかる。

海を越えた台湾に居住しながら、父の残した厖大な日記をまとめ、鷗外研究の定本となる全集に載せるというのは、実際には労苦の多い作業だったに違いない。於菟の意を受けて協力した杏奴にとっても、その手間はかなりのものだったろう。

だが、ハンディをハンディとせぬかのように、台湾の於菟は、それをなした。

夏の到来を前に、完成した『鷗外全集』第二十巻（日記一）が於菟のもとに届けられた時、胸に湧く感慨はひとしおだった筈である。

前年の第三随筆集刊行に加えて、またひとつ、台湾での暮らしに礎石を置き、橋頭保を築くような安心感を得て、意を強くすることにもなったかと思われる。

『鷗外全集』第二十巻刊行の慶事に接してから三か月しかたたない一九三七年の夏、とんでもない衝撃の報せが於菟を襲う。

八月十日夜半、親戚の法学士・西村清介から、台北の於菟のもとに電報が届いた。西村は、鷗外旧居の観潮楼を人に貸す差配の監督を任せていた人物であった。「センダギノイヘゼンセウ」（千駄木の家全焼）――。鷗外旧居の観潮楼が、火事で全焼したというのである。

於菟は後に、この電報を受けた時の気持ちを、次のように書いている。

――ハッと思うすぐあとから多年私の心の重荷になっていた家が焼けて何かホッとする気持の起るのを如何ともなし得なかった。ところがその後二日三日と過ぎると、観潮楼の思い出はそれからそれへと私の胸の中に湧き起り、四十余年の追憶がからまるのでたやすく消え行くものでないのを知らされた。（『観潮楼始末記』一九四三）――

信じがたい報せに、まずは狐につままれたようであったに違いない。茫漠とした無感情のなかに、義母を喪った時にも似て、ふと肩の荷が下りるような妙な風が吹き抜けてもいった。

しかし、ほどなくして於菟は、事の深刻さに気づく。

数え五歳でその家に引き取られて以来、観潮楼は、父の記憶も祖母の思い出も、そしてもちろん自分自身の日々刻刻の思いを、生きた化石のように留めている聖所なのである。

やがて、東京の家族親戚らから詳報が寄せられてきた。

叔母の小金井喜美子は、一報を聞いて驚いて駆けつけたが、門を残して一面の焼け野原となっている様子に愕然とし、涙も出ずに立ちすくんだという。

西村は、火事を伝える新聞記事を送ってきた。「一段八行、大きさにして約一寸四方の小紙片」の切り抜きで、「千駄木町の火事」と題されていた。

記事には、「十日夕四時半頃本郷区駒込千駄木町二一製薬業〇〇〇〇方階下八畳間で同家次男〇〇(二五)がアルコール壜の栓を蠟燭で封じようとした際中味のアルコールに引火、二階建同家を全焼隣家三戸を半焼した。その際〇〇は大火傷」とあって、要は借家人の火の不始末から、観潮楼の母屋が全焼してしまったのだった。

出火元の詳細を知って、たちまち於菟の脳裏に、観潮楼の間取りが鮮やかに蘇った。

――階下の八畳間といえば洋室にちがいなく、少年時から私には馴染深い室で、窓に近く蔦が植えてあり、窓の両側にいつも、父の亡友原田直次郎の小品洋画二面がかけてあった。初めは応接室であったが、大学生時代私が書斎としていたことがあり、そのある日、宮芳平の画「歌」を父が自分でさげて来て「茉莉が大きくなって教育にならぬから、お前の所に置くことにする」と、笑いながら「原田直次郎」と反対側の壁につるした覚えがある。「歌」は若い男女が椿の木の下に肩を寄せて楽譜らしい一枚の紙を見ている図柄だった。(『砂に書かれた記録』)――

父にまつわる記憶は、観潮楼のたたずまいとともに、活き活きとした像を結んだ。

にもかかわらず、新聞記事は、火災に遭った家が、かつて鷗外が暮らし、文人たちが賑やかに集《つど》った文化の故郷であったことには、全く触れていなかった。このことも、於菟をひどく傷つけた。観潮楼は、その名を世に明かされぬまま、闇に葬られたかのようであった。
哀しみが慟哭となって胸に溢れ、於菟はその感情の始末に困った。

――かくまで悲惨な最後を遂げようとは思いも及ばなかった。つまり種々の事情によるとはいえ、私のごときその器にあらざるものがこの由緒ある家の主人となったからではあるまいかとさえ考えたのである。歌人である叔母小金井喜美子は「観潮楼の跡」の題下に十数首の和歌を詠じてこれを弔ったが、私は観潮楼焼失の詳報を受け取った夜、誰にも語れぬこの思いに堪えかねて、樺山町の寓居を出て、折柄月も星もない暗い夜の街をあてもなく台北駅の方へと早足に歩いた。台北市役所の角まで来た私は、重苦しい感情の爆発を支えきれず、右手に黒々と聳える七星山を望んで四辻を右へ、「ワーッ」と獣のような叫びをあげながら、深夜の御成街道をまっしぐらにかけて行った。（『観潮楼始末記』）――

日頃は穏健で知られる於菟が、珍しく、噴きあがる感情の爆発を如何ともしがたく、ふらふらと家を出、夜の御成街道を、獣のような雄たけびをあげながら疾駆したというのである。まるで映画の一シーンのような、強烈な印象を残す光景だ。
御成街道とは勅使街道とも呼ばれ、台北市を南北に縦断するメインストリートで、北の端には台湾神宮があり、その名前がついた。現在の中山北路にあたる。

借家人の不始末を責めるよりも、「私のごときその器にあらざるものがこの家の主人になった」ばかりにと、自責の念に駆られているのが、この人らしい。

『鷗外全集』の日記篇を首尾よく進めたことで得た自信が、がらがらと音を立てて崩れていったのかもしれない。業火のなかに崩れ果てた観潮楼とともに、そこを砦に守ってきたつもりの父の思い出が、跡形もなく潰え去るのを幻視することにもなったのだろう。

しかし――、と私は思う。

その日、夜の台北の街を徘徊し、狂ったように走りまわった末に、憔悴しきった於菟が、樺山町の自宅に戻った時のことを、私は想像してやまない。

汗と涙で、顔は病人か老人のようにぐしゃぐしゃで、生気を欠いていたことだろう。おのれを責め立てる気持ちも刃を鋭くして、心を切り刻んだ筈だ。

だが、自宅の部屋に戻った時――、そこに傷心の於菟を迎えたものが間違いなくあったのである。

無論、夫のよき理解者だった妻の富貴は、遅い夫の帰りを、気を揉みながら待ち続けていたことだろう。

それはそれとして、しかし、その時の於菟の目に、それまでとは異なる輝きをもって飛びこんできたものがあった筈なのである。

口をきかぬ「物」ではあるが、幾千幾万の言の葉をつむぎ、語りたげに、じっとそこに鎮座する品々――、鷗外の遺品である。

自分には、なおも父の遺品がある。遺品は遥々と海を越えて、わが身とともにあり、きちんと守られている。

観潮楼の玄関に飾られていた「賓和閣」の額も、階下の八畳間にかけられた宮芳平の絵も、その他、さまざまな鷗外の遺品が、台北の家に収まっている。

この遺品がある限りは、父の思い出は決して消えることがない……。

遺品から発せられ、波のように寄せてくる力が、ひたひたと於菟の胸を満たしていった。

その心の動きを、於菟は後年、控えめな表現で次のようにまとめている。


——父の記念物のすべてを台湾に運ぶという、よそ目から見れば、無分別にもばかげたことを決行したものだが、この火災のために遺品を何ひとつ失わなかったことを何よりの喜びとしたのであった。

(『砂に書かれた記録』)——


悲嘆の底から於菟を引き上げたものは、鷗外の遺品だったのである。

第四章

「後端」に生きて
～台湾の於菟 その二～

ロート博士から贈られた酒杯（ビアジョッキ）と、
今では行方不明の半鐘（『鷗外の死面と遺品』より）

戦後、森於菟は自身が台湾に暮らした時期について、「二・二六から二・二八まで」と語ったことがある。

そもそもの台湾移転が、一九三六年に起きた二・二六事件の直前であった。雪の積もる東京で陸軍の青年将校たちによるクーデターが発生し、戒厳令が敷かれたという衝撃のニュースを、於菟は雪知らずの台北で知ることになった。

そして、台湾を離れたのは、日本の敗戦後に台湾に進駐した国民党一派の暴虐に対し、台湾住民による抵抗が燎原の火のようにひろがった一九四七年二月二十八日の事件から、二か月後のことであった。

確かに、「二・二六から二・二八まで」を、於菟は台湾に暮らしたことになる。歴史上、エポック・メイキングとなるふたつの事件に挟まれた十一年間は、於菟個人としての意欲や情熱とは別に、大きな時のうねりに否応なく巻きこまれた歳月でもあった。

二・二六事件があった一九三六年、台湾総督府は「皇民化、工業化、南進基地化」を宣言している。大日本帝国の軍国主義、膨張主義の激流は、陽光溢れる桃源郷然とした南の島をも、容赦なく洗うことになる。

初期七代の武官総督時代を経て一九一九年からは文官総督が続いていたが、一九三六年、第十七代総督に海軍大将だった小林躋造が赴任、再び武官総督に戻った。以後、終戦まで武官総督が台湾を治めることになる。

於菟が台湾に着いた頃、台湾日日新報の紙面は、メインとなる日本語のものに加えて、日本語になじまぬ現地住民のため、漢語（中文）の紙面も添えていた。だが一九三七年四月には、漢語の紙面は廃止となった。皇民化の圧力が進んだ結果である。

同じ年の七月七日、盧溝橋事件をきっかけに日本と中国は全面戦争に突入する。やがて泥沼化し、一九四五年八月の敗戦まで、戦火のやむことはなかった。

この日中戦争（日華事変）の勃発が、観潮楼の焼失とひと月ほどの時間差で起きたことは、無論、直接の因果関係はないとはいえ、何がしかを象徴するように感じられてならない。ひとつの時代を築いてきた潮が、新たに現れた潮とぶつかって揉み合うなか、呑みこまれ、消えゆくものがあったということだ。

時代の暗黒と符号を合わせるかのように、於菟の台湾生活は影を負うことになる。

一九四一年、於菟はそれまでの樺山町の官舎を出て、東門町の北四條に家を買って移り住んだ。現在の杭州南路にあたる。

家を購入したのは、台湾永住を決意したからだったが、皮肉なことに、その年の終わりに、日本は米英との無謀な戦争に突入、太平洋戦争が始まった。

於菟には於菟なりの希望も夢もあったろう。だが、個人のささやかな思いになど、騎虎の勢いを駆る時の沸騰は、斟酌《しんしゃく》してくれない。於菟は、時代のたどる下り道を歩むしかなくなり、国家の運命を、否応なく個人の両肩に負わざるを得なくなってゆく。

台北帝国大学教授、そして医学部長という立場にあって、渦中の於菟は、どのような思いでいたのだろうか……。

例えば、日本による統治が必然的に課すことになる「日本化」について、思うところはあったのだろうか。

太平洋戦争の開戦以降、皇民化政策が進み、軍国主義一色に塗られてゆくなかで、於菟は日本統治の一翼を担いつつ、肥大化する国家意思を、従順に、ないしはやむなくも、自己の意志に重ねて生きたのだろうか。

そのような視点をもたずに、台湾の於菟と鷗外の遺品について語ることは、事実の把握として不完全なばかりでなく、道義を欠いた好事家のフェティシズムに堕しかねない。

台湾に暮らした十一年の間に、於菟は何をしてきたのか——。

身体と時間と労力を拘束した於菟のつとめは、大きく次のように分類され得るだろう。
一、台北帝国大学医学部教授として日々の授業と学部運営。医学部長にも二度にわたって就任。
二、医学者としての研究。人類学的な研究のための先住民の調査も含む。論文執筆。
三、解剖学者の余技のような随筆執筆。
四、鷗外の長男として、その文学と人に関する証言を残すこと。鷗外研究に利するような随筆の執筆。遺品に関しての活動。

『鷗外の遺品』という本書の性格上、中心が四に傾くのは当然であろう。解剖学を中心とする医学方面の専門知識に、私が通じていないという事情もある。

ただ、台北帝大医学部教授、そして医学部長としての業績のなかで、本稿でも特に伝えておきたく思うのは、一九四〇年の夏に台北で開催された第四十八回日本解剖学会総会についてである。

八月一日より三日間、台北帝大医学部解剖学教室の主催により、同大医学部大講堂で開催され、森於菟教授が総会会頭をつとめた。台湾はもとより、日本内地、朝鮮、「満州」からも解剖学者たちが参加、総勢百二十名もの参会者を集めた。

解剖学学会が台湾で開催されるのは初めてのことで、前年五月から医学部長をつとめる於菟にとって、重責を伴う事業であったことは想像に難くない。

三日間で九十にのぼる演題の研究発表がなされ、その他、特別講演がふたつ行われたが、学会終了後の台湾観光なども含めて、総じて行事は成功裡に終わり、台北帝大医学部、とりわけ解剖学教室は、大いに面目を施した。

於菟は、学会終了からほどなくして、『台北に開かれた日本解剖学会』という報告文をまとめ、『台湾時報』十月号に発表している。

この年、一九四〇年は、於菟にとっては医事関係の執筆で忙しかった年であった。四月から六月にかけて、『解剖学』第一巻から第六巻までが、東京の吐鳳堂から刊行されている。斯界に於いては名著とされ、戦後も何度かにわたって版を重ねることになる。

本業での多忙の故か、この年は「鷗外」物の執筆は見られない。

医学部長までつとめた教授として、拒みきれない要請に応じねばならないこともあった。

一九四一年十二月八日に米英らの連合国との間に戦闘の火ぶたを切った日本軍は、十二月二十五日には英国領の香港を占領した。

これに伴い、台北帝大には、香港大学を前線基地のような研究施設として使用できないかとの考えがあったようで、於菟は急遽、香港に派遣された。

半年ほど前に、二年の任期を終え、医学部長の座を退いていたが、後任の富田雅次医学部長の代理として、視察に赴かざるを得なかったのである。

だが、これは現地の軍当局の反対にあって、何ら進展を見ることなく、於菟は手ぶらで台北に戻った。

戦後のことにはなるが、於菟は「これはしかし後に考えれば幸であった」と述懐している（『台湾での経験』『潮』一九六五年八月号）。

また、一九四三年の三月から五月にかけては、南シナ海北部の海南島に赴くという経験もした。

これは、海南島南部の石碌鉄山に熱帯潰瘍が流行し、そこで働く中国人労務者の労働効率が下がるというので、台北帝大医学部から診療チームが派遣されることとなり、於菟が班長として赴いたのである。

医療団の監督という役務もあったが、二か月半ほどに及ぶ現地滞在中、於菟は海南島の少数民族、黎《れい》族（リー族）の調査にかなりの時間をあて、民俗学、人類学にも通ずる解剖学者としての自身の研究に奮励した。黎族の民族歌謡の収集という、文学の領域にまたがる調査まで行っている。

この時の調査の結果は、『海南島見聞記』として、一九四四年三月号から十一月号まで、七回にわたって『民俗台湾』誌上に発表されることになる。

少数民族の調査研究ということでいうと、いわゆる「高砂族」、台湾の先住民たちの集落を訪ねる機会もあった。

今では差別的ニュアンスがあるとして否定されているが、日本統治時代、「蕃社」「蕃人」という言葉がよく使われた。「蕃」の代わりに「蛮」の字があてられることもある。

於菟の先住民調査に関しては、ユニークなエピソードが伝わっている。

花蓮港近くのタイヤル族の集落を訪れた際、現地警察官の通訳が族長に於菟を紹介して、天皇陛下のおられる東京からいらした方だと説明したところ、首長が「東京蛮」かと言い、その表現に於菟が笑い、喜んだというのである。

以後、於菟は自身を語るにしばしば「東京蛮」だと称して、周囲の者を喜ばせたという（森常治『台湾の森於菟』）。

自身の解剖学関連の随筆を「グロ」物と名づけた於菟らしいユーモア感覚であるが、その底には、相手がどのような人間であれ、等しく見、接しようとする於菟のヒューマニズムが息づいている。

その「グロ」物の執筆はどうかというと、前章でも触れた『台湾の門弟』（『民俗台湾』一九四二年七月〜九月号）のような、「鷗外」物には属さない随筆はぽつぽつと散見されるものの、解剖学にからんだ随筆となると、私の調べた限りでは、一九四三年十月に「美術に現れたる人種的特徴」を発表するまで、書き物が見られない。

「鷗外」物に比べると消極的な感じが拭えないが、これは、台湾到着早々に記者に語った「もう随筆は書かない」との自制の意志が引き延ばされたものであったろうか。

もっとも、一九四四年になると、「グロ」物随筆の執筆も俄然増えてくるのだが、おそらくは於菟なりに終戦、ないしは敗戦を意識したかに見えるこの時期の執筆活動については、別途、後述することにしたい。

＊　＊　＊　＊　＊　＊　＊　＊　＊　＊　＊

一九三八年一月、台湾総督府発行の月刊誌である『台湾時報』に、於菟は『老年』を発表。実母・登志子の父である赤松則良との思い出を綴った。

一九〇八年、祖母の峰子と初めて遠州見付に則良を訪ねて以降、於菟はひとりでも赤松家を訪れていた。

齢を重ねた則良翁は、長らく会うこともかなわなかった初孫の来訪が嬉しくてならず、親戚に引き合わせようと於菟をつれて向かう途次にも、馴染みの駅長に自身の孫だと紹介する。

また、死の床に横たわっている八十一歳の則良を見舞った於菟は、三十歳を過ぎ既に医学士になっていたが、最後のカンフル注射を翁の胸もとに注入する……。

そうした「もうひとりの祖父」との心あたたまる逸話を綴った文章の結びに、於菟はこの作をものした契機を次のように述べた。

——本誌の一頁に之を掲げた因縁は、此程私が台湾時報大正十一年一月号に、「征台の驍将故赤松参軍を憶う」の一文を見出した事による。明治七年西郷従道中将が、台湾蕃地事務都督として征台の途に上られた時、当時壮齢三十六歳の赤松海軍少将は谷陸軍少将と共に其参軍としてこれに従い、同年五月十六日高砂艦に乗じて長崎を解纜《かいらん》し、六月十日台湾南部琅璚湾に着し、今の恒春の付近亀山の邸地にあって征台の議に與《あずか》ったのであった。——

台湾に来てみて、於菟は台北帝大文政学部の中村哲教授が赤松家の親戚・頭師氏と姻戚関係にあることを知り、かつ赤松則良が一八七四年（明治七年）の台湾出兵（「征台の役」）に参加、艦隊を指揮していたことを知った。

意外にも、赤松家は台湾と縁をもつ家だったのである。生母との縁薄かった於菟が、体に半分の血が流れる赤松家との絆を、新天地の台湾で確認するという、不思議なめぐり合わせとなった。

一九三八年二月には、『乃木将軍と父鷗外』を執筆。一八九七年、第三代台湾総督の任にあった乃木が東京の静子夫人に送った書信を軸に仕立てたものが、鷗外の遺品として自家に伝わっていることを明かした。併せて、乃木から鷗外に送られた書簡三通も紹介している。

乃木と鷗外について於菟が綴った理由のひとつには、自分を含め、台湾にゆかりをもつ人々だということがあった。

乃木書簡の軸（『森鷗外』より）

――明治二十八年五月二十八日樺山総督に従って総督府陸軍局軍医部長として渡台し、同年九月初まで台北でその任にあった父には台湾は必ずしも縁少き地とは云えない。然し此の一巻（＊註　乃木の軸のこと）を伝えた子が一家を挙げて台湾に移り住む日があろうとは思い及ばなかったであろう。――

台湾という視座から振り返ることで、於菟は、明治を代表する将軍と父・鷗外との関係、さらにはそれが子の自分にまで伝播した縁の深さを嚙みしめている。

この年の七月には、鷗外の十七回忌を迎え、於菟は上京、三鷹の禅林寺で法要に臨んだ。

同年十二月には、『愛書』第十一輯に『我家の蔵書』を発表。このなかに、遺品に関する次の記述がある。

――（鷗外は）医学書も初めは専門に関する単行本と共に衛生学と細菌学とのアルヒイフを購読していたが明治末年これをやめてシュミットの「全医学年報」だけとした。私の医科大学卒業前、父は書庫を整理して己の専門の衛生学細菌学及び軍陣医学に関する書籍雑誌は全部之を陸軍軍医学校に寄贈し、シュミットの年報のみを私に譲った。これはその第一巻（一八三四年）より第二一〇巻（一九一五年）に亙り各巻分冊数百部が私の書架を埋めていたのを、台湾に赴任して以来解剖学教室図書室に列《なら》べて同僚の閲覧に便している。――

つまり、父から譲り受けたシュミットの年報を、於菟は台北帝大医学部教授に就任して以降、解剖学教室図書室で公開し、同僚、学生たちの研究に便宜を図ったのである。

医事関係のもの以外にも、鷗外の遺品が於菟の自宅から出て、人々に公開される機会をもつことがあった。

一九三九年一月に開かれた「森鷗外遺墨展覧会」は、於菟の台湾在住期間中、まとまった数の遺品が公衆の目に供された、最も充実した機会となった。

その経緯については、展覧会の後で、於菟自身が筆にしている。

――父の誕生日が一月十九日なので、本年その日を期して父の遺墨を二三の友人に示そうと約した所、台北帝大文政学部主催の無名会で之を展覧せよという勧めがあったので、原稿、書簡、雑記帳その他遺品数点に、紅葉及び漱石から送られた書簡を加えて有志同僚の閲覧に供した。猶《なお》瀧田貞治氏も珍蔵の稀品を多く出されて光彩を添えられた。(『鷗外と書画』『台大文学』一九三九年四月)――

つまりは、鷗外の誕生日に合わせて遺墨を知人に見せようと思ったのが契機となって、台北帝大の医学部ではなく、文政学部の主催による、一定規模の遺墨、遺品展に進展したというわけである。

於菟の記した『鷗外と書画』に従って、「森鷗外遺墨展」の陳列品を見ていこう。

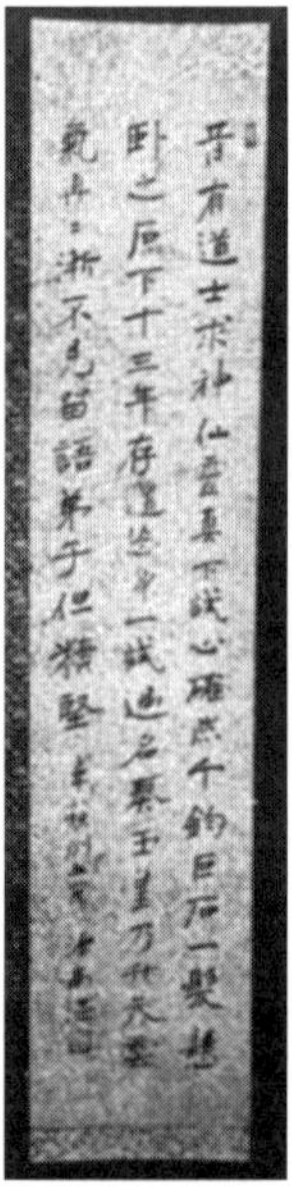

韋蘇州の詩の軸
（『森鷗外』より）

まずは鷗外直筆による書で、「蘇州五古」と呼び習わされる漢詩の軸である。

「昔有道士求神仙霊真下試心確然千鈞巨石一髪懸臥之石下十三年存道忘身一試過名奏玉皇乃昇天雲気冉々漸不見留語弟子但精堅　韋蘇州五古源高湛」——

漢詩の最後に添えられた「源高湛」は鷗外の諱《いみな》で、和歌を詠む時にしばしば用いた名である。また晩年は特に、署名を求められるとこの名を使うことが多かった。

於菟の説明によれば、一九一七年に、かねてより依頼されていた岳父・原平蔵（富貴夫人の父）と、その友人で秋田市の医師・石田氏に与える額二面を観潮楼の二階でしたためた時、併せて於菟にも書いたものだという。

『砂に書かれた記録』（一九六五）では、鷗外が「五古」（五言古詩）としたものを、於菟は七言律詩のように七文字ずつに分け、読点を加えている。

「昔有道士求神仙、霊真下試心確然、千鈞巨石一髪懸、臥之石下十三年、存道忘身一試過、名奏玉皇乃升天、雲気冉々漸不見、留語弟子但精堅、韋蘇州五古、源高湛」——。

その上で、「詩の意味もはっきりしないが、私への教訓だと思っている」と述べている。

於菟による説明はなかったが、この詩は唐の詩人・韋応物の作で、「学仙二首」と題された詩のひとつである。韋は蘇州刺史をつとめた人で、「韋蘇州」とも呼ばれた。

「石の上にも三年」という譬えがあるが、ここでは「石の下にも十三年」とあり、いずれにしても、於菟に対しては、忍耐強く志を貫けという父の教えを意味したのだろう。

この漢詩の軸に合わせ、展示会では、やはり鷗外の筆になる次の文も出品された。

「有客天一方寄我孤桐琴遥々万里隔託此伝幽音氷霜中自結龍鳳相與吟絃臣明直道漆以固交深　右録韋蘇州詩　源高湛」——。

これは石田氏に贈ったものと同じものを、鷗外が書き、於菟に与えたらしいが、韋蘇州の詩を記録した経緯について記したものかと思われる。

次に、やはり展示会に出された「書棚整理残票」を見よう。

鷗外は生前、書棚を整理するに、「文学」「哲学」「歴史」「随筆」「経子」「俳諧」などと分野を書いて書棚に張りつけていた。

中村不折の書を愛した鷗外だったので、それぞれの分類項目は凝った隷書体で書かれており、風格がある。晩年は揮毫を求められることも多かったので、そのための習字の練習の跡だとも言われる。

現在、東京都文京区の森鷗外記念館が所蔵する遺品のなかにも、この「書棚整理残票」は現存し、私は二〇二一年に開かれた「観潮楼の逸品～鷗外に愛されたものたち～」の展示会の際に実見したが、九枚の書を合わせ、扁額仕立てにされていた。

続いて、やはり鷗外自筆になる「路濕選乾場行　森林太郎題」である。

これは、於菟が父に絵を描いてもらおうと思って頼んだところ、鷗外は承服せず、差し出された画帖に、絵の代わりに書いた書であったという。

「その意味を聞いた私への答えは、『只ぬかるみをよけて行けというだけだ』であった」と、於菟は

『鷗外と書画』で述べている。

先の「蘇州五古」の詩と同じく、父から息子へのメッセージなのであろう。

次は書画ではないが、やはり鷗外自身の手になる遺品として展示された、「自筆素焼皿」を見よう。

これは素焼きの皿の上に鷗外が描いた図案——止まり木の上に乗ったミミズクを中央に、その周辺に星を散らした——を焼き上げたもので、ミミズクが白、星が黄、下地が青く色づけされ、ユーモラスなミミズクの表情と相まって、何ともかわいらしい出来ばえである。

皿の内側にドイツ語で「1. JANUAR 1913.」とあり、『鷗外日記』一九一三年一月十二日に「上山草人楽焼を持ちて来訪す。ファウストの校正刷を与う」とあるのに照応する。

上山は新劇の俳優で、一九一三年に鷗外訳によるゲーテの『ファウスト』を上演した（日本初演）。前後の事情を考えると、どうやら皿の焼き物は、上山が鷗外に絵を所望し、持ち帰って焼き、進呈したらしい。『ファウスト』上演に伴う副産物であった。

台北での展示の際にも、鷗外訳『ファウスト』との関連から紹介された可能性がある。

鷗外の手になるもの以外にも、展示された品があった。

最も多くの手が入ったものは、「哀悼」軸と呼ばれる、一九二二年七月十一日に亡くなった鷗外の通夜の席での寄せ書きであった。

頭書きの「哀悼」の字を陸軍大将の山根武亮が記し、鷗外が日露戦争中に東洋史学者の市村瓚次郎に宛てた「旅順」の漢詩を市村と国文学者の萩野由之が書き写し、漢学者兼書家の黒木安雄がその由来を記した。

その後には、歌人たちの哀悼歌が続く。北原白秋、平河万里、佐々木信綱、与謝野寛という錚々たる歌詠みたちが通夜の席でものした歌である。

おのつからうらさひしくそなりにける　御庭のくさのそよくをみれは　白秋
先生を少年にして知りし家　その家に夜のしらみゆくとき　万里
夏の花のさきみたれたる上にしるく　君かすかたのたちまさりけり　信綱
この大人のみまへにあれは寛われ　唖ならぬとも言葉なかりし　寛

さらに、漢学者の濱野知三郎による「断腸」の字句があり、山本鼎、石井柏亭、久保田米斎ら画家たちの合作による絵が添えられた。

署名には、西山吟平、永井荷風、小山内薫、吉井勇、内田貢、鈴木春浦、小島政二郎、姉崎正治、鈴木三重吉、芥川龍之介らが名を連ねている。

天下に二つとないものであり、そこに関わった著名人たちの豪勢な顔ぶれから言っても、これはさぞや見学者たちの関心を呼んだことであろう。

その他、尾崎紅葉及び夏目漱石から鷗外宛に送られた書簡も展示された。紅葉の書簡に関しては、於菟は一九四一年五月に『紅葉の手紙』としてまとめ、内地の俳句雑誌『馬酔木』に発表することになる。

一九三九年一月の「森鷗外遺墨展」に関しては、鷗外の末弟、森潤三郎が著した『鷗外森林太郎』（丸井書店　一九四二）にも、出品リストが載せられている。

瀧田貞治による出品と、森於菟の出品と、それぞれの詳細なリストで、いずれも、瀧田から潤三郎に寄贈された目録に拠るとしている。

それぞれの品名が列記されるだけで、於菟の『鷗外と書画』のように、解説が加わるわけではないが、展覧会の内容全体を俯瞰するには恰好の資料である。

瀧田からの出展品としては、まず鷗外の「自筆もの」として、小説の『仮面』（一九〇九）、『灰燼第十九回』（一九〇二）その他、評論の『劇場の大きさ』（一九〇三）、『性欲雑説』（一九〇三）その他、合わせて全十点の自筆原稿を揃えている。

小説のなかには、継母のいじめに苦しんだ少年時代の大下藤次郎（後に水彩画家として大成）を綴った、『ながし』（一九一三）も含まれていた。前にも述べた通り、於菟の境遇とも重なるように見える作である。

さらに、鷗外著書中珍書稀本として、『隊務日記』（一八八八）、『非日本食論将失其根拠』（一八八八）、『玉篋両浦嶼《たまくしげふたりうらしま》』（歌舞伎台本　一九〇二）など全十三点があげられている。自筆原稿と合わせると、総計二十三点に及ぶ。

また、於菟からの出品は次のようになる。

まず掛軸として「韋蘇州五古」と「追悼寄せ書」。次に鷗外手記として、「観潮録」、「帝謚考　上」、「帝謚攷資　単」、「帝謚徴　全」、「帝謚徴続　一、二、三、四」、『ノラ』原稿、『語彙材料』、『医事雑鈔』、

『日本芸術史　二冊（仮綴四十四冊ノ中）』、『本家分家』原稿があげられている。

さらに、「書簡　二」、「はがき　十」、「独逸語通信教授」、「作文添削」、「小説論文雑誌仮綴」、「写真額　二」、「写真帖　二」、「書庫整理に用いし紙片」、「雑誌帖」、『つきぐさ』初版、『即興詩人』再版、『東京方眼図』、『めさまし草』、「尾崎紅葉書簡　三」、「夏目漱石書簡　一」、「硯一面」、「水差二」、「紙切り箆《へら》二」——と、以上がリストにあげられている。

このうち、「独逸語通信教授」は、『父の映像』で書かれていた、鷗外が赴任地の小倉から息子のドイツ語を添削して送り通信教育したもの。「作文添削」は、日光中禅寺湖に家族で旅行した際の於菟の作文を、鷗外がやはり小倉から添削したもの。そして、「書庫整理に用いし紙片」とは、書棚整理のため、鷗外が隷書体で記した「文学」「哲学」などの分類項目の紙のことで、於菟が「書棚整理残票」としたものである。

潤三郎によって列挙された展示品リストは、於菟が『鷗外と書画』で報告したものよりも数が多く、なかには、於菟証言に抜けていた貴重な記載もある。

一例だが、鷗外の自筆原稿としてあげられたなかに、『本家分家』が含まれていた事実は、注目してよいだろう。これは、鷗外のすぐ下の弟の篤次郎（劇評家・三木竹二）が亡くなった後に、森家の家庭事情を綴った一九一五年の作品だが、鷗外の生前には公開が憚られ、一九三七年三月に発行された『鷗外全集』第三巻に掲載されて、初めて世に出たという曰くつきの作品である。

その生原稿が、一九三九年一月に台北で開かれた「森鷗外遺墨展」で早くも公開されている。鷗外の自筆原稿のうち、ある意味、最もホットなものが、秘密のベールを脱ぐように人々の前に明らかにされたのだ。

於菟の記した『鷗外と書画』と、潤三郎の『鷗外森林太郎』を併せ見ると、この時の台北帝大での鷗外展が、出品点数としても内容から見ても、たいそう充実したものであったことがわかる。外地にありながら、鷗外情報の発信基地として、台北は最前線となった感がある。その奇跡を生んだものは、瀧田貞治という得難い協力者がいたこともあるが、何よりもまず、森於菟がその地に居住し、鷗外の遺品とともに暮らしていたからであった。

いまひとつ、考慮すべき点がある。一大決心のもとに台湾まで運んだ鷗外の遺品が、自宅を離れて公の目に触れる場に移されたことは、於菟の胸中においても、少なからぬ変化をもたらしたのではなかったろうか……。

父の逝去以来、於菟にとって鷗外の遺品とは、何にも増してまず、生前にはやむなくも距離を置かざるを得なかった父との心の絆を取り戻すよすがであった。本然のままに父子間に通い合うことの許されなかった愛の欠落を埋めるものであり、父の子としての足元を確かにする、自己回復の手立てであった。

つまり、於菟にとっての鷗外の遺品は、何よりも自分自身にとって重要で必要なものだったのである。

それが、この台北帝大での展覧会を通して、改めて父・鷗外の存在の大きさを知るとともに、鷗外の遺品が、文学界はもとより、社会や文化にとっても、貴重な宝であることを再認識することになったかに思われる。

鷗外の遺品は、淋しい息子の宝物だけに収まるものではなかった。「私」を超え、広く「公」に享受され、多くの人々とこだまを交わすべき至宝だったのである。

もちろん、こうした悟達は、展示会の期間中、にわかに於菟の胸に刻まれたわけではなかったろう。しかし、遺品をめぐる展示会出品の記憶を反芻する過程で、次第に思いが熟し、やがて次のステップに固まってゆくように見えるのである。

例えば、先に紹介した一九四一年五月の『紅葉の手紙』では、鷗外の遺品のこの書簡が、一九三九年の台北帝大での展示会に供されたものであることが述べられている。

展示会から二年以上がたつが、その時の経験から駒を一歩進めて、尾崎紅葉が森鷗外に宛てた書簡五通について、全文を誌上公開しているのだ。

手紙の書かれた年代すら不明であるものの、「僻遠の地にある私は調査の資料をも持たず又その時をも得がたいので只明治文学研究家に素材を提供するに過ぎぬ事を涼とせられたい」と、その道の専門家の知恵に下駄を預けた恰好となっている。

父と息子という関係軸には立ち入ってこない内容ではあっても、紅葉の書簡の資料的価値をわきまえ、記録し、公にしなければとの使命感から生じた行動なのである。

遺品を記録し、公に伝えるという意識は、一九四二年に入ると、次の段階に跳躍する。

文章として世に現れたものとしては、まずはこの年の六月から十月にかけて『台湾婦人界』に連載された『鷗外の母』がある。

双六盤（『鷗外の母』より）

鷗外の母、すなわち峰子について書いたものだが、タイトルからすると、単に峰子と鷗外の母子関係だけに焦点をあてたもののように受けとられかねないが、その実、祖母と父の関わりを敷衍《ふえん》して、祖母と於菟自身の縁についても、あますところなく伝えようとしている。

長さから言っても、内容から言っても、大変に充実した文章だが、今ひとつの重要なことは、この連載が写真付きで行われたという事実である。生前の峰子や鷗外の写真ばかりではない。鷗外の遺品に関しても、「賓和閣」の額や双六盤などの写真が添えられたのである。

これは、それまでの「鷗外」物にはなかった新傾向であった。『鷗外の母』の連載が終わるや、同じく『台湾婦人界』に、『鷗外の死面と遺品』という文章が発表されたが、これもまた写真付きであった。その冒頭に、於菟はその間の事情を語る短い解説文を置いた。

――私は数月に亙って「鷗外の母」を「台湾婦人界」に連載した。その際家蔵の父の遺品撮影、又古い写真の複製など年来の望みを果し得た事を欣快に思う。そこで編輯の都合上、前稿に収録し得なかった分に就て少しく解説を試みたい。――

遺品の写真撮影という「年来の望み」が、いつ頃芽生えた願望であるのか、具体的な説明はない。しかし、一九三九年の台北帝大での展示会が、そうした願望に弾みをつけることになったであろうことは、想像に難くない。

『鷗外の死面と遺品』はさして長い文章ではないが、「死面（デスマスク）」、「半鐘と酒杯」、「脇机」、「扁額」、「書幅」、「画幅」の六つの節にわけ、「半鐘と酒杯」以下の遺品に関しては、それぞれの代表的なものを、写真を添えて解説している。

「半鐘と酒杯」の「酒杯」とあるのは、以前にも触れた、鷗外がドイツ留学中にザクセン王国軍医監のロート博士から贈られたビアジョッキのことだが、今なお鷗外の遺品の代表的な顔となっているこの青春の記念品が、間違いなく台湾に渡っていたことを、映像とともにリアルに告げている。

ビアジョッキと左右並べて一枚の写真に納まった「半鐘」は、観潮楼の玄関、右側の柱に吊られていたもので、訪問客は呼び鈴の代わりに撞木でこの半鐘をたたき、家人に訪問を告げた。

於菟の解説では「刻字は表に『聖廟楽器』の四字、裏側に『乾隆辛酉年東昌、府同和〇〇《ママ》監製』の二行十四字がある」としてある。〇〇の個所は、摩滅によって判事不能であった。

「乾隆辛酉年」は西暦に換算すると、一七四一年二月十六日から四二年二月四日までにあたるが、清朝最盛期に作られた逸品だったということになる。

台湾で撮られたこの写真は、今となっては実に貴重な資料となった。というのも、戦後、鷗外の遺品が台湾から日本に戻される際、この品だけは、中国の歴史遺産であるとの理由から、没収されてし

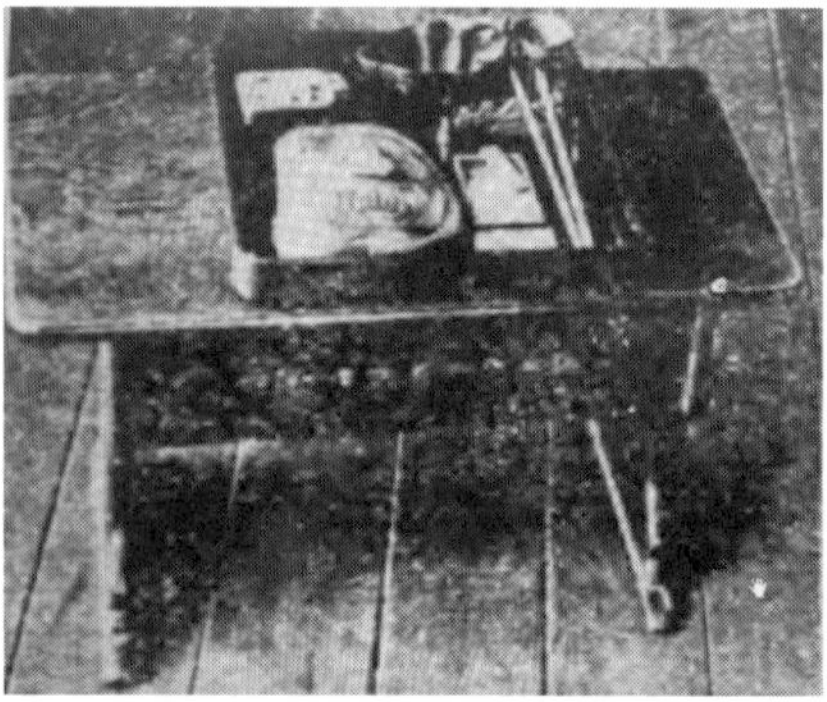

脇机（『鷗外の死面と遺品』より）

まったからだ。その後は散逸し、行方がわからない。

写真はビアジョッキと並べて、正面横から撮影しているので、両者の大きさの比較がよく見てとれる。半鐘はビアジョッキに比べて、ふたまわりほど大きい。

今に伝わるビアジョッキは、高さが十八センチ、横幅が十六・二センチであることがわかっているので、そこから類推すると、半鐘は高さが二十五センチほど、横幅は二十センチ近くに及ぶものであったことがわかる。

「脇机」に関しては、於菟自らがサイズを書きこんでいる。上面幅十七センチ、長さ五十センチ、高さが二十九・五センチ――。小ぶりのこの脇机は、鷗外が帝室博物館総長だった時代に作らせたものであるという。

正面には中村不折の書になる「模白河楽翁遺物」の銘があり、白河楽翁＝松平定信の愛用品を模したという由来が記されている。

写真では、机の上に硯、筆立て、筆洗い、水差し、使いかけの墨が並べてある。いずれも鷗外遺愛の品である旨、於菟の断り書きがある。

「扁額」は、元老の西園寺公望が鷗外のために筆をとって贈ったもので、「才学識」の三字が並ぶ。西園寺は名だたる文士たちを私邸に集めて「雨声会」を催していたが、鷗外はたびたびその会に出席し、その縁から、一九一六年にこの額が贈られた。

「書幅」では、韋蘇州の「昔有道士」の漢詩が紹介されている。一九三九年の台北帝大の展示会に出されたもので、これにも写真が付された。

於菟は、『鷗外の死面と遺品』のなかでも、この漢詩に込められた父からのメッセージを汲みとっている。

――「昔有道士」云々の句には私への教訓を含んでいると見て、私は今でも心をしずめ身を省みる時にこの句を誦するのである。――

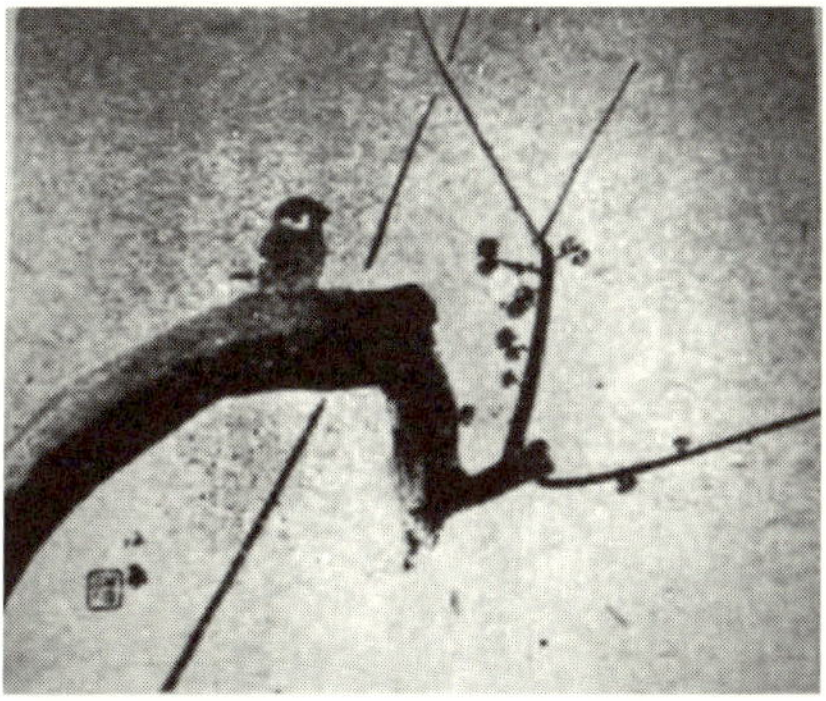

『梅雀図（楳雀図）』（『鷗外の死面と遺品』より）

「画幅」では、京都画壇の雄、竹内栖鳳の『梅雀図』（『楳雀図』とも）が紹介されている。これは鷗外が文展の審査委員長をつとめた関係で親しくなった竹内から贈られたもので、わずかに花を咲きそめた梅（楳）の枝に一羽の雀がとまっている。「小幅ながら逸品である」と、於菟は記す。また、掛軸の端には、鷗外の字で「栖鳳楳雀図」の五文字がしたためられていることも解説している。

『鷗外の母』、『鷗外の死面と遺品』で掲載された写真は、いずれもモノクロで、今から見れば、写真自体が資料と言えるほどのものである。

しかし、先にも記した通り、今では失われた遺品が姿を留めるのみならず、この先の戦争の激化と、戦後の引き揚げや遺品返還に際して被った劣化を免れている。

於菟が自身のすぐ近くで愛をもって保管した最上の状態で、鷗外の遺品が記録された意義は大きい。ひょっとすると、この時期、於菟が父の遺品の写真撮影を敢行したのは、戦争の影響もあったかもしれない。開戦一年目の、まだ戦況としては日本の敗戦を予測させるような否定的要素は目立っていなかったが、於菟の意識のなかでは、いつどうなるかわからないといった危機意識が、ふくらみつつあったのではなかろうか。

一九三九年の台北帝大での展示会以降、父の遺品に対する態度が次第に変化してきたのと合わせて、於菟の意識のなかでは、写真撮影による記録保持と、文章執筆による個人の記憶の公共化とが、互いに絡み合い、太い縄をあざなうことになったかに見える。

＊　＊　＊　＊　＊　＊　＊　＊　＊　＊　＊　＊

『鷗外の死面と遺品』を発表した翌月の一九四二年十二月、台湾文芸協会の主催で「明治文人遺墨展覧会」が開かれた。会場は台湾日日新報社であったが、この時、於菟は鷗外の遺品から、漱石と啄木の書簡を出品している。

展示の終了後、一九四三年の六月になって、『台湾文学』に、『漱石と啄木の手紙』が発表された。

父の遺品を人々の閲覧に供し、それを記録して発表するというパターンが、ここでも踏襲されたのである。

「明治文人遺墨展覧会」が開かれたのは、日米開戦からちょうど一年がたった頃だった。

台湾総督府が出している月刊誌の『台湾時報』は、台湾各界の指導的人士百人に、「十二月八日の私はどうしていたか」を尋ねたアンケートの特集記事を組んだ。

質問は、以下の二項目に及んだ。

（一）「西太平洋に於て米英と交戦状態に入れり」の報をきいたとき

（二）それから右の報を聞いた瞬間一番さきに何をお考えになりましたか

イ、自分の仕事

ロ、自分の身辺

ハ、日本（台湾）はどうなる

返事のあった三十人ほどの回答が、一九四二年十二月号に掲載されている。

森於菟台北帝国大学教授は答えて曰く、

「一　小雨降る朝でしたが東門町北四條通りの空地に隣組の老幼男女うちまじり恒例のラジオ体操をして居りました。

二　何事をも思う暇なく只「来るべきものが来た」との感じと、身も心もひきしまるのを覚えました。」――

この素っ気なさは、他の回答者と比べるとかなり異色である。

聖戦必勝の決意に身が震えて、などといった戦意高揚の気分はかけらほどもない。批判こそ表立って口にしないものの、世の中を覆う熱狂や興奮とは距離を置いた姿勢をとっている。「昔有道士」の漢詩に、「私は今でも心をしずめ身を省みる時にこの句を誦する」と言い添えた於菟であったが、父の遺品と対峙するなかで、時流に流されず、沈着冷静に理非を見極める姿勢を身につけていったのだろうか……。

やはり同じ頃、於菟は『民俗台湾』の一九四二年十二月号に、「巻頭語」を寄せている。『民俗台湾』は台北帝大の解剖学の同僚・金関丈夫が、台湾在住の民俗学者・国分直一らと始めた雑誌であったが、皇民化政策が進行する時勢にあっては、台湾に残る漢族や先住民などの伝統や文化を大切に扱う点、異色の存在であった。

表紙やイラストなど、台湾在住の画家・立石鐵臣が担当した絵柄、図柄も、明らかに非日本系とわかる風俗のものを多用していた。

於菟がこの雑誌に本格的な寄稿に及ぶのは、一九四四年の『海南島見聞記』の連載まで待たねばならないが、太平洋戦争開戦から一年後の四二年十二月に、短い「巻頭語」をもって初登場を飾ることになったのである。

「巻頭語」は、『時代の先端を行くもの』と題された文章だが、小文ゆえ、以下全文を引く。

――今は昔すね者があった。世を挙げて時代の先端を行き、猫も杓子も○○《マ》○○《マ》を論じ○○主義を謳歌するにつむじを曲げ、又ダンスを憎みラジオを厭い、都塵を避けて市外に庵を結び、之を「後端荘」と名づけ、終日蹲居し古書を繙いて暮した。今台湾全島徹底皇民化実現途上にあって、その民俗旧慣を研究するもの、之を近視眼者流より見れば聊《いささ》か時代の後端を行く嫌があるかも知れぬが、翻って思うに、鋭き刀刃を自在に駆使するには刀身もよく鍛えられ刀鞘（＊註　オリジナルは「革」偏に「霜」のつくり）も堅固でなければならない。民族を誤りなく導き百年の計を成すには民俗に通暁する事がその根幹となるべきである。更に広く善隣を理解し、南方諸民族をも包容して一大共栄圏民族群を成立せしむるには、民俗研究者の責務大なりというべく、真の意味に於て寧《むし》ろ時代の先端を行くものと称すべきである。――

開戦一周年アンケートの回答と通じ合う真情が、韜晦《とうかい》のトーンを帯びつつも、この人には珍しく熱い筆で綴られている。

時代のタームとロジックを用いているが、すね者であることを名乗りつつ、世の流行からすれば「後端」に見えかねない民俗研究の肝要さを強調することで、大手を振って進行中の皇民化政策や、多様な民俗文化を否定し「皇民」に一元化する論理に、異を唱えている。時代が強いる偏狭さに対し、真っ向から反論しているのだ。

時代を見すえる理智が光るこの文章は、これまでに出された森於菟の随筆集のどこを見ても掲載されていないが、時代の谷間に咲いた、小さくも色鮮やかな野の花のような、すがすがしい輝きに満ちている。

『台湾時報』での開戦一周年アンケートの回答と、『民俗台湾』の「巻頭語」発表と、「明治文人遺墨展覧会」への漱石・啄木書簡の提供と、これらはどれも、森於菟というひとりの人物によって、同時期に行われた事柄である。

戦局が悪化し、いよいよ時代が転落へと向かう前の、最後のピークのようなところで、於菟は気を吐いている。於菟の多面的な顔が、それぞれに充実を極めた末に、ひとつに和して、大きな人格を形成している。

私は『民俗台湾』に於菟のこの文章を見つけた時に、咄嗟に父・鷗外の『沈黙の塔』を思い出した。一九一〇年、天皇暗殺を企てたという殆ど虚偽の罪状によって、幸徳秋水らの社会主義者、無政府主義者らが逮捕される、いわゆる「大逆事件」が起きた時、鷗外は言論の自由を封殺した当時の政府、社会を批判して、陸軍軍医という官僚の身でありながら、敢然と抗議の筆をとったのだった。翌年には幸徳を含む十二名が処刑され、鷗外の批判は、その後も『大塩平八郎』（一九一三）などの作品へとつながってゆく。

於菟が『民俗台湾』に載せた文章は、「巻頭語」ゆえ、分量としてはごくささやかなものだが、時代の流行に振りまわされない、父譲りの理智と公明の精神が脈打つ。

鷗外の息子、森於菟の面目躍如といったところではないだろうか……。

さて、私は本章の初めに、台北帝国大学教授となった森於菟の時代との関わり――日中戦争から太平洋戦争へと続く、肥大化する国家意思との関係性を見ることなくして、鷗外の遺品を語り得ないという趣旨のことを述べた。

於菟の経歴とその著作物を追い、この『民俗台湾』の「巻頭語」にたどり着いた時に、ようやくにして解決の鍵に出会えた気がした。何か、憑《つ》き物でも落ちるかのように、氷解するものがあった。台北帝大教授、そして医学部長という身分は、いかんせん於菟を、台湾を支配する側の一員にせざるを得なかった。

しかし、台湾の指導的立場にあった者が、悉く頑迷な国粋主義に凝り固まっていたわけではない。少なくとも、於菟は日本人と台湾人を分け隔てなく見ようとし、彼ら固有の文化を劣ったものとも考えなかった。

皇民化政策については明確に否定的見解をもち、台湾に、あるいは南方の諸民族、各部族に伝わる習俗や伝統を、重んじようと努めたのである。

時代はやがてはっきりと下り坂を転がり始める。もはや上りに転じることなどない、下るばかりの奈落への道である。

「すね者」であることを自覚しつつも、於菟は自身の原則を最後まで貫く。「先端」でなく、敢えて「後端」に甘んじるということ、その上で、各者各様の違いを認め、互いを尊ぶこと……。

過激とは無縁の寛容と鷹揚が、窮屈な時代には最も過激であったりもする。「後端」は「先端」をゆうに越える。

ウサギと亀で言えば、明らかに亀流の於菟の流儀が、しかしこの先、敗戦から引き揚げという激動のなかで、しかと物言うことになる。
そして、鷗外の遺品の運命にも、大きく影響してくるのである。

第五章

敗戦前後
～台湾の於菟 その三～

台湾大学医学院人文博物館

同博物館に飾られた台北帝大
医学部長時代の森於菟の写真

太平洋戦争が始まって一年が過ぎ、新しい年、一九四三年があけた。この年は、前にも述べた通り、三月半ばから五月末まで、於菟は海南島に滞在した。

多忙の合間を縫って、前年に引き続き、「鷗外」物の随筆の執筆が精力的に行われた。

一月には、『乃木将軍と父鷗外』が『台湾』に発表された。これは、一九三八年に書きあげていた原稿を補筆したものであった。同月、一九三四年に執筆した『父鷗外の陣中消息と凱旋』に、補筆を加えてもいる。

一月から二月にかけて『鷗外と女性』を執筆、『台湾婦人界』に一月から五月まで連載された。また『観潮楼物語』が、一月から三月まで『台湾時報』に掲載されている。

二月にはまた、以下の原稿も書かれている（括弧内は発表媒体と年月）。『漱石と啄木の手紙』（『台大文学』一九四三年六月）。『鷗外遺文』（『台大文学』一九四三年四月）。『鷗外のことば』（『文藝台湾』一九四三年五月〜六月）。

父・鷗外にも劣らぬ、実に旺盛な執筆意欲だが、そのなかでも、『観潮楼物語』と『鷗外と女性』が、分量、内容ともに、充実している。

『観潮楼物語』は後に『観潮楼始末記』と改題され、今に至るまで、鷗外資料として一級のものである。上中下の三章からなるが、「上」の書き出しを、於菟は次のように語り出す。

——観潮楼は私の魂の故郷である。その余りに惨ましい最期を思うと胸が痛むので、私は今までそれを語りたがらなかった。しかし今度私が父に関する思い出の文章を集めて書肆に托する機会に臨み、観潮楼を弔う文のないのは何か心にすまぬため、しいて筆をとったのである。——

一九三七年夏の観潮楼焼失の悲劇は、於菟の胸になおも疼痛を残している。だが、悲しみを乗り越え、於菟は、自身の「魂の故郷」にして父の思い出の詰まった観潮楼を語るべく筆をとる。

その動機説明には、看過できない情報が含まれる。「父に関する思い出の文章を集めて書肆に托する機会に臨み」とあるので、於菟が「鷗外」物の新たな本の刊行に向け、始動したことが窺われる。出版社との協議も緒についたような書きぶりだ。

これを知ると、於菟が前年以来、堰を切ったように「鷗外」物の随筆を書き続けてきた理由も頷ける。於菟は台湾に赴任して以降、書き溜めてきた「鷗外」物を、そろそろ一冊にまとめ、世に出したいと願っていたのである。

『観潮楼物語』(『観潮楼始末記』)は、観潮楼が主人鷗外を中心とする文化サロンのような賑わいを呈していた時代から書き起こされ、於菟自身の成長過程も重ねながら、一九三七年八月の火事による焼失に至るまでが綴られた記録である。

今では文京区立森鷗外記念館がたつその場所が、『観潮楼物語』が執筆された一九四三年当時、どのような状況にあったかを知るためにも、「下」の末尾を引用しておこう。

――観潮楼の現在はかの荷風の「日和下駄」の「崖」に沿う往来に面する冠木門とそれにつづく籠塀だけが残っている。時々東京に出て、その跡に隣りする、これも父の家の一部であった弟の家に宿泊しても、私はその門その塀に近寄ることをすらおそれている。今年になって近隣の人から焼跡を空地利用のために畑にしたいといってきたので私は喜んで使用してもらうことにした。私はいずれあの跡に一片の標柱なりと建てて観潮楼の跡、そして私自身の魂の跡を弔いたいと思っている。――

観潮楼の跡地に近寄るにも胸苦しさを覚える於菟にとって、その一代記の執筆は、懐旧の情の甘さに浸ることとは、次元を異にする行為だった。

父の人となりを伝える「鷗外」物で新たな一冊を編むに際し、観潮楼の記録がなくては事を欠くと判断したが故の、自らに課した痛みを伴う務めだったのである。

一九四三年に書かれたもうひとつの重要な「鷗外」物の『鷗外と女性』では、最初の妻にして於菟の生母である登志子、後妻に迎えたしげ子に関する証言が詳細に語られたが、加えるに、鷗外にとっての「第一の女性」として、ドイツ留学中に知り合った「エリス」に焦点が当てられたのが注目される。

それまで、鷗外の生前はもとより、没後も、ドイツから日本にまで追ってきたこの女性について、森家の側から、きちんとした証言がなされたことはなかった。

鷗外の妹の小金井喜美子は、その女性についていくばくかの文章を書き残してはいるが、いかにも取るに足らない女のように見下げてまともには扱わず、鷗外が真に愛し、結婚を望んだ女性としての人格を認めようとはしなかった。

だが於菟は、既に台湾に向かう船中で書いた『父の映像』でも、『うた日記』中の「釦鈕《ぼたん》」の詩に詠われたベルリンの「黄金髪ゆらぎし少女」を「エリス」のことと推定し、「父にとっては永遠の恋人ではなかったか」と述べていたのに加え、七年後にものした『鷗外と女性』では、父と関わりをもった女性を、「エリス」、登志子、しげ子の三人に絞ったのである。

さらに、叔母の喜美子に代表される「エリス」を軽んじてきたこれまでの森家の見解を、「少し得手勝手」と難じ、ドイツ人女性が日本を離れるに際し、「これを見送る父の眼に一滴の涙があったとしても、格別父を累《るい》するものではないように考えられる」とした。

森家の内側からこのような意見が披露されたことは、於菟の公明正大な人柄を表すとともに、歴史に対してきちんとした証言を残したいとする意志を窺わせる。

痛みを押して観潮楼の一代記を筆にしたことといい、森家のつれない対応に反旗を翻すように「エリス」を擁護し、父・鷗外との間の愛を認めたことといい、於菟の筆を強い使命感が染めているのを感じる。

父の記憶と向き合う台湾での於菟の態度は、再婚した父との間の十全ならざる関係の穴埋めをするような絆の落穂拾いに始まり、遺品の公開を通した公共性の覚醒へと続き、さらには歴史に残すことを意識した大きな使命感へと発展していったようである。

台湾という中央を離れた新天地に暮らし、しかも父の遺品とともにあって常に対話の可能であった環境が、於菟の意識を深めていったものだったろう。

三月から五月にかけての海南島滞在から戻って以降は、七月に『二人の友』のモデル』を執筆。鷗外の小説『二人の友』のモデルとなった福間博と玉水俊䗙《しゅんこ》について、小倉での出会いから東京まで敷衍《ふえん》された交友を綴った。

そして、この『「二人の友」のモデル』が、結果的に、終戦前に台湾で書かれた於菟の最後の「鷗外」物となった。

これ以降、父を語り、記録するという使命にも似た於菟の気持ちは、一九三六年に出された『木《もく》芙蓉《ふよう》』以来、久々に一冊の本を編み、出版するという目標に舵を切ることになる。

「鷗外」物の道標が定まったところで、於菟の筆は異なる方向に転じた。

一九四三年十月に、『美術に現れたる人種的特徴』を執筆。これは、鷗外の息子としてではなく、解剖学者としての森於菟がものした随筆で、前章でも触れたように、この類の文章としては、台湾赴任以降初めてとなるものであった。

さらにこの先、一九四四年から四五年の年初まで、於菟は積極的に解剖学関連の随筆を手がけてゆく。

一九四四年四月に『人間の進化と退化』を執筆。四月から十一月にかけて、『解剖随筆』を執筆。六月には『解剖と文化』を執筆。

八月一日には、NHKのJOAK（東京放送局）から、於菟の執筆になる『解剖襍話《ざつわ》』がラジオ放送された。木乃伊《ミイラ》のことなどが綴られた書き下ろしの作であった。

十二月には、『屍體展望』を改訂。これは、もともと一九三四年六月に書かれていた原稿を補筆したものであった。

翌一九四五年一月には、もともと一九三三年に書いた『屍体春秋』を改訂補筆。

これらの解剖学関連の随筆と同時進行するかたちで、於菟は一九四四年の三月から十一月まで、『民俗台湾』誌上で七回にわたって『海南島見聞記』を連載している。前年に訪ねた海南島の報告文である。

また、八月末に発行された『台湾医学会雑誌』第四十三巻第八号には、森於菟・小西孝一の共同研究として、『アミ族青年ニ就テノ労働前後ニ於ケル観察』が発表されている。

学内での業務が閑暇を有していたわけではなかった。それどころか、この年、一九四四年の四月には、於菟は台北帝国大学医学部長に再任もされている。まさに多忙を縫って、集中的に書き継がれた「グロ」物の随筆だったのである。

そうした事情を鑑みると、先の「鷗外」物に続き、解剖学関連の随筆においても、漫然と想の湧くままに筆にするのではなしに、原稿を揃えようとする於菟の明確な意志、意欲が窺われる。

於菟の気持ちが実際の形になるのは、この先、敗戦を挟んで一九四六年になってからで、六月に『解剖刀を執りて』が、七月には『森鷗外』が、それぞれ単行本で発刊されることになる。ともに、台湾で書かれた随筆を集めたものだが、前者が解剖学関連の「グロ」物、後者は言わずもがなの「鷗外」物である。

両者が、ともに養徳社という出版社から同時期に出ている点を考えると、ふたつの著書は双子か兄弟のように、ほぼ並行して準備され、世に生み出されたものだったのだろう。
『森鷗外』の巻頭に置かれた「序」を、於菟は次のように語りだす。

──万人にすぐれた父を持つが故に絶えず心に重い負担を感じている私は不肖の子としてのまま、今や漸く老いんとしている。業務の余暇父を伝うる為に筆を執ってからもはや十年余となった。今その主なるものを集めて一冊とし世に送るのが本書である。──

そして「序」の後半、出版事情のビハインド・シーンを語りこむなかでは、戦時ゆえの哀しい現実に触れざるを得なくなる。

──本書に収めた写真はやむを得ぬものの外、なるべく未だ何れの書にも公表されぬものを選んだ。遺品撮影や古い写真の再製には友人の好意に負う処が多い。別に朧気なる記憶を辿って書いた観潮楼並に鷗荘の平面図があるのであるが、初めこの書の稿の浄書と装釘とを託した某画伯が急に軍務につかれた為に連絡をとる便りなく遺憾ながらこの版から省いた。なお残念ながら、それは「観潮楼始末記」中に記してある観潮楼の残存せる建物が昭和二十年一月二十八日の爆撃で殆ど一物をとどめず全焼したそうである。
観潮楼の焼跡には今やその一隅に武石弘三郎氏作の父の胸像が残るばかりときいている。
昭和二十年三月二十四日　著者識──

これを見れば、一九四五年三月下旬のこの時点に於いて、既に出版の段取りがかなり進んでいたことがわかる。

かつまた、東京から遠く離れた台湾にあって、観潮楼が空襲によって二度目の焼失に遭い、一帯が焼け野原となった事実を知らされたことも伝わってくる。空襲は一月二十八日だったという。

借家人の火の不始末から、観潮楼の母屋が焼失した際には、ショックのあまり、夜の台北の街を、叫び声をあげながら駆けまわった於菟であった。

「魂の故郷」の二度目の焼失の知らせを受けて、どのような気持ちに襲われたであろうか……。於菟の文章は静かな哀しみを湛えてはいても、怒りや慟哭を爆発させてはいない。

世の中全体が戦争のために甚大な損害を受けている時代状況にあっては、涙を呑み、大きな諦念のなかに、痛みを溶かしこむしかなかったのかもしれない。

想像されるのは、ひとつの時代の終焉を、否応なく感じさせられたであろうことである。

個人の火の不始末に起因する偶発的事故のような最初の焼失の時とは違い、空襲で一帯が焼け野原になったのだ。時代そのもの、社会そのものが焼け落ちたような崩壊感覚が胸を占めていたことだろう。

戦況の悪化に伴い、終末的な予感に否応なく胸のざわめく思いを抱えながらも、於菟はそれ故にこそ、落日までの残余の時間と闘うように、時代の記録を残すという使命感を燃やしていたのではなかったろうか。鷗外の息子として、そして解剖学者として……。

双子か兄弟のように準備された「鷗外」物と「グロ」物の二点の著作は、そうした悲壮の覚悟によって生み落とされたように思われてならないのである。

ひとつの時代の終焉ということでは、空襲による観潮楼焼亡の報せを受ける三カ月ほど前に、於菟はやはり東京から喪失を伝える連絡を受けていた。

叔父の小金井良精（鷗外の妹・喜美子の夫）が八十九歳で亡くなったのである。一九四四年十月十六日のことであった。

小金井は、親族というだけでなく、解剖学の泰斗として、斯界に確たる地位を占め続けた存在であった。

於菟を解剖学に進ませたのも、台北帝大に医学部ができるというので、於菟に教授として赴任するように勧めたのも、この叔父であった。

葬儀は東京の高輪泉岳寺で行われたが、時代は既に、台湾から海を越えて参列できる状況ではなくなっていた。

台北にも、於菟だけでなく、小金井と親交した者や、その薫育を受けた教え子たちがいた。彼ら知友門弟らは十二月二十九日に、台北帝大医学部構内に設けられた簡素な弔い場で故人の功績を偲び、冥福を祈った。

一九四四年の年末――襟筋から入りこむ寒風のように、終末の予感が忍び寄るなかでの弔いであった。

＊　＊　＊　＊　＊　＊　＊　＊　＊　＊　＊

一九四五年三月十七日、硫黄島の日本軍守備隊が全滅。四月一日からは沖縄への米軍上陸が始まった。

台湾ではそれまで、内地同様、日本軍に不利な戦況については公に報じられることが避けられてきた。一九四四年十月の台湾沖航空戦（フィリピン・レイテ島上陸に先立ち、米海軍の戦闘機部隊が台湾から沖縄にかけての日本軍基地を攻撃）の際にも、日本側の多大な被害は知らされなかった。だが、沖縄が市民を巻きこむ戦場となるに至って、台湾駐留軍は手を拱いているわけにはいかなくなった。

軍参謀が、初めて大学幹部の集会に訪れた。医学部長として、於菟も列席していた。沖縄の戦況を説明しながら、軍参謀は次のように語ったという。

――台湾の戦場となる日も近く、敵は西海岸に上陸するだろう。軍は退いて山岳地帯に拠って迎撃する方針だ。大学の疎開を促進されたいといった。（森於菟『台湾での経験』『潮』一九六五年八月号　特集「二十年目の八月十五日」）――

米軍の台湾上陸を見越しての、大学の疎開要請――、事実上の命令であった。

以後、台北帝国大学では学部ごとに連日、協議が重ねられた。その結果、学部別にそれぞれ違う疎開地を選び、医学部は新竹州大渓に引っ越すことになった。

大渓は台北から南西三十キロあまりのところに位置する古い町で、台北帝大医学部はこの町の小学校の建物を利用して、基礎及び臨床の教育を続けることになった。大学の附属病院については、大渓だけでなく、一部はその後も台北で診療を続けることに決まった。

また、大学本部も台北に残ることとなり、医学部長の於菟は、しばしば台北・大渓間を車で往復することとなった。

於菟の家族も、ほどなく大渓の農家の部屋を借りて移り住むことになった。

この疎開に合わせて、鷗外の遺品にも重大な転機が訪れた。


——この時、医学部の特に研究上重要なる設備、大切な書類書籍などを台北に近い、士林の大学附属熱帯医学研究所に近接した地に、山の底に掘り込んだ隧道《トンネル》、それは大型爆弾の直撃にも堪えるという、その坑道にしまいこむとの計画をきかされた。その中に、私のかけがえのない、父から譲られた記念品を入れてやろうという有難い話を研究所技師辻博士が持ってきてくれた。あんな所へやって大丈夫かという友達もあったが、身辺はもとより大学の諸機関もまったくあてにならないその頃、遠く離れた所に置くだけでも気が安まるので、許されるだけの容量を整えて持参し、坑道に辻博士の案内で入り、所定の場所で、多くの荷物の積んである上にそれをつみ重ねた。前に述べた中の、額や、掛物の大形で大切なもの合せて二十点余。油紙で充分に包装したのは隧道の中には岩清水が滴り落ちると、かねてきいていたからであった。（『砂に書かれた記録』一九六五）——

於菟は一九五三年三月、『心』という文芸雑誌に発表した『蛇穴を出づ』という文章でも、父の遺品の「疎開」について書いている。

——いわゆる戦況苛烈となってから、大学で図書器具機械その他をそれぞれ疎開した時、私も記念物をこれに便乗させた。一部はこれを大渓の民屋に送ったが、最大切と思われるものを選んで台北州士林の熱帯医学研究所の横穴に入れた。これは研究所の心臓部を最後まで残すという目的で、背後の山腹にトンネルを掘ったのである。——

ここでは、遺品の一部は、家族の疎開先である大渓の民家に移されたことも明らかにされている。明確には記述されていないが、運搬が難しく、台北の家に留め置かれていたものもあったかに思われる。

いずれにしても、ここにおいて、於菟と父の遺品の関係が劇的に変化することになった。それまで台北の家で、於菟の座右に置かれていた鷗外の遺品のうちかなりのものが、於菟の手元を離れることになったのである。

一九三七年に「魂の故郷」である東京の観潮楼が間借り人の火の不始末から焼失した際にも、父の遺品がわが身とともにあることを支えにしてきた於菟であった。鷗外の遺品を介して父と対話を繰り返し、その思い出を反芻してきた於菟だったのである。

それが、戦争という非常事態のゆえに、父の遺品を目の届かぬところにしまいこみ、保管せざるを得なくなった。台湾での於菟の立ち位置というか、生活の根本を覆す一大事に見舞われたのである。ちょうど、一九四五年三月二十四日に『森鷗外』の序文を書き上げていたこともあって、於菟としてはひと区切りの思いもあったかもしれない。今は父の遺品を身辺近くに置くよりも、かけがえのない貴重な品を安全に守り抜くことを優先的に考えざるを得なかったのであろう。

士林に「疎開」した二十点余の額や掛物などの遺品のなかには、一九三九年の遺墨展に出品されたものも含まれていた筈である。

六年前には文豪・森鷗外に関心のある衆人の目をも楽しませた品々も、今や於菟の視界からすらも去って、コンクリートに覆われた士林の隧道のなかで、人知れず、ひっそりと眠りについたのである。

鷗外の遺品は、その人にまつわる記憶の語り部たることを封じられて、無言のまま、吹きすさぶ時代の嵐の過ぎ去るのを待つしかなかった。

戦争の影は、目に見える形で進行していた。

台北帝国大学からも応召する教員や学生たちが後を絶たず、戦地に斃れ、帰らぬ人となる者も増えてきた。

一九四四年十月以降は、台湾でも米軍機による空襲が本格化し、一般市民にも犠牲者が出るようになった。

空襲は複数の都市で数次にわたって行われたが、台北では、一九四五年五月三十一日に大空襲があり、三千人ほどの死者を出した。

空爆の対象は主として台湾総督府を中心とする官庁街で、三千八百もの爆弾が投下されたといわれる。総督府は建物右翼に被弾し、その後の火災の影響もあって、以後、使用不能に陥った。

於菟は台北爆撃の報を大渓で受けたが、台北とは電信電話もつながらない状態で、どうやら市中の被害が大きいらしいことを察するばかりだった。翌日、同僚の小田俊郎教授とともに徒歩ででも台北に向かう覚悟で大渓を出発、運よくトラックに便乗させてもらって、何とか台北に到着することができた。


——台北につきすぐ大学医学部にかけつけると大変な混乱である。大型爆弾の落ちた所は本館の大講堂の裏側、中庭にかけて径約三〇米、深さ二米ほどの凹みをつくり、その周囲は土塊と建物の破片の山である。直接被害を受けたのは病理法医両教室で、九大から招かれて来てから数月の法医学担任の田代教授が犠牲者の一人であった。大学病院にも数個の爆弾が落ちたが建物に当らず、爆風のため窓ガラス全部が破壊されたが、職員患者に被害者はなかった。(『砂に書かれた記録』)——


大渓もこの先、空爆にさらされる可能性があるとのことで、さらに奥地に入った角板山が第二の疎開地として指定され、於菟は総督府の指示を受けてタイヤル族の暮らすその地に赴き、予定される敷地の縄張りに立ち会うことになった。

しかし実際にはこの山地への第二疎開は行われず、また空襲もその後は鳴りをひそめ、恐れていた台湾上陸もないまま、沖縄を占領した米軍は、台湾を「素通り」したような格好で本土へと向かった。

そして、八月十五日が訪れた。

その日、医学部長の於菟は病院長の河石九二夫教授とともに車で大渓を発って台北の大学本部に赴き、会議に参加した後、医学部に向かったが、重大放送があるという時刻になり、民家の前で車を停めた。

放送は天皇自らが語る玉音放送で、ポツダム宣言を受諾し、無条件降伏を告げる詔勅であった。於菟は河石教授とともに、凝然として顔を見合わせたという。

医学部に着いてみると、雰囲気が普段とは違い、騒然としていた。

他の学部に比べ、医学部は台湾人学生たちの数が多い。卒業すれば、民族の差に関わりなく社会的地位が保証されるからであったが、戦争の激化により日本人学生が次々に応召して数を減らす前から、その比率は五分五分であったという。

これらの台湾人医学部生のなかには、日本の敗戦の報に接して民族感情に火がつき、政治的行動に駆り立てられる者も現れた。「祖国」に復帰する「光復」を祝う凱旋門のような門が医学部の近くに出現し、反日的な気運がにわかに胎動して、ふとしたきっかけで暴発しそうな危うさであった。

――私は「台北帝国大学医学部」という門標をかけた門のすぐわきの建物の二階にある部長室の窓から見ていると、学生数名がこの門標を外して持去った。今日からここは日本領土でないというのであろう。また門内には「日本人入るべからず」の貼り紙も見えた。講堂では学生が集って何やら騒がしく論じているらしい。私は自分も近くこの室を去るのであろうが、後任者のきまるまでは学生の軽率な行動をしずめねばならない。私は意を決して学生達に、この非常の時に、学徒として執るべき道について私の所信を述べようと、室を出た所を同僚、薬理学の杜聰明教授に押し留められた。

杜教授は台大教授中ただ一人の台湾出身者であった。私の尊敬する学者で、温厚な人であるが此時は声色を励まして言った。「今はやめて下さい。学生は皆気が立っているから、今はやめて下さい。台湾人には私が言って静かにさせます。あなたは日本人だけ集めて話して下さい」。それから十分ばかり後にわずか十数名の日本人学生と私とは、解剖学教室のわきの暗い小講堂で声もなく相対していた。他の日本人はすべて陸海軍に従い、その幾割かはすでに死んでいるのであった。(『砂に書かれた記録』)——

杜聰明(一八九三〜一九八六)は、現在でも「台湾医学の父」と称され、尊敬を集める人物である。台湾総督府医学校を首席で卒業、その後は京都帝国大学医学部に学び、台湾人として初めて医学博士号を取得した。台北帝大では唯一の台湾人教授として薬理学を教え、阿片患者の撲滅や、蛇の毒から抽出した鎮痛剤の開発といった研究でも活躍した。

於菟の文章では「温厚な人」とあるが、決して中華系としての愛国心や民族感情から無縁だった人ではない。

若い頃には、清朝打倒の革命運動に共感し、孫文らによって結成された中国同盟会に参加した。孫文の後釜として大統領になった袁世凱が、辛亥革命の精神を反故にするさまに失望し、袁を暗殺しようと大陸に渡ったこともあった。

袁世凱暗殺は未遂に終わるが、中国革命への夢破れてより、医学の道に邁進し、台湾初となる肩書を重ねてきた人なのである。

青春期に熱血漢として行動した経験をもつ人なだけに、日本敗戦を機に台湾人学生の胸をたぎらせた民族感情には理解も及んだのであろう。かつ、医学の道に生きる同僚として、森於菟という日本の良心を間近に見てきた人でもあったのだ。

それにしても、反日的民族感情に燃える台湾人学生たちに対し、「この非常の時に、学徒として執るべき道について私の所信を述べようと」した於菟の態度からは、この人の精神の屋台骨を貫く不動の信念を感じてならない。

米英との戦争、そして戦争によって肥大化した窮屈な愛国主義に対して、於菟が批判的であったことは、先に、『民俗台湾』誌に載った『時代の先端を行くもの』という文章によって確認したところである。

しかし、敗戦という、国家の存亡に瀕した一大事に際して、衝撃や動揺を見せることなく、医学部長として学生の前に立とうとしたこの人の振舞いからは、通常の人間が抱く国家観を超えた、「学問の王国」とでもいった鉄壁の堡塁の存在を窺わせる。世俗の権威や法はそれとして、いついかなる状況下にも、それらの容喙《ようかい》を豪も許さぬという、堅牢なる聖域を抱えていたということだ。

それは、父・鷗外の精神につながる信念でもあったろう。

軍医として官吏の道に身を置きながらも、文学の世界では、独立不羈の歩みを貫いた鷗外であった。

死に臨んでは、友人の賀古鶴所に宛てて、

「死ハ一切ヲ打チ切ル重大事件ナリ。奈何ナル官権威力ト雖《いえども》此ニ反抗スル事ヲ得スト信ス」と述べ、「墓ハ森林太郎墓ノ外一字モホル可《べか》ラズ」、「宮内省陸軍ノ栄典ハ絶対ニ取リヤメヲ請フ」と念押しをし、「コレ唯一ノ友人ニ云ヒ残スモノニシテ何人ノ容喙ヲモ許サス」と断じた鷗外だったのである。

鷗外が時として放った激甚さ、苛烈さを濾過したかのように、尖ったところを見せない於菟ではあったが、この人もまた、「何人の容喙も許さぬ」聖域を、胸に秘めていたと見てよいだろう。

敗戦の日の台北帝大を描いた於菟の文章は、次のように続く。

――やがて私はもとの部長室に返って、机の抽出の内容を片づけ初めた。私はもうこの室の主人ではない。私が一応解剖学教室の自室に持ち返るものと、破棄すべきものとの二種を、室に入る次の主に渡す書類から選り分けることの作業に私は熱中してつとめた。私がしきりに抽出をガタガタさせて仕事をつづけていると、私の室に達する階段をかけ上って来る人の足音が聞えた。室の前でとまると、ノックもせずに扉を半分あけていった。「部長。死ぬんじゃありませんよ。こんなばかな戦争に責任をとるんじゃありませんよ。」この声だけで扉は強く閉じられ、走るような足どりが階段を下った。それは若い日本人教授の一人であった。私が一時の感情に駆られて自殺するとでも思ったのか、親切な人である。私はだまって書類整理の仕事をつづけた。――

台湾の日本人のなかには、敗戦のショックから、自ら命を絶つ者も出た。「死ぬんじゃありませんよ」という若い教授から於菟にかけられた言葉は、決して虚言などではなく、それなりのリアリティを秘めていたのである。

だが、玉と砕けぬが、森於菟という人の信条である。

この時、於菟はあとひと月ほどで五十五歳になろうとしていた。台湾に居を移して、既に九年あまりが過ぎている。

敗戦を国民に告げる玉音放送のあったその日に、次の医学部長になるべき人物のために（それは当然、台湾人、中国人が予想されたであろう）、於菟は黙々と学部長室の書類整理を続けるのである。国家が滅亡するという混乱のさなかに、まるで、ただの部署移動の辞令を受けたほどの平常心をもって事務処理にあたるその姿は、愚直さを超えて、どこか崇高ささえ感じさせる。

非常時なればこそ、日常の凜とした品格が輝くのである。

終戦とともに、五十年続いた日本の台湾統治は終わりを告げた。

台湾は中華民国が支配するところとなり、日本時代の行政機関や施設、建物などは接収されることになった。

十月十七日、台湾接収の任を帯びた国民党第七十軍の先頭部隊である第七十五師団が、行政長官公署の官吏らとともに基隆港に上陸、その日のうちに台北に入った。これにより、接収は一気に本格化した。

台北帝国大学は国立台北大学と改称され、さらに十二月には国立台湾大学と改称を重ねる。

新しい大学の総長には、十月十七日に台湾入りした羅宗洛博士が就任したが、日本留学の経験者で、北大農学部の出身だった。十八日には早くも、羅新総長と杜聰明の間で会談がもたれ、医学部をどうするかが協議された。

その結果、大学教育のレベルを下げることのないよう、しばらくは日本人教員を留用する方針が確認された。森於菟、金関丈夫などが、そのまま教授職として留まることとなった。

医学部の正規の接収は、十一月十五日であった。医学院と名称も改まった。初代院長（学部長）には、杜聰明が就任した。

医学院での新たな体制のもと、授業が再開された。留用の日本人教授陣による授業は、以前同様、日本語で行われた。

ちなみに、台湾大学医学院で日本語の授業が禁じられたのは、日本人教授たちがすべて引き揚げた後、一九五〇年九月になってからのことである。

当時の教室の雰囲気を、日本人学生としてそこに学んでいた後藤尚氏は、次のように回想している。

――当時、終戦の混乱状態でごく一部の台湾の人に反日的な動きが巷にあったにもかかわらず、教室では仲良く日台の学生が机を並べて、一途に学問を学べたことを心から感謝しております。（中略）授業が再開され基礎医学の解剖、生理、生化学などの講義を受けました。森先生の解剖学は非常にかみくだいて判りやすく教えられ、Fascia lata の説明では、ご自分が Uterus Fascia になられ、Uterus lata になぞらえた布片を頭からかぶられて説明され、「あまり長い間かぶっていると諸君がエスケープするかな?」などと言われ、ユーモアに富んだ授業でした。（森常治『台湾の森於菟』より）——

——

もとはラテン語による解剖学の専門用語が出てくるので、完全な理解は私のような素人には難しいが、要は、子宮（Uterus）とそれを覆う被膜（Fascia）の関係を説明するのに、自身の顔を子宮に見立て、被膜になぞらえた布片を頭からすっぽりかぶり、実演して見せたということだろう。

実演に加えて冗談まで披露するユーモラスな授業風景からは、森於菟教授の潑溂とした様子が伝わってくる。

敗戦国民の屈辱であるとか、亡国の民の悲哀などといったネガティブな感情は、ここからはいささかも感じられない。以前と変わらず、日本人と台湾人の学生を前に、解剖学の授業を行えることに、充実を覚えているかに見える。

終戦の日の医学部長室での書類整理とも通じ合う、於菟のユニークさであろう。

体制はがらりと変わったが、授業は元の通りに復した。もはや空襲もない。戦争は終わったのだ。そうなると、解剖学者としての復活だけでなく、この人のもうひとつの属性が頭をもたげてくる。鷗外の長男であり、その遺品を預かる身としての於菟である。

空襲の激化により、台北帝大医学部の貴重品を士林の隧道に保管することになった際、鷗外の遺品の一部も、万が一の不測の事態に備え、同じ隧道のなかに「疎開」させた。

敗戦時の混乱を経て、医学部が中華民国統治下に再生する青写真が見えてきたところで、隧道に避難した品々を取り出すことになった。

暗い眠りのなかに閉じこめられていた鷗外の遺品が、再び光のもとに現れることになったのである。だが、米軍機の爆撃には耐えられるとされたコンクリートに覆われた隧道のなかで、鷗外の遺品は思わぬダメージを受けていた。

——士林の隧道に入れた荷物を引取ったのもこの頃（＊註　十月頃）で、見るとその数点が壁からしみ入る岩清水のため、ひどく汚染されていた。父の大切にした乃木将軍が台湾総督時代に夫人に送った書簡の巻物、父の書いた「椿山老公生日」の額、文展審査院日本画家十数名の寄せ書の軸、書画帖一冊（鷗外、寛、晶子の書あり、後に軸とした）などはいずれもこの時しみがついたのである。（『砂に書かれた記録』）——

——一年余の後（＊註　実際には半年余の後）取り出すと周囲から水滴が滲み出してそのためことに額や書画帖の軽くて破れ易いとの懸念から荷物の堆積の上にのせたものがビショビショに濡れ、白い紙は茶褐色になり、糊は離れ、青かびで判読できぬ部さえ生じた。（『蛇穴を出づ』）——

『蛇穴を出づ』での描写を読むと、多くの荷物の上に、特に重圧を受けて破損することが案じられる額や書画帖など、紙を使った軽い品々を置いたことがわかる。

額や書画帖など二十点あまりの品々を、油紙で包み、水除けの対策を講じたつもりでいたのだったが、岩清水の漏水は予想以上に激しく、油紙での防水対策では不十分だったのだろう。ひどい染みがついたものとして、具体的には四点があげられていた。

このうち、「乃木将軍が台湾総督時代に夫人に送った書簡の巻物」とあるのは、以前にも触れたように、一八九七年、第三代台湾総督だった乃木希典が東京の静子夫人に送った書状を、一巻の軸に仕立てたものである。

於菟は一九二四年、ドイツ留学から帰国してまもなく、鷗外が最晩年につとめた帝室博物館の神谷初之助主事から、鷗外の遺品を渡したいと呼び出され、この軸を受けた。

次の「椿山老公生日」の額は、一九一五年、山縣有朋の誕生祝いに鷗外が書いて贈った詩を、家にも残すために写したものである。

「幽棲爽塏近宮城　嘉木陰濃好鳥鳴　百歳乾坤期寿考　両朝柱石仰威名　伝觴俊士冠裳盛　献舞佳人意態軽　看此筵前和気満　忘他海外戦雲横」——。

山縣は一八三八年生まれ、鷗外のドイツ留学時代から相知る仲であったが、とりわけ晩年は和歌の会で親交を重ねた。この詩を鷗外が贈ったのは山縣が満七十七歳を迎える時のことで、老いてますます盛んな翁にさらなる長寿を祈るといった内容の漢詩を捧げ、祝意を呈したのである。

また、「文展審査院日本画家十数名の寄せ書の軸」は、鷗外が晩年、美術の文展の審査員をつとめていたことから、審査員らがそれぞれに草花や石を描き、自身の名を添えて寄せ書きしたもので、もとは即興の戯れに描かれたらしいが、鷗外没後に幅に仕立てられた。

益頭峻南による梅、望月金鳳による葉鶏頭、竹内栖鳳による花菖蒲、山元春挙による水仙、野村文挙による万両、川合玉堂による蒲生英《たんぽぽ》、山岡米華による蘭、高島北海による岩石が描かれている。なお、「日本画家十数名の寄せ書」とあったが、実際には八人の手による共同作品であった。

於菟が最後にあげていた「書画帖一冊」は、鷗外の書と、与謝野寛・晶子夫妻の短歌などが書きこまれた書画帖のことで、於菟が言うように、この書画帖に載る父の書と与謝野夫妻の短歌を併せて、後に小幅の軸に仕立てられた。

『砂に書かれた記録』では、この軸について、「いずれも私が直接に書いてもらったもので、父の書も他の二つの短歌も、書画帖の一頁である」とも説明されている。

実は、書画帖に載る鷗外の書とは、於菟に鷗外が与えた「路濕選乾場行」のことで、第四章一二一ページで紹介したもののことを言う。今は森鷗外記念館に所蔵されている与謝野夫妻の短歌とひとまとめにされた軸を見て知った事実である。

於菟が『砂に書かれた記録』で具体名をあげた漏水被害に遭った資料は、以上の四点であったが、これらは特に傷みの激しかったもので、油紙で包み、荷物の最上部に載せた二十点あまりの書や軸の類は、大なり小なり、同様の被害をこうむったと考えるのが妥当であろう。

於菟が台湾に運んだことで、失火による焼失も、東京の空襲による焼亡をも免れた鷗外の遺品であったが、戦時下にあっては、本土から離れた南の島にあってなお、全くの無傷であるわけにはいかなかったのである。

戦争が終わり、分散していた鷗外の遺品が、ともかくも再び、台北の於菟の家に集まった。いずれも、一九三六年の渡台以来、九年の間、起居をともにしてきた品々であった。父の思い出を秘め、文豪の生涯を語る品々が一堂に会したことを、当然ながら、於菟は心から喜んだであろう。

しかし、喜びもつかの間、於菟の頭を、新たな悩みが占めることになった。

接収後の過渡期とあって、於菟ら日本人教員はなおも台北の医大で教鞭をとっている。だが、教授陣に中華系の人材が揃えば、日本人教員はお払い箱となる。そう遠くない将来、日本に戻る運命にあるのは、自明の理であった。

台湾に駐留していた日本軍は敗戦とともに解散され、日本兵の引き揚げは民間人に先んじて行われた。台湾からの民間人の引き揚げが始まるのは、一九四六年の二月からになる。

三十二万人もの在留邦人たちが祖国を目指す。引き揚げは集団で行われ、帰国船はどれもすし詰め、携行の許される荷物の量は著しく制限された。

膨大な鷗外の遺品を、どうすれば日本へ運ぶことができるだろうか……。

解剖学者として大学で教える授業に関しては、敗戦にも動揺しなかったかに見える於菟であった。だが、鷗外の遺品に関してとなると、しかるべき打つ手が見つからなかった。

敗戦国民としての苛酷な現実が、於菟に迫ってきた。

新たな難題に、於菟の胸は痛んだ。文豪森鷗外の長男としての責務が、改めて重く両肩にのしかかってきた。

不安に侵蝕された小さな胸には、台湾と日本を隔てる海が、すべてを峻拒するように逆巻き、茫々とひろがるように見えてならなかったろう。

第六章

森於菟の帰国

於菟が引き揚げの際に持ち帰った、西園寺公望の書「才学識」
（『鷗外の死面と遺品』より）

終戦から数カ月――、台北帝国大学が国立台湾大学と変わるなど、すべての環境が激変するなか、一九四六年が明けた。

年明け早々、於莵は父・鷗外との関係で大事な知己を喪うことになる。西鶴研究者で、鷗外の自筆原稿や稀覯本の収集家としても知られた瀧田貞治が、一月二十六日に病気で亡くなったのである。於莵よりも十一歳年下、まだ四十四歳の若さだった。

瀧田が所蔵した資料は「鲁山文庫」と呼ばれたが、元台北帝大文政学部長だった矢野禾積《かづみ》（峰人）の勧めもあって、遺族の意志として、そっくり森於莵に移譲された。

これにより、新たな鷗外関係の原稿や書籍等が、於莵の手元にあった父の遺品に加えられることになった。奇妙な因縁というか、戦に敗れ、すべての日本人が引き揚げを前提に限られた日々を暮らす、梯子を外されたような状況下にあって、於莵は新たに鷗外の遺品を得たのである。

於莵が一九六五年に発表した『砂に書かれた記録』には、瀧田の遺族から譲られた「鲁山文庫」の詳細なリストが載っている。以下、於莵があげた順序のままに引こう。

自筆原稿小説『ながし』（鷗外の森潤三郎宛て端書二葉貼り付け）。自筆原稿脚本『仮面』。小説『灰燼』新聞一回分原稿。自筆『拙者は大石内蔵助じゃ』序文（鷗外筆による帝国軍人後援会宛てのはがき一葉貼り付け）。自筆『性欲雑説』原稿（入沢達吉題簽《だいせん》）。自筆『劇場の大きさ』原稿（木下杢太郎題簽）。自筆

『種族』原稿（鷗外より小池正直に宛てた手紙の封筒貼り付け）。自筆『盛儀私記』原稿。自筆『門外所見』原稿。鷗外、木下杢太郎、日夏耿之介「文学」額一面（鷗外自筆の「文学」の字の左右に木下、日夏による鷗外礼賛の字を置く）。

その他、鷗外著書の初版本数冊と、『舞姫』所載の『国民之友』、詩集『於母影』を掲げた同誌夏期付録などの雑誌などもあったという。

於菟はさりげなく、『ながし』を筆頭にあげている。

前にも触れた通り、水彩画家の大下藤次郎が、少年時代、継母のいじめに遭いながらも、孤独に自滅せず、向上心をもって、やがては絵の道を目指すという物語——。鷗外の執筆意図は明言されていないが、於菟の置かれた立場とよく似た主人公を描いている。

七年前、台北で開かれた「森鷗外遺墨展」で既に目にしているとはいえ、改めてわが手にとって熟視した『ながし』の原稿は、どのような思いを於菟に抱かせたことだろう。

原稿は無罫紙に鉛筆で書かれている。淀みない筆運びで、所々、鷗外自身の手で赤インクでの修正が加えられている。勢いをもって書かれてはいても、書きなぐりのようなものではなく、きちんと推敲もされ、練られた作であることは間違いない。

継母との軋轢でいろいろ苦労はあろうが、蹉跌とせずに前を向け。そして、必ずや自分ならではの道を拓け——。そう語る父の声なき声を聞くように感じて、於菟は胸を熱くしたのではなかったろうか。

文字のつらなりから立ちのぼる父の声が、ことさらに於菟の心に響いたであろうと考えるのは、異郷に暮らす敗戦国民として、溢れる陽光を鼻じらむかのような、風の吹き抜ける空洞が、胸にぽっかりと穴をあけていたと思うからである。

戦争に敗れたのは、遠い戦地の話ではない。まさに、自らの暮らしの基盤を根こそぎに払われる、運命の逆転劇に遭遇してしまったのだ。

その地に根を張って営々と積みあげてきた日々は、砂上の楼閣のように瓦解してしまった。双六でいえば、賽の目が悪く、「振出しに戻る」となったのである。

鷗外の遺品を背負うようにして、於菟は海を越え、台湾までやって来たのだった。そこを新天地と信じ、新領土での発展に寄与する気概をもって、台北帝大医学部教授の職に就いたのだった。

今、「国破山河在（国破れて山河あり）」の古詩ではないが、国家とともに築きあげてきた制度、機関といった「体制」が、達磨すくいに遭ったかのように足元から崩れたにもかかわらず、父の原稿——そこに記された文字、言の葉のひとつひとつは、国家の敗亡にびくともせず、従前の輝かしい光を放ってやまなかった。

そのことに気づいた於菟は、敗戦によって外された梯子を再びかけるように、安心立命したのではなかったろうか。

鷗外も陸軍省につとめあげた官の一員だったわけで、その意味では、やがては破局を迎える日本国の歩みの一翼を担っていたことになる。官吏・森林太郎としては、瓦解に至る道に徒労を重ねたことになるかもしれない。

だが、文学に生きた鷗外の仕事は、永遠の生命をもつ。

『ながし』が於菟個人にとって慰撫とも励ましともなるように、「テエベス百門の大都」と喩えられる鷗外文学の巨塔は、時代を超えて知恵を授け、感動を与えるものに違いない。日本が敗戦によって先の見えぬ混迷のなかにいる今こそ、鷗外文学が何がしかの指針を示してくれる筈なのだ。

終戦の半年ほど前、遺品の一部を士林の隧道に避難させたこともあって、しばらくの間、於菟は鷗外から離れざるを得なかった。

戦局の悪化に伴い、台北帝大の医学部長として、学部の疎開を始め、否応なく巻きこまれる雑務も多かった。世の中の雰囲気が切羽詰まってぎすぎすとし、空襲などもあって、ひたすら生き抜くことに追われていたという事情もあった。

しかし、戦争が終わり、隧道に「疎開」した遺品もわが家に戻り、瀧田貞治から譲り受けた新たな遺品も加わって、鷗外が再び於菟に戻ってきたのである。

そうした潮に乗るかのように、日本から嬉しい報せがもたらされた。

前年——、一九四五年の春にまとめた二つの著書が、ようやく出版されたのである。六月に『解剖刀を執りて』、七月に『森鷗外』と、立て続けに世に出ることになった。

ともに出版社は奈良県丹波市町にあった（現在は天理市）養徳社で、戦災による被害の甚大だった東京ではなく、地方の出版社だったことが、終戦前の原稿がこの時期に刊行されることを可能にしたかと思われる。

『森鷗外』は、於菟が台湾移住後に綴った鷗外関係の原稿を集めたもので、この十年ほどの間にものした「鷗外」物の集大成となる本であった。

目次を引けば、以下のようになる。

『鷗外の母』、『鷗外と女性』、『観潮楼始末記』、『鷗外の死面と遺品』、『乃木将軍と鷗外』、『朝寝』前後』、『妄想の家』、『父鷗外の陣中消息と凱旋』、『名附親としての父鷗外』、『再び父を語る』、『父の映像』、『紅葉の手紙』、『漱石と啄木の手紙』、『鷗外日記後記』、『鷗外と医学』、『鷗外と書画』、『鷗外論稿を読む』、『鷗外遺文』、『鷗外のことば』、『鷗外のことば補遺』、『老年』、『日光』、『二人の友』のモデル』、『日清戦役に於ける鷗外』、『鷗外年譜抄』――。

このうち、『父の映像』、『朝寝』前後』、『再び父を語る』、『日光』の四編は、一九三六年九月刊の『木芙蓉』にも含まれていた。重複を厭わず敢えて『森鷗外』に収録したのは、本書を於菟による「鷗外」物の決定版としたかったからであろう。

それにしても、敗戦を境に、日本中の価値観がひっくり返り、昨日まで正しいとされ、称揚されたものが、掌返しに無意味とされ、非難の対象ともなる例はいくらもあったにもかかわらず、鷗外について記した於菟の文章が、いささかの瑕疵《かし》を負うことも、褪色することもなく、変わらぬ真価を保ち得たのは、稀少にして実に頼もしい。

序文は終戦前の三月に書かれたまま、著者の肩書は「台北大学医学部長」のままである。この本を見る限り、まるで日本の敗戦などなかったかのように思えるほど、国家や体制の激変にもびくともしない、不動の輝きに満ちている。

於菟は感無量であったろう。

台湾にまで父の遺品を運び、東京から見れば遥かな遠隔の地で、こつこつと「鷗外」物の著述を積みあげてきたわけだが、それがきちんとした形となり、公になったのである。文豪・鷗外の息子として、森家の内側から見た、歴史に残る記録をまとめることができたのだ。

台湾での日々は決して無駄ではなかった……。

敗戦国民として不安定な残留生活を送る身ではあったが、埋めがたい虚無を抱える一方、充足感や安堵感がふつふつと湧き、失うものと得たものが、それぞれ感情の極みに達して、於菟の胸を絞りあげていたかに思われる。

一九四六年の夏、ちょうど、『森鷗外』が刊行されたのとほぼ時を同じくして、台湾残留日本人の知識人らが、ユニークな同人誌を始めた。手書きによる一部だけの回覧制で、毎回その都度、雑誌名が決められたので、統一的な誌名があるわけではない。

この同人誌が、台湾を去るまでの間、於菟の文化活動の拠点となった。

於菟以外の参加同人を記すと、以下のようになる。

金関丈夫（台大医学院＝解剖学・人類学）、矢野峰人（台大文学院＝英文学）、宮本延人（台大文学院＝民族学・考古学）、早坂一郎（台大理学院＝地質学）、立石鐵臣（台大文学院＝画家）、松山虔三（台大文学院＝写真技師）、池田敏雄（台湾省翻訳館＝民俗学）、国分直一（台大文学院＝考古学・民族学）。以上の他に、後から加わった二、三の台大メンバーがいたという。

錚々たる同人の名前を見てすぐにも気がつくのは、金関、国分、立石、池田ら、『民俗台湾』誌の関係者たちが多く存在するという事実である。

『民俗台湾』は一九四一年七月に創刊され、皇民化政策に臆することなく、台湾の習俗や文化を紹介してきたが、一九四五年一月に出た第四十三号を最後に、刊行できぬままになっていた。日本の敗戦後の台湾では、もはや公に日本語での雑誌を出版できる状況ではなくなり、これらの人々は、研究論文や随筆その他、作品の発表できる場を奪われたままになっていたのである。

とはいえ、新たに生まれたのは、同人たちで回覧する、たった一部だけの私家版のような同人誌である。

国家や体制をめぐる有為転変は、個人の力ではどうしようもないが、彼らにしてみれば、抑えこもうとして抑えこめぬものを抱えていたということになろう。

それほどに、学問的、創造的情熱が盛んだったということでもあり、また一面から見れば、残留日本人として、宙ぶらりんな自己の存在の足元を固め、精神の安定を保つという意味もあったかに思われる。

第一号の『花果』が出たのが一九四六年七月で、一九四八年十月に出た第十五号になる『小集楽』をもって終刊となったのは、同人が次々と日本に引き揚げ、同人誌の体をなさなくなったからである。

私がこの敗戦後の外地で細々と続いた同人誌について知ったのは、国分直一の生涯と業績を追って調査を重ねている安渓遊地、貴子両氏が発表した『国分直一先生の足跡を追って（3）――台湾大学図書館の国分文庫と回覧雑誌など』（『榕樹文化』第六十六号　二〇二〇）によってであった。

安渓氏はまた、この回覧制の同人誌が、終刊後、金関丈夫が日本に持ち帰り、金関没後は国分の手に渡り、国分が亡くなって以降は、遺族から、他の資料とともに台湾大学図書館に寄贈されたことを明らかにしていた。

台湾大学図書館では、その後、寄贈された国分直一コレクションのデジタル化を進め、図書館が所蔵する貴重なデジタル・アーカイブとして、館内閲覧を可能にした。このことを、私は二〇二三年十二月に現地を訪ねて、初めて知るところとなった。

台湾大学図書館で、幸いにも私は、この回覧同人誌に発表した森於菟のすべての文章に、目を通すことができた。

於菟が敗戦後の台湾で何を考えていたのか、戦前からの延長として日本で上梓された『森鷗外』に加え、父に関して新たに何を筆にしたのか、それを知る大事な、しかも唯一と言ってよい貴重な記録を閲することが可能となったのである。

於菟が発表したすべての文章を、掲載号と時期、そしておのおのの作品のタイトルとともに、紹介するとしよう。

於菟が初めて登場するのは第三号（一九四六年十月）の『雙魚』で、三木寅一の名で『樊遅《はんち》昇天』という小説を発表している。

「三木寅一」の筆名は、鷗外の弟・篤次郎が「三木竹二」の名で歌舞伎評論を書いていたことに由来するに違いなく、「寅一」の方は、於菟の生年である一八九〇年（明治二十三年）の干支が寅年なので、それにちなんだ命名かと思われる。

第四号（一九四六年十一月）の『無絃』には、森林太郎の『半日』が、そして三木寅一の小説『蝸牛島記』、森於菟の名による『ルードルフ・ウィルヒョウの手紙（一）』が掲載された。更にこの号には、於菟の五男・常治による『かへりぢ』という随筆も載っている。

第五号（一九四七年一月）の『太太』には、三木寅一の名で『寅一の初恋』が、森於菟の名で『ルードルフ・ウィルヒョウの手紙（二）』が載る。

第六号（一九四七年二月）の『紅玉』には、三木寅一の名で『子路と隠士』が、森於菟による『ルードルフ・ウィルヒョウの手紙（三）』、そしてやはり森於菟による『随筆『そぞろごと』――『太太』によせて、その他』が載る。

第七号（一九四七年三月）の『踏青』は、原稿量が多かったと見え、第二分冊まであるのだが、第一分冊には三木寅一の名で『藜杖《れいじょう》』、森常治による『御簾』が載り、第二分冊には、森於菟の『ルードルフ・ウィルヒョウの手紙（四）』、賓和閣主人の名による『随筆そゞろこと（続）』が載る。「賓和閣主人」も、観潮楼を飾っていた「賓和閣」の額にちなんだ、於菟の筆名である。

於菟はこの年の四月二十五日に台湾を離れたが、次号の第八号までは原稿が載っている。ただし、第八号の発行は第七号から五か月後になり、それまで一、二カ月ごとに出されてきた同人誌の発行に長い空白ができた。二・二八事件の余波による影響があったかもしれない。

第八号（一九四七年八月）の『海燕』には、三木寅一が『教授会議とその夜』を、森於菟が『ルードルフ・ウィルヒョウの手紙（五）』と『性格俳優「アレキサンダー・モイッシイ」に就て』を、そして同じく森於菟の名で『・回国に際して・佐世保から』という自身の引き揚げに絡む二つの小文を載せている。

『回国に際して』は、急遽引き揚げが決まり、明日にも基隆の集結場に向かうという状況下に書かれた、同人諸氏への挨拶状である。四月十七日の日付がある。

『佐世保から』は、引き揚げ船で佐世保に到着した於菟が、航海中の苦労や上陸後の様子、またこの先東京での当座の落ち着き先（赤坂区霊南坂町にあった富貴夫人の親戚の家）などを記し、金関丈夫に宛てて出した葉書を、そのまま掲載したものである。

なお、この第八号での三木寅一の小説『教授会議とその夜』は、林熊生の筆名を用いた金関丈夫の小説『菩提樹の陰にて』と併せ、連作小説とされている。金関作が一、於菟の作が二となっている。知的な「遊び」を超えるものではないが、於菟は帰国が決まってから急遽執筆を依頼され、引き揚げ者が集合する基隆の集結場で書きあげたという。

同人誌の発行は、その後も一年二か月ほど続くことになるが、於菟の関わりは、第八号をもって最後となった。

このうち、森於菟の本名で連載を続けた『ルードルフ・ウィルヒョウの手紙』は、十九世紀ドイツで活躍した病理学の大家、ルードルフ・ウィルヒョウ（ルドルフ・フィルヒョウとも）の手紙を翻訳したもので、専門の医事研究の延長にある所業である。

連載第一回の「はしがき」に、「これは元台北帝国大学医学部東寧会の機関雑誌「東寧」第十一号（昭和十九年五月）に「ギムナジウム時代のルードルフ・ウィルヒョウ」と題して載せたものの続稿である」とあり、ウィルヒョウへの関心が以前から続いているものであることが知れる。

紹介されたウィルヒョウの手紙は、すべてが父親に宛てられ、「愛する父上へ」との頭書きから始まるものが殆どである。この点、於菟の関心は、自身と父・鷗外との関係に重なるところがあったのかもしれない。

すべての原稿を閲してわかったことだが、三木寅一の筆名を使ったものは、すべて創作作品であった。戯曲の一点を除き、あとはすべて小説である。

これまでに、いくつもの随筆を発表して、名随筆家として賞賛を受けつつも、父・鷗外の名を辱めてはいけないとの思いもあってか、敢えて小説には手を染めなかった於菟であった。しかし、回覧制の内輪向け同人誌という気安さからか、試作のようなものも含めて、積極的に小説を書いている。『樊遅昇天』の樊遅、『子路と隠士』の子路は、ともに孔子の弟子である。『藜杖』も、孔子と弟子の伯牛の物語だ。中島敦ばりに中国古典、しかも孔子に材をとった小説が続いたのも、注目に値しよう。

回覧同人誌は、毎号、本文と編集後記の後にあらかじめ空白のページが用意され、同人たちはそこに自由に感想や感慨を書くことができた。『樊遅昇天』で「デビュー」した森於菟は、次のような言葉を書き残している。

——三木寅一は「鷗外」をつぐといわれるのを流石《さすが》に憚ってその弟たる叔父「三木竹二」の養子になったつもりの私の筆名、今更小説でもあるまいと思うがこの因をなした一つは校長学（もっともほんとに校長になれるかどうか丁度今の回国便船の如く不明）予習として「論語」をよんだ事、（中略）定めて評判がわるかろうと思った次第だが編輯の牽牛子先生から過当の推称を頂き、又今日矢野峰人先生に会ったら詳細なる批評を頂き且つ今後の執筆について激励の詞をさえ賜ったのは忝い次第である。

書き出したら妙に張切って第二作「蝸牛島記」既に脱稿、これは子供の雑誌「ホープ」へとして書いたが自分では大人向きと考えられ、かたがた第三作が本誌次号に間にあいかねるので編輯の国分さんの諒恕を得て本誌にも載せて御批評をいただく事にした、因《ちなみ》に第二作は科学空想小説、執筆中の第三作は「犯罪心理小説」である。本誌諸家がこの老新作家に向って寛大なる批評と有益なる示教を給わらん事を願う《森》十月七日記――

この人特有の卑下混じりのユーモアに彩られているとはいえ、ずいぶんと意気軒高であることに驚かされる。

中国古典に材をとった『樊遅昇天』も、航海の果てに知性の高い蝸牛（カタツムリ）たちが暮らす島にたどり着いた男の話を描いた第二作の『蝸牛島記』も、ともに奇想が生む幻想譚である。自由な発想と闊達な筆の走りには、何か、たがの外れたような、無軌道の解放感さえ漂う。国は破れ、台湾での生活基盤も失おうとしているのに、於菟の精神は悲痛に沈まず、むしろ、古い縛りから脱して躍動するかのようだ。創作に対する意気込みは、その何よりの顕れであろう。

回覧同人誌に於菟が載せた一連の原稿のうち、鷗外研究者が瞠目するに違いないのは、鷗外（森林太郎）の『半日』が掲載されていることであろう。

今でこそ、『半日』は鷗外が口語体で初めて記した小説として、また嫁姑の対立を軸に家庭内のゴタゴタを赤裸々に綴った作として知られ、文庫本などにも収められて、広く一般の目に触れられているが、長い間、公開が憚られる幻の作品となっていた。

というのも、もともと一九〇九年に『スバル』誌上に発表されたものの、その内容を知った鷗外夫人のしげ子が激怒し、以後、事実上の発禁作と化して、単行本にも全集にも掲載されなくなったのである。しげ子が亡くなって以降も、作品は封印されたままで、公開されたことはなかった。

『半日』が広く一般に公開されることになるのは、一九五一年、岩波書店刊の第二次『鷗外全集』著作篇第三巻に収録されてからであるが、それに至る一里塚として、於菟は、台湾での私的文化サークルの同人たちに限って、全文を公開して見せたのである。

タブー化されてきた父の作品の公開にあたって、於菟は『原稿「半日」に就て』という長文の文章を添えている。筆者の名は「賓和閣主人」とされた。

――鷗外全集のいずれの版にも輯録せられていない鷗外の創作小説は「半日」一篇があるばかりである。「半日」は明治四十二年三月一日発行の雑誌「昴《スバル》」第三号に掲載せられたもので、鷗外生前にもそのいずれの文集にも収められていない。一度雑誌に公然と発表せられながら官憲より禁止せられたるにもあらずして再び日の光を見ないのは世界の文学史上にも珍しい事実と思われ多くの人々がその事情に就て揣摩《しま》憶測するのも無理のない次第である。――

このように文章を書き出した於菟は、その後、『半日』が鷗外全集（岩波版）に未採録であることに強く疑問の声をあげた佐藤春夫の文章を引用するなどしながら、いまだに非公開であることの不自然さを、やんわりと指摘する。

――「半日」が（義母しげ子の）忌憚に触れたのはその事実があまりに生々しく写されているからで、当時の家庭の事情を体験しているものから見て一言一句の偽りもないのである。――

そこに描かれた家庭内のごたごたが、真実であることを家族として明かしながらも、義母を気遣って於菟の筆は次のように進む。

――わたくしが幸に生長と共に母に理解と親愛を感ずる事が出来るようになったことは今迄書いた随筆の中にもあるし今精しく述べる事は省略する。只母があまりに神経質ですべての過去が解消された父の没後まで「半日」に拘泥していた為に、世人がこれに興味を持つという反対の結果を惹起したのを気の毒に感ずる。――

下手に隠し立てをするから、妙な注目が集まり、あらぬ憶測が飛び交うことになる。黙って全集に載せておけば誰も問題にはしまいというのが、於菟の意見である。

だが、それを「信頼する妹」（おそらくは杏奴であろう）に相談してみたが、賛同を得られなかったとも述べている。鷗外全集が版を新たにしても、『半日』の掲載はおそらくないだろうとも予見する。その上で、将来には含みをもたせた発言をしている。

――然し著作権はたしか著者の死後三十五年で消滅し、その後は古典と同じに誰でも刊行する事ができるから、そしてスバルも一千部位は刷った筈で、その第三号を特別に珍蔵する好事家が多かろうから、その上のことは所詮わたくしどもの力に及ばぬこととあきらめる外ないのである。――

『原稿「半日」に就て』の後半、於菟の筆は、父の生原稿から筆写することになったいきさつを明らかにする方向に転ずる。自筆原稿がたどった流転の事情についても、詳述している。

『半日』の原稿は、『スバル』発表後のしげ子の怒りの激しさとその後の措置を見て、このままでは生原稿も明日の運命が知れぬと按じた鷗外の下の弟・潤三郎が、何とか貰い受け、保管することになった。

潤三郎が一九四四年四月に没すると、その後、原稿は未亡人から古本商、骨董商などに流れ、最終的に古書店主で古書鑑定家でもあった反町茂雄の所蔵するところとなった。

――叔父は一昨年亡くなったが、文学に大して興味をもたぬ上に世間知らずで人の好い叔母は他の蔵書と共にこれも書肆の手にわたしてしまった。貧しかった叔父の没後、叔母は郷里津和野に疎開する費用にも窮し、台湾にいる私は相談に与《あずか》り得なかったのである。叔父の手にあった鷗外の自筆原稿は「玉篋両浦嶼《たまくしげふたりうらしま》」「魔睡」「半日」の三篇で、それが反町義雄氏の贖う所となったとき、わたくしは未見の氏に書を戴してその譲与を乞うた。氏の返事は、自分も家宝として永久保存するつもりであるからお望に添いがたいが、その内の一部どれでも記念として贈呈しましょうとのことであった。わたくしは、それでは勝手ながら「半日」は元来森家門外不出のものであるから、これを頂きたいと所望したのに対して快く承知せられ、はるばる台湾まで送って下さったのが無事に到着したのである。立派な桐の箱に収め、表に

貴重　半日　鷗外先生自筆草稿　一冊

と題し、中の包み紙には、「鷗外先生秘稿（全集未載）半日」と記してあった。――

反町の承諾のもと、『半日』の自筆原稿が台湾まで送られてきたのがいつのことなのか、時節を明確にする記述はないが、いずれにしても、いささかまわり道をして、台湾の於菟のもとに、『半日』の自筆原稿が届けられたのである。

――この非公刊廻覧雑誌の為に手写したわたくしの筆は拙いが一字も草稿をかえず、書き誤りと思う所もそのままとしたのみならず、字体やくずし方も原書のままを保存した。只原文に後から書き入れた句はそのままつづけて書き、疑問の所には（？）を附した。只生得の悪筆、その筆勢を写し得ないのは遺憾であるがやむを得ない。――

台北の自宅で、鷗外の自筆原稿を筆写する於菟を、私は想う。その胸の内を考える。それなりの時間を要する緻密な作業だった筈だ。

父の自筆原稿の文字からは、香気に満ちた気迫が立ちのぼり、それは、長くタブー視されてきたこの『半日』という作品を、いずれは世に公開せねばという意志へと収斂《しゅうれん》していったことだろう。離台の定めを負った執行猶予中のような身の上にあって、それはまた、帰国後の未来への覚悟にもつながった筈である。

だが、精神の支柱たるべき鋼のような意志の足元から、ひんやりとした、怖れにも似た不安が忍び寄ってくる。

自筆原稿を含めた膨大な父の遺品を、どうすれば日本に戻すことができるのだろうか……。

一日一日と、残り時間が少なくなってくる。

鷗外の遺品の日本返還という、敗戦以来続いている難問には、一向に解決の光が見えてこなかった。

＊　＊　＊　＊　＊　＊　＊　＊　＊　＊　＊

日本の敗戦後、台湾人にとっても、波乱と激動の日々が続いた。

当初、台湾人知識人には、日本統治を離れ中華民国の施政下に移ることを祖国復帰ととらえ、歓迎する人たちも多かった。

しかし、いざ大陸から国民党軍が台湾に乗りこんでくるや、台湾人たちの気持ちは一変した。当初の歓迎ムードは、「祖国」から訪れた兵士たちの野卑で横柄な態度や、法をわきまえぬ露骨な横暴ぶりによって、たちまち失望へと変わり、やがて怒りや反発へとふくらんでいった。

当時、巷でよく言われた俗言に「狗去猪来」（犬が去って豚が来た）という言葉があった。犬はキャンキャンと吠えたててやかましいが、番犬にはなる。それに対し、豚はひたすら食い尽くすとそのような意味で、犬が日本人、豚が中国人を指す。台湾人のやるせなさが、毒のある風刺表現を生んだのである。

新たな支配者たちは、先日まで「日本人」であった台湾人に対し、冷たかった。支配する側よりも支配される側の方が教育水準も文化程度も高いという奇妙な逆転現象が、言われなき抑圧を生むという一面もあった。

台湾人の不満は、一九四七年二月二十七日、台北の煙草売りの露天商の婦人が取り締まりの警察官に殴打され、同情して集まった台湾人群衆のひとりが殺されるという事件をきっかけに爆発する。

ふくらみきった実が破裂し種子がはじけ飛散するが如く、翌日には大規模な抵抗運動に発展した。いわゆる二・二八事件である。

燎原の火のように全島にひろがった抵抗運動に対し、当局は事の本質を正しく理解せず、ひたすら力で抑えこもうとした。強権的な弾圧により、多くの犠牲者が出、狙い撃ちにされたかのように、台湾人知識人たちが逮捕されていった。

一例だが、一九二六年に台湾人として初めて帝国美術院展覧会（帝展）に入選した画家の陳澄波が、嘉義の駅前広場で銃殺刑に処せられた（一九四七年三月二十五日）。

陳は上海で暮らした経験もあり、中国語（北京語）もできたことから、民衆と当局との仲介者になろうと出頭したところ、問答無用で逮捕され、裁判もなしに処刑されてしまったのである。

於菟との関係で言うと、回覧同人誌のメンバーのひとり、画家の立石鐵臣とは台陽美術協会で一緒だった人であり、また台北帝大医学部の同僚、杜聰明教授とも親しい間柄だった。

陳澄波の訃報が、立石経由なりで、於菟にも届いたかどうかは定かでない。

ただ、台湾に悲劇が訪れているとの認識は、於菟にもあったに違いない。心情的には、台湾人に同情するところが大きかったかと思われる。この島が今後どうなってゆくのか、将来への展望が見えないことで、大きな不安も感じたことだろう。

現に、日本時代に台北医学専門学校の教授をつとめ、杜聰明に次ぐ高名な台湾人医学者だった施江南も犠牲になるなど、二・二八事件は医学関係者をも巻きこみつつ、台湾社会全体を悲劇でつつんでゆく。

於菟の場合、台湾を去り離れて行く者ではあっても、この地の状況が他人事ではあり得ない特殊事情を抱えていた。台湾の未来に対するすべての負の認識、感情は、不安の束となって、父・鷗外の遺品に収斂してゆくからである。

引き揚げが決まった時、膨大な鷗外の遺品をすべて携行できないことは、火を見るよりも明らかであった。

遺品のうち、何かを台湾に残してゆかざるを得ない。かつまた、限られた荷物に、遺品の何を詰めるべきかを決めなければならない。その選択が大きな課題となった。

残念ながら、引き揚げにあたって、於菟が書き残した携行品目のリストが存在するわけではない。

しかし、戦時中の士林の隧道に遺品の一部を避難させたくだりで引用した『蛇穴を出づ』（一九五三年三月『心』）のなかに、次の文章がある。

――父の遺品で原稿類の大多数及び掛軸や扁額に揮毫した書、名家書簡若干、自画素焼菓子皿、西園公の書、栖鳳梅雀図などは帰国の折に持参した――

帰国時の携行品に関する記述は、例えば『砂に書かれた記録』には見当たらず、私の知る限り、『蛇穴を出づ』の記述が、短いながら唯一のものとなる。個別の品目の具体名まで記されたものは少ないが、確認しておこう。

「自画素焼菓子皿」とあるのは、素焼きの皿の上に鷗外がミミズクの図案を描き、それを新劇俳優の上山草人が焼きあげて進呈したもの。皿の内側に「1.JANUAR　1913.」とドイツ語で記されている通り、その年の鷗外訳による『ファウスト』上演の思い出を秘める。一九三九年の「森鷗外遺墨展」にも、出品されていた。

「西園公の書」は、元老西園寺公望が鷗外のために筆をとり、「才学識」の三文字を書いて贈った扁額である。一九一六年の作。於菟の『鷗外の死面と遺品』のなかで写真付きで紹介されていることは、前に記した通り。おそらくは額から外して、書だけを携行したものかと思われる。

「栖鳳梅雀図」とあるのは、鷗外が文展の審査会で一緒だった画家の竹内栖鳳から贈られたもので、梅と雀の絵を掛け軸にしたもの。やはり、於菟の『鷗外の死面と遺品』にて写真付きで紹介されていた。

　これらに加えて、原稿類、掛軸や扁額に揮毫した書、著名人から鷗外に出された書簡などを持ち帰ったというのである。

　こうした品々を知ると、於菟が限られた携行品を選択するにあたってのおよその基準が見えてくる。大別すると、以下の条件に絞られるであろう。

　A　形状の大きさ、重さから、トランクでの運搬が不可能なものを外す。例えば宮芳平の絵や、母と妻に与えた双六盤、賓和閣の扁額などは、はなから携行できないことが自明であった。

　B　鷗外自筆のものを携行する。原稿はもとより、書の類も、鷗外の手になるものは優先的に持ち帰る。素焼きの絵皿は、携行するに至便ではないが、やはり鷗外の描いた絵をもとにしているので、持ち帰る。

　C　鷗外が受け取った書や手紙などは、贈り（送り）主が著名人であるものを優先し、限定的に持ち帰る。ロート博士から贈られたビアジョッキなど、ドイツゆかりの品々は見送る。

　D　日本国内でも再購入が可能と思われる書籍類は外す。鷗外全集は、かさばる理由以外に、日本国内で再購入の道もあるので、外された。

　こうした取捨選択を経て、引き揚げと同時に持ち帰る品々を決めたが、それは全体からすればごくわずかにすぎなかった。台湾に残してゆかざるを得ない鷗外の遺品は、木箱にして九箱にも及んだ。

それとは別に、父・鷗外から譲り受けた全医学論文抄録の「アルヒーフ」数十巻があったが、これは台湾でも研究生の論文作成に役立つものなので、台湾大学に寄贈することにした。

またもちろん、父の遺品だけでなく、解剖学教授として於菟自身が所蔵する研究書や資料もあったが、自身の医学関係蔵書は、すべて台湾大学に寄贈した。於菟自身の医学系の著書として代表的なものに、一九四〇年に出された『解剖学』（第一巻〜第六巻）があったが、これも携行品から外された。

何よりも、父・鷗外の遺品が優先されたのである。それでいて、父の遺品のあらかたを、台湾に置いてゆかざるを得ないのだ。

九つの木箱を前に、於菟は嘆息せざるを得なかったろう。台湾にもって来なければよかったのではないかとの思いが、ふと頭をよぎりもしたであろう。

しかしこの疑念は、東京に残したままだったなら、間違いなく焼失の憂き目にあっていたろうと思いなおすことで、頭から払われることになった筈だ。

深いため息に肩を落としつつ、於菟の胸には次なる、そして現実的にはより切迫した疑問が湧きおこってくる。

これだけ大量の鷗外の遺品を、台湾のどこに預ければよいのだろうか……。

中華民国となった台湾では、日本の影響を否定する動きが加速度的に増している。台湾住民と当局の軋轢《あつれき》は収まりがつかず、ついには血を見るに至った。日本の文豪の遺品が、新体制下にあって歓迎されないことはもとより、いつ何時、理不尽な批判の矛先を向けられるか、わかったものではない。

中華民国の台湾統治がいつしか安定した暁には、船便で送ってもらう道も開かれるだろうが、それがいつになるかも判然としない。わかっているのは、とてもではないが、近い将来には難しいということだけだ。

遥かなその日まで、具体的な青写真もなしに、一体どのような台湾人ならば、この困難な役を引き受けてくれるだろうか……。一日本人の引き揚げに伴う「残留品」が、どれほど貴重なものか、価値のわかった人物でなければ、当局に睨まれかねない危険を押して、とても守りきれるものではあるまい。

万が一にもその価値を知らぬ者の手に渡れば、雑多な骨董品として、ガラクタさながらに扱われ、二束三文で巷に流れてしまう可能性も充分にあるだろう……。

蔦の絡まるような問いを幾度繰り返しても、すっきりとした解決が見えてくるわけではなかった。何らの展望をもち得ぬなかで、とどのつまりは、人としての信義、信頼に懸けるしかないのだった。

そうなれば、答えはひとつところに向かうしかなかった。

杜聰明博士――。台北帝大医学部の同僚で、唯一の台湾人教授だった人物である。学識はもとより、その人となりに対し、かねてより於菟は敬意を抱いていた。

終戦の日の大学で、一部の台湾人学生が民族的興奮に駆られて騒ぎ始めた時、彼らの前に身を晒そうとした於菟を制し、台湾人学生は自分が責任をもつからと、日本人医学部長を守ってくれたことは、忘れようにも忘れられない。

その後、立場が逆転して、於菟が医学部長を退き、杜聰明が医学院長に就任して以降も、学者として互いに尊敬し合う関係は、変わらなかった。

幸い、杜聡明は長年の同僚である於菟の頼みを、快く引き受けてくれた。しかも、解剖学助教授の蔡錫圭を、実際の鷗外の遺品の管理者として指名してくれた。

新生台湾大学では、日本人教授の引き揚げによってその住居が空くと、大学が接収するのが普通であったが、東門町にあった於菟の家は、そのまま蔡が移り住むことになった。

こうして、九つの木箱に収まる鷗外の遺品は、東門町の家から一歩も外に出ることなく、主人だけが代わって引き継がれることになったのである。

木箱に収まらぬ遺品もあった。

『天籠』のモデルとなった画家・宮芳平の絵画二点や「賓和閣」の額などは、大きすぎて木箱に入らず、壁にかけられたままであった。これらもまた、蔡が暮らす家の調度品として、そのまま引き継がれたのである。

森於菟が台湾を離れることになるのは、一九四七年四月二十五日である。

同行の家族は、富貴夫人と、長男の真章《まくす》とその夫人、二人の間に生まれた赤ん坊の娘、そして於菟の五男の常治と、計六人だった。真章は一九三六年の於菟の台湾赴任時には学校の関係で東京に留まったが、その後、台北帝大医学部に進み、卒業後も同大学の医局員として勤務、台北に居住していた。

一九五七年に出た『日本及日本人』九月号（J&Jコーポレーション刊）に、於菟の『十年前の追想』という文章が載るが、実質的には引き揚げ体験記で、苦労の多かった帰国の様子を詳細に綴っている。

これによれば、帰国船に合わせ、港に集結する期日が通知されたのは、わずかに五日前のことだったという。許された携行荷物は、一人あたり行李三個と布団包み二個であった。

大慌てで荷造りをし、集合場所の基隆港に向かうと、港では収容所に入れられ、そこで数日間、待機させられた。

於菟はこの時、満五十六歳であった。十五歳から六十歳までの男子が、荷物の船への搬入など、力仕事に駆り出されたが、於菟の場合、引き揚げ者の荷物だけでなく、医学部教授ということで指名された衛生隊の所有になる膨大な荷物を運ばざるを得ず、肉体労働に不慣れな初老の身にとっては、かなりこたえる作業だったらしい。

帰国船は橘丸といい、一七八〇トンと遠洋航路を行くには小ぶりで、もとは伊豆大島航路で観光客用に使われた船だった。そこに千人以上の引き揚げ者が詰めこまれ、船室を始め、廊下から下甲板まで、一様に二段ずつ並べた荷物の上に毛布を敷いて寝ることになった。

与えられたスペースに収まりきらぬ荷物は、船倉に入れられたが、その数は数百個にのぼったという。

出航して三日後、心身ともに耐えることの多い航海の果てにいよいよ上陸地の佐世保に近づいた頃、船倉の荷物をめぐって、騒動がもちあがった。荷物が盗難にあっていることに気づいた人が出たのである。

ひとつやふたつではない。調べてみると、船倉に納めた荷物全体の三分の一ほどが、めぼしいものを引き抜かれていた。引き揚げ者が血のにじむ思いでまとめたに違いない荷物が、他の引き揚げ者によって盗まれるという事態が出来したのである。

しかも、事がオープンになるや、盗難者は自身の犯行を隠蔽するために、盗品を次々と海に投げ捨てた。

『十年前の追想』の文章は、一日本人の引き揚げ体験としてまとめたかったからなのか、鷗外の遺品についての言及はない。従って、船倉にしまわれた荷物のなかに、鷗外の遺品が含まれていたかどうかは、定かでない。

もし、仮に一部であっても、父の遺品が船倉にあったとしたら、盗難発生の事実を知った時の於菟は、まさに気も動転するばかりであったろう。

盗難について述べた於菟の記述は、「少しばかり出た盗難品の中から私は洋服一着靴一足とりもどしたが、布地や飴玉砂糖袋の類はこれが自分のものという証明ができるものでなく、結局船の人の慰労に差上げることになった」とあるのみである。

鷗外のことのみでまとめられた『砂に書かれた記録』では、さすがにこの盗難事件に関し、父の遺品にも触れている。


――また港内にいる時、船内で引揚者の多くが盗難に遇った。自分達の身体の下に敷いた行李は無事だが、倉庫に入れたのが被害を受けた。しかも犯行を隠蔽するために軽くなった行李を、手当り次第海中に投げこんだのであった。後生大事に持って帰った鷗外遺品が海に捨てられなかったのは天祐であった。――

佐世保港外でひと晩停泊し、翌日、艀《はしけ》に乗り換えて桟橋へ向かった。下船後はいったん引揚援護局の収容所に入ったが、今度は荷下ろしの作業が待ち受けていた。

しかも、前日に陸揚げされた荷物は収容所から一キロ半離れた場所に置かれていたので、それを引き取りに行かねばならなかった。於菟は行李三個を載せたリアカーを引くことになったが、でこぼこ道でうまく進まず、往生したようだ。

船内に続き、収容所でも盗難が発生する可能性があったので、荷物を収めた倉庫を、交代で監視する必要があった。

於菟は、肉体労働の不得手な自身の「低い労働能率を補う」意味で、夜半過ぎから明け方までの立哨を買って出た。五月とはいえ、夜明けの冷えこみは寒いほどで、台湾とは違う風土を感じざるを得なかった。

そういう並々ならぬ苦労を経て、於菟ら一行が列車に乗り、東京に着いたのは、五月五日、端午の節句の日であった。

車中から鯉のぼりの翻る景色を見て、さすがに嬉しかったという。日本ならではの風景に、心も和み、ようやく帰国を実感することができたのだろう。

東京から逃れるように、家族を率い、父の遺品とともに台湾へ渡ってから、十一年の月日が流れていた。

幸い、帰国時に携行した鷗外の遺品は、無事、東京に運ぶことができた。於菟の胸には安堵が広がり、ほっと緊張の解ける思いがしたことだろう。

だが次の瞬間、思いが台湾に残してきた多くの父の遺品に及ぶと、たちまち不安の雲がたちこめた。父・鷗外の遺品を守りきることができぬまま、わが身ひとつで、帰国せざるを得なかったのである。家族を置き去りにしてきたかのような、忸怩《じくじ》たる思いが心中に針を突き立てた。

目を閉じれば、ありありと姿の浮かぶ台北東門町のわが家であった。

九つの木箱に収められた鷗外の遺品は、主人の去った家で、どのような顔をしているだろう。新しい主人のもとでも、以前に変わらず、毅然として静かな呼吸を重ねているだろうか……。

一九四六年七月に出た『森鷗外』は、評判もよく、鷗外研究の基礎資料となった。その著を書きあげるために、於菟は台北の家で、父の遺品との対話を積みあげてきたのだった。

時のかなたの記憶を語り継いできた語り部は、聞き手を失って、困惑しているのではないだろうか。何故一緒につれて行ってくれなかったのかと、痛哭の叫びをあげてはいないだろうか……。

於菟も、家族たちも、東京で新たな生活を始めねばならなかった。住まいも、勤め口も、まさに喫緊の課題だった。

軍国主義と戦争の重石が取れて、嵐の後の青空ように、妙にすかっと晴れわたり、風の吹き抜ける東京であった。

しかし、台湾に残してきた鷗外の遺品を思う時、更地に杭を打ちこむような新生活の立ち上げに慌ただしく日々を送りつつも、於菟の胸は重苦しい憂いに覆われ、晴れることがないのだった。

第七章

台湾に残された鷗外の遺品

台湾大学図書館

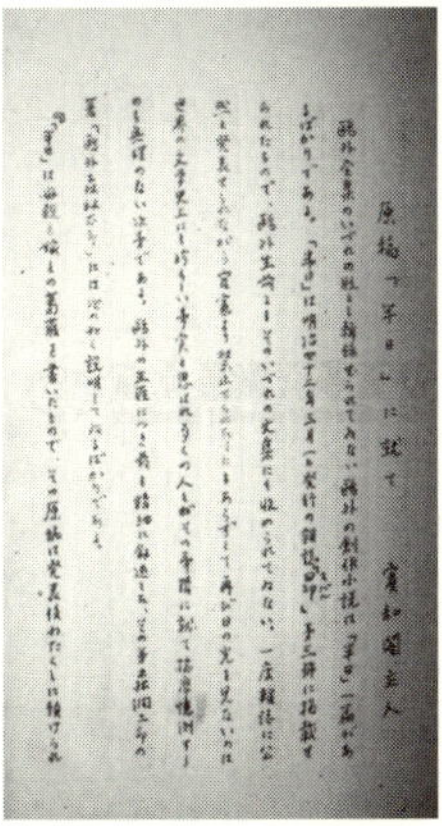

森於菟『原稿「半日」に就て』

鷗外の遺品をめぐる物語は、ここでしばし、主役が交代する。

ドイツ留学から帰った森於菟が父の遺品を受け継いで以降、基本的にはこれまでずっと、鷗外の思い出を語る品々は長男である於菟とともにあった。「基本的には」と但し書きを添えたのは、戦争末期、米軍の爆撃を避けて、士林の隧道に一部が「疎開」したからである。

しかし、於菟の引き揚げとともに、鷗外の遺品は、鷗外とは縁もゆかりもない人たちの手に委ねられることになった。台湾大学医学院長だった杜聰明博士と、杜から具体的な管理者として任命された蔡錫圭助教授である。

蔡錫圭（一九二〇〜二〇一九）は台湾・台中の生まれ、中国・青島の青島医科学院に学び、卒業後、一九四五年には山東省立医学専科学校で解剖学を教えるが、一九四六年五月に台湾に戻り、同年十一月から台湾大学医学院解剖学部にポストを得、森於菟と金関丈夫のもとで研鑽を積んだ。

戦前、大陸に渡ったのは父の勧めだったが、戦後、台湾に戻ったのは、望郷の念に加え、森於菟、金関丈夫両教授がなおも台湾大学に留まって教鞭をとっていると聞いたからだった。大陸にいた時から於菟の執筆した解剖学関連の著作で学んだという蔡にとって、於菟は尊敬してやまないその道の泰斗に他ならなかった。

於菟の一家が台北東門町の家を離れるや否や、蔡錫圭がその住まいに移り住んだ。於菟が解剖学者であるのみならず、文豪・森鷗外の息子であるとの知識はそれなりにあったが、実際に家を訪ねてみて、鷗外の遺品の多いことに驚いたという。

家を譲り渡すに際し、於菟は鷗外の遺品の目録を蔡に渡し、その管理を依頼した。

蔡は、一九七〇年に発表した『台湾にあった鷗外遺品について』という文章（『鷗外』第七号）のなかで、この時の目録を紹介している。

森鷗外遺品目録

第一箱

日本芸術史 四十三巻、鷗外全集（岩波版）十九冊、手紙、ハガキ類入箱 三（ブリキ一、木二）、その他書籍 十七

第二箱

鷗外全集（岩波版）十三冊、鷗外全集（大版）八冊、手紙入箱（紙箱）一、その他書籍 四十

第三箱

朱塗文箱一（ビールカップ、盆、紙切りナイフ、灰皿、タバコ入二、名刺入、写真、手袋、勲章、硯、筆立、記念品入り等）、鷗外全集（大版）十一冊、書籍 六十冊、雑誌 五十冊

第四箱

書籍、雑誌とも約百冊、朱塗机一（破壊せり）

第五箱

文机一、古代双六盤一、小釣鐘一、書籍 五十冊余
第六箱
黒塗箱（死面入）一、箱（印材十五箇入）一、置物（馬）とその台 一、書籍 五十冊余
第七箱
書籍 八十冊余（瀧田氏蔵書）
第八箱（カバン）
文官礼服 一、礼帽 一
第九箱（平たい箱）
写真 数十枚

以上

民国三十六年四月二十日　所有者　森於菟 ㊞
右を蔡錫圭先生に委托す

「民国三十六年」とは一九四七年にあたる。基隆港から帰国船に乗る五日前に、於菟は蔡に、こまごまとしたこの委託品目録を手渡したのである。

それにしても、こうして台湾に残留することになった遺品目録の委細を見てゆくと、改めて、鷗外の遺品のメジャーなものの多くがそこに含まれることに驚く。文京区の森鷗外記念館で、多少とも鷗外の遺品に見慣れた人であれば、この驚きを共有してもらえることだろう。

例えば、第三箱に収められた「ビールカップ」とは、鷗外がドイツ留学中にザクセン王国の軍医監ロート博士から誕生祝いに贈られたビアジョッキのことだし、「紙切りナイフ」は、鷗外の本名「森林太郎」のイニシャル「ＲＭ」を図案化したモノグラムが彫られた、特別誂えのペイパーナイフのことである。

第五箱の「古代双六盤」は、折り合いの悪い母・峰子と妻のしげ子の仲を融和させようと鷗外が購入したもの。

第六箱の「死面」はデスマスクのことで、現在、森鷗外記念館では平素はレプリカを飾りつつも、鷗外の命日が七月七日にあたることから、毎年七月になると、本物のデスマスクを展示する。同じく第六箱にある置物の馬とは、高村光太郎の父・光雲の手になる彫刻で、明治天皇の愛馬像とされる。

これらは皆、現在では鷗外関連の展示の「常連」の品である。そういうよく知られた鷗外の遺品が、於菟とともに日本に戻ることができずに、台湾に残されたのである。於菟の胸を占めた痛みや不安は、推して知るべきであろう。

このような委託品明細が作成されたこと自体に、そうでもせずにはいられなかった於菟の懊悩が如実に顕れている。

蔡によれば、東門町の家での引き渡しの数日前には、大学の研究室で、遺品の「保管上の注意」をいろいろと聞かされたという。おそらくは、高温多湿の台湾のことなので、時に日乾しをしないといけないというような管理上の具体的な要点を語ったかと思われる。

蔡はまた、東門町の家に入ってみると、目録には載っていない品々――額や絵画などが、各部屋の壁にかけられていることを知った。そのうち、「賓和閣」の額と、鷗外、杢太郎、耿之介による「文学」の額については、機会があれば、後日、送り返してほしいとの依頼を受けたという。

観潮楼の玄関に掲げられていた「賓和閣」（「貴和閣」）の額については、既に何度か説明をしたが、鷗外がこの額を飾りつける時に、於菟が手伝ったこともあって、於菟にとっては特に思い出の深いものだった。

また「文学」の額は、もともと瀧田貞治の所蔵品に含まれていたもので、先にも簡単に解説したが、鷗外自筆の「文学」の字の左右に、木下杢太郎と日夏耿之介が鷗外礼賛の字を添え、一面の横額としたものであった。

蔡によれば、その他のものについては、適宜処分してもらってもよいと、於菟は付言したという。それは例えば、宮芳平による二点の絵画だったりするのだが、おそらくは、大きさが半端でないことから、送還してもらうことを諦めたように思われる。

また、画家の三芳悌吉が一九三五年に描いた白衣を着た研究室の於菟の肖像画（『M博士の像』）もあったが、これも、おそらくは同様の理由で、また自身のものよりも父の遺品を優先する於菟の姿勢の故に、送還を放棄した恰好となった。

於菟はまた、離台の数日前に、研究室で蔡に対し、南方諸民族の民俗や風習、風土病などに関する書籍を数十冊手渡した。

父の遺品を送還する機会が訪れたなら、それらの書籍を処分して、運送費にあててほしいと言い残したという。

於菟が帰国し、しばらくは連絡が途絶えた。

その間、蔡としては、時折遺品を木箱から出して日乾しするくらいしか、できることはなかった。

於菟が台湾大学を去って以降、二・二八事件の余波を受けて、大学にもひと波瀾があった。

一九四七年八月、杜聰明が台湾大学医学院長の職を解任されたのである。医学院のスタッフたちが留任を求めて争いが起きたが、杜は半年ほど、大学から姿を消さざるを得なかった。

杜に代わって代理院長となった厳智鐘は、大陸の人間ではあったが、日本留学の経験があり、一高から東京帝大に学び、於菟の先輩にあたる人だったので、蔡が於菟の旧居に暮らすことについては異論が出なかった。

台湾医学の父と言われる杜聰明の名望は高く、幸いにも、一九四八年八月には、台湾大学医学院長に復帰した。

そしてこの年の末頃から、於菟から蔡に宛てて、鷗外の遺品を按じ、送還を促す便りが時々届くようになった。しかし、日本と中華民国の国交も回復されていないなか、蔡が具体的に動けることは何もなかった。

一九四九年、中国大陸での国共内戦に共産党が勝利し、中華人民共和国が成立、蔣介石率いる国民党政府は最後の拠点として台湾に移る。この時から、台湾は中華民国の一部ではなく、国家そのものとなった。

大陸での力関係が影響して、中華民国の日本に対する態度に少しずつ変化が現れ始める。蔣介石からの要請を受け、旧日本軍将校たちが「白団《ぱいだん》」と呼ばれる軍事顧問団を結成し、秘密裏に国民党軍を支援したのも、この一九四九年からのことになる。

一九五〇年には朝鮮戦争が始まり、前年に建国したばかりの中華人民共和国も参戦したことで、アジアをめぐる国際環境は目まぐるしく激変を重ねた。

二・二八事件以来の台湾人知識人に対する抑圧と白色テロはなおもくすぶり続け、台湾は内外の政治的激動の荒波に洗われ、台湾人は肩身の狭い思いに堪えつつ、細々と生をつなぐしかなかった。

蔡錫圭の『台湾にあった鷗外遺品について』によれば、一九四九年に、鷗外の遺品をめぐり、日本からの働きかけによって、若干の動きがあったという。

――やがて、先生（＊註　森於菟のこと）も個人の力ではどうにもならないことがわかり、昭和二十四年朝日新聞社を通じて、台湾省政府に鷗外遺品の送還願いを出した。このことは後日、省政府から私に照会状がきたので遺物送還の交渉をするきっかけとなった。――

於菟は朝日新聞社に仲介を依頼したというのである。後述するが、一九五〇年には於菟も協力した上で、朝日新聞社の主催により鷗外回顧展が開かれており、鷗外記念事業による両者の接触があったのは間違いない。そのパイプが、台湾からの遺品送還要請にも敷衍《ふえん》されたというのだ。

朝日新聞社を通した要請がきっかけとなって、ようやく事態が少しずつ動き始める。省政府の命令を受けて、警察が再三再四、蔡の家を訪ね、鷗外遺品の荷物検査にあたった。その結果、第五箱に収められていた「小釣鐘」(半鐘)が、中国の古い文化財として警務処第二科によって没収された。

かつて観潮楼の玄関に呼び鈴代わりに置かれていたものだが、「乾隆辛酉年」の製作年が刻された骨董品だった。

於菟は一九四二年に発表した『鷗外の死面と遺品』のなかで、この半鐘について写真付きで説明し、後にこの文章は一九四六年に出た『森鷗外』にも収められたが、観潮楼の訪問客にとっては馴染み深かった思い出の品が、永遠に消えてしまうことになった。

しかし幸いにも、それを除いては、問題視されたり、没収の憂き目に遭ったりするものはなく、鷗外の遺品は晴れて日本に送り届けることができそうな明るい兆しが見えてきた。

その後は音沙汰がなかったが、数か月の後、蔡のもとに一九五〇年五月八日付の通知がいきなり寄せられ、五月十日までに基隆南栄国民学校の「日僑遺送隊」に荷物を運ぶようにと命じられた。「遺送」とは中国語で「引き揚げ」を意味し、要は、基隆港からほど近い基隆南栄国民学校の日本人引き揚げ者たちの集合場所まで搬送すれば、鷗外の遺品を引き揚げ船に載せ日本に送還すると、そのような趣旨の通達であった。

しかし、トラックが欠乏している当時、一両日の短期間のうちに、九箱の遺品をまとめて運ぶトラックを手配することは、蔡には無理なことだった。蔡は今回の船は諦め、警務処に断りを入れ、次の機会を待つことにした。

だが結果的には、この時のチャンスを逸したことで、鷗外の遺品の送還は、再び大幅に遅れることになる。

国際情勢の変化を受け、また台湾が実質上の中華民国となったことから、台湾内の行政機関がいろいろと様変わりするところとなり、新官庁のどこにどう手続きをとればよいのか、蔡にも見当がつかなくなってしまった。

朝日新聞社からの依頼が功を奏したと知った於菟からは、頻繁に督促の便りが来る。

蔡はその間、台湾大学解剖学教室のリヤカーを使い、小使いと二人、鷗外の遺品を積んで、警務処やら新聞処、保安司令部などを転々とまわり、検閲を受けたりお願いしたりした。また免税証明を得るために、建設庁や台湾銀行国外部にも、たびたび足を運んだ。

しかし、所詮は国交のない国同士、一個人の力をもってしては、事を前に進めることができなかった。

利益に結びつくような事案でもなく、かつ見ようによっては「敵性文化」の残滓のような危険な匂いのする事物に対して、誰も、責任をもって対処してくれる人がいなかったのである。

結局、いったんは許可の出ていた鷗外遺品の送還が、振出しに戻ったも同然のことになってしまった。

蔡の熱意と努力は、空まわりするばかりだった。

その間、日本に帰国した於菟も、慌ただしく人生の再建に取り組んでいた。

一九四七年五月五日に於菟一家が東京に帰着してみると、かつて暮らした観潮楼の屋敷跡は、二度の火災により焼失し、焼け跡のままだった。

鷗外、幸田露伴、斎藤緑雨の三人が並んだ有名な写真の中心に置かれていた牛の背に似た形の庭石と、彫刻家の武石弘三郎によって大理石で作られた鷗外の胸像が、遺跡のように、ぽつんとその場にあるばかりだった。

勤め口の方は、かつて東京帝国大学医学部の助手だった頃に、知人の額田晋博士が創設した帝国女子医学専門学校にも出張講義に行っていた関係から、このたびも額田の勧めを受け、同校教授に就任することになった。後の東邦大学である（一九五〇年〜）。

初の教授会に於菟が国民服を着て出席したところ、まわりの教授陣から驚きの目を向けられ、「ひどい難民を教授にして大変な事になるまいか」と懸念する声があがったと、於菟は後に書いている（『十年前の追想』『日本及と日本人』一九五七）。

於菟一流のユーモアには違いないが、引き揚げ者として戦後の生活を始動させた於菟の、笑うに笑えぬ実相でもあったのだろう。

住まいの方は、大森にある帝国女子医専からほど近い大田区小林町（現・東矢口三丁目界隈）に知人の持ち家があったことから、そこの二階に入居することになった。日本での再出発の当初、足かけ四年を暮らすことになる場所である。

小林町時代の思い出として、於菟は『砂に書かれた記録』のなかで、ある日、町の古書店を覗いていて、たまたま森しげの創作小説集『あだ花』を見つけたことを記している。

義母のしげ子は、夫の鷗外から、憤懣やら自身の抑えがたい思いを筆にするよう勧められて、小説を書いた時期があった。できあがった作品は、いずれも鷗外の手の入ったものには違いなかったが、一九一〇年に小説集『あだ花』が弘学館書店から出た。『あだ花』、『波瀾』、『産』その他の短編小説を収めている。

於菟は「めったに見る事がない本で私もめずらしく、これも奇縁と珍蔵」し、後に鷗外記念館ができた時には、鷗外の遺品とともに寄贈したと述べている。

於菟の筆は淡々とした記述に徹しているが、もう少し嚙み砕いて考えると、感情の襞の奥には、微妙な心理の動きがあったかに思われる。

東京に引き揚げ、新生活が緒についたばかりというタイミングで出会った義母の本に、於菟は格別な感慨を覚えたであろう。本が出てから三十七年、妻も含めた義母との確執の果てに台湾に渡ったのは、十一年前のことになる。

感情の棘や角を歳月に丸められて、恩讐を超えた懐かしさも覚えたのだったろう。

また、母を違える仲とはいえ、茉莉、杏奴、類と、父の血を引く妹や弟たちと、和してゆきたい、和してゆかねばと、そう思うことにもなったようだ。

一九四八年七月に鷗外の二十七回忌があったが、三鷹の禅林寺で執り行われた、この戦後初めてとなる鷗外の回忌法要に、久しぶりに四兄弟がそろった。

前回、二十三回忌の時には、戦時中で台湾から参加のかなわなかった於菟にとっては、十七回忌の法要以来、久々に森家の長男として、父母の菩提寺での供養に臨むことになった。この年の四月に十三回忌を迎えた義母のしげ子の法要も、併せて執り行った。

於菟は、この日の出来事について、『鷗外二十七回忌』という文章を書いているが（『文芸評論』一九四八年十二月号）、義母の小説集を見つけた時点から、ひとつ流れに棹をさす行為と見てよいだろう。

この文章によれば、於菟はその日、妻の富貴を伴って、大森の家から三鷹まで出かけたが、参拝者たちにふるまう自家製のおはぎを相当量用意し、また同じ都内とはいえ、東から西へ乗り換えを重ねる交通手段にも不慣れな故、だいぶ遅刻をしたらしい。

義理の妹たちや弟の健在ぶり、また小さな親戚たちの様子に目を細めつつも、このところ、それぞれに父の思い出を発表する機会が増えていることから、そうした談や文が兄弟の仲違いを引き起こしたり、他人を傷つけたりすることがないようにと、按じてもいる。

また一方では、森家の事情で発禁状態となっている鷗外の『半日』を、いつまでも隠蔽しておくべきでないとする感慨も綴っている。

これは、一九四六年十一月、台湾で回覧同人誌に『半日』を限定公開した時と同じ気持ちを、改めて開陳したことになる。台湾の同人誌から二年ほどがたち、於菟はまずは兄弟たちにはかり、そして広く世に問うたのである。

『鷗外二十七回忌』から、『半日』について触れたくだりを、以下に引こう。

――母上の心をいらだたせるのを避ける意味でその生前出版させなかったのは人の子として当然の措置と考えるし、その後も遠慮しているがこれを永遠につづけ得るであろうか。著作権の期限の切れた暁に著作物はすべて一般の公共物になるという原則から見ると、政府から発売を禁止されたのでもなく、単に一家の事情によるという、私にはよくわからないが、このおそらく世界の出版史上にも珍無類のことを厳守して行く力が我々に果してあるか疑わしい。

それに私の見るところではあの作品は父の創作の中で特に重要なものとも思われないので、ある時期の全集にでも、さり気なく入れてあれば誰も問題にしなかったと考える。――

結果的には、鬼っ子のように秘せられてきた鷗外の『半日』は、ここで於菟が書いたようなかたちで落ち着くことになるのだが、台湾の同人誌から鷗外二十七回忌、そして一九五一年の全集での公開と、ホップ・ステップ・ジャンプよろしく、次第に考えが熟ししていったさまがよくわかる。

大田区小林町に居を定めた於菟を、たびたび訪ねるようになった人物がいた。

詩人・文芸評論家の野田宇太郎――。近代文学を記念、顕彰する意味から、多くの文学碑の建立を推進した人物である。

なかんずく鷗外に関しては、文学碑に留まらず、幅広い記念事業の推進役として活躍した。

――野田宇太郎さんが鷗外記念事業のことで度々小林町を訪ねてくれ、一度は鷗外記念館の設計に当った東京工大教授谷口吉郎さんを伴って来られた。また、菊池重三郎（＊註　作家、翻訳家）、川田茂一（＊註　近代文学研究者）両氏も野田さんとともに来訪された。（『砂に書かれた記録』）――

野田が鷗外の顕彰に積極的に関わるようになったきっかけは、観潮楼の焼失であった。失火と空襲と、二度に及んだ被災に心を痛めた野田は、その跡地に記念館を創設すべく奔走することになる。佐藤春夫に『観潮楼附近』（一九五七）という短編小説があり、鷗外旧居の焼失から鷗外記念館が計画されるまでをたどった実録風の内容なのだが、そのなかで野田宇太郎も本名で登場し、情熱を傾け、積極的に鷗外顕彰事業に取り組む様子が描かれている。

――観潮楼址を修め整えて永く記念したいという考を具体的に抱いた人は、わたくしの知る限りでは詩人でジャアナリストを兼ねた野田宇太郎であろう。（佐藤春夫『観潮楼附近』）――

既に一九四六年には、野田は朝日新聞社企画部の大内秀邦の協力も得て、鷗外記念事業の世話人会を立ち上げていた。

於菟の帰国は、記念事業に拍車をかけるものだった。

一九四七年の十一月――於菟の帰国から半年後には、島崎藤村の記念堂が木曽に誕生し、また同月、徳田秋声の文学碑が金沢にできるなど、文学者たちの戦後の記念事業が形を見ていることも刺激になった。

こうした気運の高まりの果てに、やがては観潮楼の跡地に、鷗外記念館がたつに至るのだが、野田が於菟と接触を重ねるごとに、鷗外の遺品に話が及んだのは当然の成り行きであったろう。

一九四八年の末頃から、台湾に残してきた鷗外遺品の送還を促す於菟の便りが、頻繁に寄せられたと蔡錫圭は回顧しているが、於菟の行動は、こうした日本国内での動きと符合する。

鷗外の長男である於菟個人の感情を別としても、やがては誕生するであろう未来の鷗外記念館に、肝心の鷗外の遺品が欠けていたのでは、話にならないのである。

一方で、森於菟自身の執筆活動も再開された。

既に名随筆家としての世評は高いものがあったが、帰国から半年後には、自身の存在証明のように、再び筆をとり始める。

手練《てだ》れの随筆に加え、この時期、小説の発表が続いたことは注目に値する。その主たる発表の場となった、『世界人』という、一九四八年二月の創刊になる雑誌があった。

発行者は京都に住む朝鮮人の金環秀で、編集委員には、鈴木大拙、阿部知二、神田喜一郎、矢野峰人など日本人の文化人、文学者の他、日仏会館長のマルセル・ロベールや、俳句研究で知られた英国出身の文学者レジナルド・ブライスも名を連ねていた。

第一号に載る「創刊の言葉」では、第二次世界大戦の悲劇を生んだ主たる原因を、「偏狭なる国家主義」と「誤れる民族主義」にあったと規定し、「国際間のあらゆる障壁を撤去し、万人悉く世界人たるの意識にめざめ、新しい理想的世界の建設に一致協力する事こそ、われわれに課せられたる最高の使命であり義務である事を痛感する」と、誌名ともなった「世界人」としての意義を強調している。

発行部数こそ多くはないが、国際主義、理想主義を高らかに掲げる、意欲に溢れた雑誌だった。内容的には、人文的な評論を中心としつつ、時には文芸の創作も載せた。

編集委員のうち、東洋学者の神田喜一郎と、英文学者の矢野峰人は、終戦まで台北帝国大学に奉職しており、於菟の同僚だった。特に矢野峰人とは、引き揚げまでの残留期間、仲間内で始めた回覧同人誌にもともに参加した、近しい間柄であった。おそらくはこの関係から、矢野が於菟に、自分の始めた新しい雑誌に、寄稿を促したかに思われる。

於菟が『世界人』に初めて作品を寄せたのは、一九四九年二月に出た第五号で、『樊遅《はんち》の夢』という小説を発表している。

そのタイトルを見て、本書の読者ならば、誰しも気づくであろう。台湾の回覧同人誌に、「三木寅二」の名で於菟が発表した小説『樊遅昇天』と、よく似ているのだ。

『世界人』は、第十一号まで続いた雑誌だが、そのうち第十号を除き、国会図書館にマイクロフィルムが収められており、幸い、森於菟作の『樊遅の夢』を読むことができる。

孔丘（孔子）の弟子の樊遅が、魯の国から衛の国を目指す師を乗せた馬車の御者台にいる。弟子のうち自分は最も才と学に劣るが、愚直小心な性状は師に最も愛されていると、樊遅は考える。長い道のりについうつらうつらするうち、樊遅は不思議な夢を見た。

一行は雲の上にいる。地上では不如意が続いた孔丘は、天界にて遍く道を広めたいと願い、自身の魂の破片を膝に載せた銀色の瓢《ひさご》の種子に託すのだと語る。

雲は流れ、いつしか倭国の上空に達する。孔丘はこの地には道が育ちそうに思い、瓢の種子を何粒か振りまく。そして樊遅に、瓢の種子とともにこの地に降り、しばらく異国の風俗を見てはどうかと勧める。師の意を受け、樊遅は最後に師の手を離れる瓢の種子に飛びつき、地を目指し落下して行く。そこで、夢は醒めた。衛の国に入る国境であった。出迎えの役人が現れ、阿諛追従《あゆついしょう》を述べるが、師はその言葉の純粋ならざるを見抜き、心は醒めたままである……。

と、小説はいったんここで終わるが、興味深い後書きが添えられている。「作者の妄想は実をいうとここに書いたものよりも遥に進んでいた」というのである。

瓢の種子に飛びついた樊遅は江戸時代の和歌山城内に落下し、学問所の玄関前で大あくびをした老玄関番の口内に飛びこんだがため、この老人がたちまち孔孟の道を説く大学者となって、殿の顧問役の尾州浪人・平洲細井甚三郎を煙に巻いたという落ちがついていたのだという。

——気の置けぬ仲間内の同人回覧雑誌に書いたこの習作は散々の評判で、しまいの方は浪花節のようだといわれたため、今度友人が活字にしてやろうと云ってくれた時、案外はにかみやの作者は処女作から精神病者かと疑われるのをおそれて数頁を削ったのであった。——

と、於菟は『樊遅の夢』を結んでいる。

於菟の言う通り、確かに『樊遅の夢』は、台湾で残留日本人同士が始めた回覧同人誌に発表した『樊遅昇天』の焼き直しであった。

仲間内を対象とした手書きの作品を、「友人」（矢野）が活字にするというので、題を改め、内容を整えた上で発表したのだった。

改変の最たる部分は終結部で、樊遅が和歌山城学問所の老玄関番の口内に飛びこんで引き起こす騒動のくだりを、そっくり削ったことを明かしている。

奇譚のクライマックスをそっくり削ぎ落してしまったのは、いかんせん惜しい気がするが、本人も未練があったと見え、言い訳のような付言を添えたのだった。

それはともかくも、台湾残留時代、そして引き揚げから二年後に、於菟が中国史に素材をとり、日本にも橋渡しをした上で、この寓意小説に込めたものは何だったのだろうか……。

偉大なる孔子と、不詳の弟子の樊遅の関係には、鷗外と於菟の関係が重ねられているようにも見える。

落下して口内に飛びこむくだりは、鷗外の小説『朝寝』のラストを思わせもする。

於菟は一九三六年、台湾に移住した年の暮れに『「朝寝」前後』という随筆を発表し、鷗外作品のラストに登場する朝寝坊の従軍記者の口内に燕の糞が落ちるくだりについて、私見を述べたこともあった。

孔子の種まきの対象が日本であるのも、何故和歌山なのかはともかく、新生日本に期する気持ちの表れなのかもしれない。しかも、中華圏から徳を照射するという構造自体に、時代の面相が顕れている。

否、おそらく事はもう少し複雑で、実と虚がひっくり返ってしまったような奇妙な玉手箱のなかに、善悪やら賢愚、美醜といった価値観が、乱反射を重ねてやまないものなのに違いない。

中華民国統治下の台湾に生きる日本人残留民の胸中に胚胎した夢物語のファルスは、論旨明快な論文や随筆ではなく、小説でしか描くことのできない種類の屈折し、絡まりもつれた感情の発露を必要としたのではなかったろうか。

そして、帰国して祖国の懐に抱かれてなお、新生活はそれなりに落ち着き始めてはいたが、異の軋《きし》みたつような、想念の乱反射は収まらず、噴きあげるものがあったのだろう。

台湾での理想と信念は水泡に帰し、父・鷗外の遺品は、いつ返却されるかもわからぬまま「異郷」に放置されているのである……。

一九四九年七月——『樊遅の夢』発表から五カ月後、於菟は同じ『世界人』の第八号に、小説『一夜』を発表している。

於菟の『一夜』は、父・鷗外を意識すればこそ生まれた作である。というのも、『一夜』とは本来、嫁姑の対立を軸に家庭内のゴタゴタを描いた『半日』の続編として、鷗外が用意した作品のタイトルだったからだ。

『半日』が『スバル』誌上に掲載されたことでしげ子の逆鱗に触れ、以後長く発表が禁じられたが、それに続くべき『一夜』は、鷗外自身によって原稿が破棄されたと伝わる。

『半日』の主人公の博士は高山峻蔵だが、於菟の『一夜』での博士の名は奥村康蔵といい、また物語の語り部となる視点の主は先妻との間に生まれた息子の順雄が担うなど、鷗外の『半日』の続きであった幻の小説を意識しつつも、ストレートな続編とすることを、微妙に避けているかにも見える。

於菟が『一夜』で描いた母と嫁の対立のうち、最も鮮烈で、しかも妙に悪印象が立つ逸話は、嫁が姑の大便がとびきり臭いと言い放つくだりである。姑の後で便所を使うと、尋常ならぬ悪臭に耐えられないと、博士（夫）に訴えるのだ。人の糞は誰しもが臭いと博士は諭すが、妻（嫁）は、あんな悪臭の便をする人はいないと、悪口をやめない。

おそらくは、これに似た事実が、鷗外の家庭内でもあったのだろう。

鷗外が筆にした『一夜』では、姑との折り合いの悪い妻が、博士の説得を受け、姑の前で頭を下げる場面もあったかに伝わるが、なるほど於菟の作のラストに、その場面が登場する。

とはいえ、それは和解などではなく、不当な辱めを受けた嫁は悔し涙がとまらず、ひと言も口を開かぬまま、憎悪を目に溜めて、その場を立ち去る。博士もまた、ひと言も発しない。ふたりの足音が遠ざかり、物音に目覚めた庭の番犬が低く唸るところで小説は閉じられる。

勝者など誰もいない。心に快哉を叫ぶ者もいない。新旧の価値観や男女の差が生む断層の狭間に、救いようのない日常を送る家庭の現実が、ある時代と社会のまぎれもない実相として描かれるだけである。

於菟の『一夜』を考える時、見逃してはならないことは——、そして実はこれまでこの点が顧みられることはなかったのだが、台湾の回覧同人誌に世に先んじて鷗外の『半日』を公開したことと、鷗外が破棄した続編の原稿を、帰国後に自身の手で復活させるように『一夜』を書いたことが、つながっているという事実である。

「鷗外」物の執筆を積みあげてきた台湾以来、於菟の胸の内では、鷗外の業績の継承に責任をもつ者としての立場から、世の中に対してきちんとけじめをつけたいとの思いが強まっていたように感じる。於菟が『一夜』を発表した時点では、まだ『半日』は公式には封印を解かれていない。先にも説明した通り、『半日』が鷗外全集に滑りこまされる形で公開されるのは、一九五一年になってのことである。

自身の手で父の幻の小説『一夜』を「復活」させることで、鷗外の『半日』の公開を促進させたいとの意味も含まれていたのかもしれない。

於菟は『世界人』に発表した二篇の小説を、佐藤春夫にも見せている。佐藤は鷗外全集の編輯者として於菟とは旧知の仲であり、またこの先の鷗外顕彰事業にも積極的に力を貸すことになる。

佐藤から於菟に宛てて、読後の感想が寄せられた。


——高作は二篇とも一気に拝読お世辞でなく甚だ感服して（中略）実のところ一点の批の打ちどころも無いと申すべく両篇とも文品の甚だ高雅なのをさすがにと思いました。「一夜」は書きづらいところをよく思い切ってお書き下さいました。あれで我々にも一切がよく判るようになりました。（中略）

もう一篇の孔子のお弟子の夢の話（中略）、夢見心地になるまでの車上の気分だけで十分面白く夢をあれ以上に書くのは奇想とは存じますが少しはなれわざすぎてむつかしいかとも考え、それにつけても改作別のも拝見したいような欲が出ないではありませんでした。何にいたせ続々御執筆お見せくださらば愛読したいと存じます。（一九四九年八月十七日消印付き　森於菟宛て書簡）——

この年、於菟はもう一作、小説を発表している。『老いらく日記』と題される短編で、一九四九年十月、『娯楽朝日』（秋田書店）という大衆雑誌に掲載された。

戦前は大陸で技師をしていたという老作家の三木寅吉は、老妻の猪乃や孫の猫吉、猫のムルと暮らす身だが、雑誌社から「初恋の記」という特集を組みたいからと、執筆を依頼される。何を書くべきか原稿がはかどらずうつらうつらするうち、女性にまつわる思い出がいくつも夢に湧く。憧れの女性をハンサムなスポーツ選手に横取りされたり、心の通じ合う女性がいても煮えきらぬ自分の態度から男爵の令嗣に嫁がれてしまったりと、失意の経験が続いた挙句、親戚の勧めで淑徳兼備の娘と見合い結婚したことなどが、走馬灯のように次から次へと回想される。

夢より醒めて、いざ何を書くかという段になって、寅吉は腹を決める。

——ものにならなかった恋愛なんぞ犬にくわせてしまえ、やはりおれはこの三十年余りいえない苦労をともにした老妻猪乃を主題に初恋の記をつくるのがせめてもの思いやりであろうと覚悟をきめたわけである。——

長年の妻の苦労を象徴するように紹介された逸話に、大陸から引き揚げる船中、妻のリュックから取り出したパンを家族全員で分けて少しずつ食べるくだりが登場する。明らかに、於菟自身の引き揚げ体験の反映であろう。

『老いらく日記』は全体としては滑稽味の溢れる作品なのだが、ほのぼのとした人情味と夫婦愛が描かれ、ほろりとさせられる。

実は、この小説についても、その出自を、台湾での回覧同人誌に見出すことができる。一九四七年一月に出た第五号『太太』に発表された、三木寅一の作品『寅一の初恋』がそれだ。数回に及ぶ失恋や不如意の経験の果てに、見合いで結婚するというプロットは基本的に同じだが、先行作品は小説ではなく戯曲で、『老いらく日記』はそれを小説に仕立て直したものなのである。

なお当然ながら、引き揚げ船内でパンを分け合うくだりは、台湾で書いた戯曲には登場しない。しかし、老妻に捧げる「思いやり」――つまりは感謝や愛情という点では、台湾時代から変わっていないのである。

『老いらく日記』以降、於菟は小説を発表していない。

於菟が一九四九年に発表した三つの小説は、いずれも、何らかの形で台湾での創作活動を引きずった作品であった。改訂版であったり、続編であったり、発展形であったりと、三者各様ながら、どれも台湾に根をもち、樹葉を茂らせたものだったのである。

それを考えると、何故、於菟がこれ以上小説に手を染めなかったのか、見えてくるものがある。

例えば、『樊遅の夢』――。この作品が、台湾での奇妙かつ特殊な時間に胚胎した、複雑な寓意に満ちた滑稽奇譚であることは先に述べた。
帰国後に発表した意欲に富んだ小説の「処女作」は、しかし同時に、台湾の「遺作」でもあったのだ。

富貴夫人は台湾に赴く夫の姿勢を、「天架ける翼を得た鳥のように、また荒野に初めて鍬を入れる農夫のように」と表現したが（ちくま文庫　森於菟『父親としての森鷗外』あとがき）、係累の煩わしさから逃れ、重石を離れて、新天地で満喫した自由は、そこでしかないものだった。

そして、戦後の残留期に、時計の針が折れ曲がってしまったかのような、間尺の狂った時間にあてどなく漂いつつも、黄金色の残照に輝く南国の果樹が、鮮やかに色づき、かぐわしく熟するのにも似て、奇貨として得た濃密な実りは、時と場所を違えては手にし得ぬものだったに違いないのである。

日本に戻った於菟は、遺品が戻らず、しかも返還のめどさえ立たぬ間、台湾の実りを引き継ぎ、作家としての自身を深めようとしたのかもしれない。

だが帰国後、月日のたつごとに、森家の長男という立場、また文豪・鷗外の息子という重石が於菟を取り巻くことになる。

於菟も、それを嫌った形跡がない。野田宇太郎の証言によれば、鷗外記念事業の話を於菟にもちかけた際、於菟は素直に嬉しがったという。鷗外の息子としては、鷗外文学になおも惹かれる人々がいて、戦後日本で鷗外顕彰の動きが進みつつあることに、喜びを覚えてならなかったのである。

ちくま文庫版『父親としての森鷗外』の巻末に添えられた富貴夫人の「あとがき」は、於菟が一九六七年の暮れに亡くなって一年後に書かれたものだが、夫人は文筆家としての於菟を次のように総括している。

――於菟の文を読むにつれてその筆力の冴をひしひしと感じるようになり於菟にとって鷗外の息子であったことが、かえって文学的な才を世間に認められるための妨げになったのではないかと思う私の今日この頃ですが、これは女房としての贔屓目でしょうか。於菟の随筆集を出すにしてもやはり鷗外ものが中心になり、自分の世界を描いたものが日の目をみにくいのも、於菟の耐えねばならなかったきびしい運命を物語っているようにも思えます。――

もし、鷗外の子でなかったならば……。

あり得ない仮定ではあろうが、佐藤春夫を唸らせた「文品の甚だ高雅な」名作を紡ぎだす才能の可能性は、少なくとも小説に関しては、半ば引き揚げ後の社会の要請により、また半ばは自らの意志で、断たれることになったのである。

一九五〇年一月十九日、鷗外生誕八十八年の記念日に、朝日新聞文化事業団が鷗外記念会組織記念準備会を提唱した。

永井荷風、佐々木信綱、斎藤茂吉、吉井勇、佐藤春夫、日夏耿之介、石井柏亭、児島喜久雄、小泉信三、後藤末雄、高村光太郎、谷口吉郎、野田宇太郎の諸氏が名を連ね、朝日新聞からは大内秀邦が代表として参加した。

併せて、この年の一月十九日から一週間、東京日本橋の三越で、「生誕八十八年鷗外回顧展」が開かれた。

於菟も手持ちの鷗外の遺品を提供し、また文京区も前年より鷗外資料の収集につとめており、それらが併せて展示された。

戦後初、しかもまだ占領下にあった日本で開かれた鷗外展は、多くの人を集めた。敗戦以降、劇的に変わる社会の変化のなかで、日本人が精神の指針を鷗外文学に求めたのであったろう。

もっとも、鷗外記念事業を牽引する野田宇太郎は、後にこう振り返ってもいる。


——（回顧展は）盛況裡に終ったが、鷗外資料の中心となるべき森家保存の数々の資料遺品がまだ台湾に残されたままだったので、今から思うと中味のさみしい鷗外展であった。——（『鷗外記念事業十七年の記録』『鷗外』第五十七号　一九九五）

記念事業が盛りあがりを見せ、社会の鷗外への関心が強まれば強まるほど、台湾に残してきた鷗外の遺品が望まれることになる。その重圧を、誰よりもひしひしと感じていたのは於菟自身であったろう。

一九五〇年七月、於菟は義理の弟の類とともに、かつて観潮楼のあった土地百七十坪弱を、記念館建設用地として、文京区に提供した。

代替地として、於菟には駒込曙町に区から土地が提供され、清家清の設計により、新居が一九五一年四月に竣工した。

鷗外の遺品の返還を望む気持ちは、今や於菟個人の感情を超えつつあった。それでいて、事態の好転する兆しは見えなかった。

解決の糸口を見いだせぬまま、於菟は依然として、台湾からの朗報を待つしかなかったのである。

＊　＊　＊　＊　＊　＊　＊　＊　＊　＊　＊

蔡錫圭にとっても、忍耐の日々が続いた。

一度は好転しかけた返還の望みが、船が座礁する如くに頓挫して以降、事態は膠着し、動こうとしなかった。

雲行きが変わり始めたのは、国共内戦に敗れた国民党のエリートたちが大挙して台湾に渡ってきたなかに、蔡のよく知る陶一珊がおり、新たに台湾の警務処長（警察署長）に就任してからだった。

陶一珊——。一九〇八年（一九〇六年とも）、江蘇省の生まれ。中央軍官学校（旧黄埔軍官学校）を卒業し、その後、一九四六年に上海呉淞行営副参謀長、四九年には上海市政府民政局長といった要職を経て、一九五〇年から台湾省警務処長につくことになった。

蔡は「幸いにも昭和二十六年、私が非常に親しくしていた、陶一珊将軍が戦時下の台湾省警務処長（警察署長）に任命された」（『台湾にあった鷗外遺品について』）と書くのみで、陶一珊とどこでどのような接点があったのか、明らかにしていない。

しかし蔡も一九四六年五月までは大陸にいた人なので、その頃から続く縁だったのではないかと想像される。

ともかくも、この人脈に頼って事にあたったところ、とんとん拍子に話が進み、鷗外遺品の日本返還の道が一気に開かれることとなった。

申請にあたり、蔡は於菟から預かった木箱九箱の荷物を、運送時の安全を考慮し、十一箱に仕分け直した。

陶一珊警務処長は、十一箱に収められた荷物が、森鷗外の遺品であることを認めた上で、次のような許可を出してくれた。

——台湾省警務処証明書（民国四十年四月廿八日）

収文者　蔡錫圭

茲有日本已故文豪森鷗外之遺物十一箱（詳細物品名称見清単）業経本処検査無誤准予運回日本特此証明

処長　陶一珊——

民国四十年、即ち一九五一年四月二十八日付で、警務処長によるお墨付きの証明書が発行されたのである。中文による文意は、「故文豪森鷗外の遺品十一箱（詳細な品名はリスト参照）が検査され、日本への返送が許可されたことを証明する」という趣旨であった。

警務処長による許可自体は早かったが、具体的な手続きとなると、なおも蔡は奮闘を続けねばならなかった。

台湾と日本を結ぶ貨物船は、国交回復前のこととて、運航数が非常に少なかった。ようやく船を予約し、なかなか雇えないトラックを苦労して手配して、荷物を基隆港まで運んだが、税関で目録と荷物の中身が合わないと、突き返されてしまった。

おそらくは、於菟の用意した目録をもとに中国語に翻訳したが、中華民国の税関ではより詳細かつ正確な品目を記した書類の提出が求められたのだろう。予約した船には載せることができず、この時には、涙を呑んで便船をキャンセルせざるを得なかった。

急《せ》いては事を仕損じると悟った蔡は、少々時間をかけても、しかるべき手続きを踏むことを決意する。すべての品目について自身で逐一確認し、新たに目録を作成することにした。

一品一品、細かく品名をつけ目録化して行くと、送還すべき鷗外の遺品の数は、全部で二千点あまりにも及んだ。この作業に、一年ほどの時間がかかった。

万端整って、蔡は改めて貨物の船便を探した。途中寄港する場所があると、万が一にも間違いがあってはならないと思い、日本行の直行便にこだわった。

日本に送る運送費は、台湾大学医学院長の杜聰明が、台湾医学会から用立ててくれることになった。於菟が離台の際に、将来の遺品返還の送料にあててほしいと手渡した南方関係の書籍類は、すべて台湾大学で使うことにし、売却しなかった。

数次にわたる荷物の検閲には、台湾大学の同僚、余錦泉の助力を得て、解剖学教室の倉庫を使用することができた。

そしてついに、一九五二年の秋、基隆から横浜に向かう貨物船「パイオニア・デイル（Pioneer Dale）」号に、鷗外の遺品を載せることができた。

十一箱の荷物の送り先は、東京の東邦大学、森於菟教授宛てであった。

パイオニア・デイル号は、十一月三十日、横浜港に入港した。

遺品到着の知らせを受けた於菟の記録に残る第一声としては、十二月十日にものした以下の文章がある。

——最近台湾からPioneer Daleという船が横浜に入港した。この船で私が台湾に残した父（鷗外）の記念品十一箱がはるばる到着した。昨日（十二月九日）税関の手つづきその他を横浜のU.S.L.会社で問い合せ運輸会社に頼んで来たから、特に故障さえ起らなければ旬日中に入手できるであろう。（中略）今度帰るのはデスマスク、文官大礼服、机、筆硯、筆洗、筆立、水差、墨、ドイツ酒盃、原稿「日本芸術史」仮綴二十余巻、明治大正諸家の鷗外への書簡多数、文学及び医学書籍多数（父の死後買入のものを含む）、鷗外全集、鷗外著作初版本若干などである。（『蛇穴を出づ』一九五三年三月『心』）
——

一九五三年一月七日、朝日新聞は鷗外の遺品返還の記事を掲載した。

台北に残されたままになっていた文豪・鷗外の遺品約二千点あまりが、「中国（＊註　ここでは中華民国＝台湾のこと）の医学者たちの奔走」によりようやく故国に戻り、森於菟を始めとする遺族、関係者を喜ばせている。鷗外の住まいだった観潮楼の跡地に「鷗外記念館建設の話が永井荷風、日夏耿之介、斎藤茂吉、佐々木信綱氏ら文学者の間で持ち上り、ここに収めるべき遺品が台湾から返らなくてはと、関係者が胸を痛めていた」と、遺品返還が鷗外記念館建設にとっての悲願であったことを報じている。

またこれまでの経緯として、保管を託された杜聰明氏や蔡錫圭氏らが鷗外遺品を送還しようとすると、「中国当局から難色が出て陽の目を見なかった」が、「六年におよんだ中国医学者の努力がやっと実を結んだ」とも記している。

東京版ではここまでだったが、大阪版では記事の末尾に、於菟の談話が添えられた。

――皆さんのおかげで遺品が無事に帰り、こんなうれしいことはない。記念館の事業は資金の関係で一時中絶の形となっているが、来年は父の卅三回忌で「沙羅の木」の詩碑（＊註　鷗外の「沙羅の木」の詩を永井荷風に揮毫してもらい詩碑としたもの）を建てるぐらいしか私ども遺族にはできないが、規模は小さくても何とか目ハナをつけたい。――

横浜港に到着した鷗外の遺品は、ほどなくして於菟の手に収まるかに見えた。

だが実際には、税関での手続きに、再び予想外の長い時間を要し、鷗外の遺品が於菟のもとに届けられたのは、横浜港到着から十カ月もたった一九五三年九月のことだった。

船便で送られてきた荷物を待つ間に、思わぬ別ルートでの遺品返還もあった。台湾大学解剖学の哈鴻潜氏の夫人である孟士春女史が、留学のためアメリカに渡る途次、空路東京に立ち寄り、於菟の家まで鷗外の遺品二点を直接届けてくれたのである。一九五二年十二月三日のことだったという。

これもやはり、蔡錫圭が孟女史に託して可能になったことだったが、この時持ちこまれた遺品は、かつて観潮楼の玄関に飾られていた「賓和閣（貴和閣）」の額と、もとは瀧田貞治が所蔵し、没後に於菟に譲られた、鷗外と木下杢太郎、日夏耿之介の三者による「文学」の額であった。

どちらも、台北東門町の於菟の住まいの壁にかけてあったもので、蔡錫圭が移り住んで以降も、調度品としてそのままになっていたため、於菟が送還用に木箱九つにまとめたなかには含まれていなかったのである。「文学」の額は、額縁からぬきとって書だけが運ばれた。

こうして、一九三六年、台北帝大医学部教授就任に伴い、於菟が台湾に運んだ鷗外の遺品の殆どすべての品が、その後に入手した品々も加え、奇跡のように、日本に戻ってきた。

多くの遺品にとっては、十六年ぶりとなる「里帰り」であった。於菟の日本帰国からも、六年の歳月が流れていた。

この一九五二年という年は、日本と中華民国との国家関係にとっても、大きな前進をもたらした。四月二十八日に日華平和条約が調印され、両国は戦時の敵対関係を脱して、正規に国交を回復したのである。

蔡錫圭の努力がそれまで徒労を重ねたにもかかわらず、一九五二年になって事情が好転したのも、マクロな視点から見れば、国交回復が大きくものを言ったことは間違いなかろう。

於菟が一九六五年に発表した『砂に書かれた記録』では、遺品返還の経緯を次のようにまとめている。

——昭和二十八年九月に、私が中国台湾から敗戦の日本へ持って帰れなかった父の遺品が到着した。この送り出しは前に度々記した通り、杜聰明さんの配慮と蔡錫圭教授の一方ならぬ苦心によるもので、輸送については朝日新聞社の好意に負う所が多く、人々の尽力でこの困難なる希望が達せられたのである。大形の木箱一個であるが（＊註　木箱十一箱の誤植か、或いはそれらを大形のコンテナひとつにまとめたものか）、私の新しい家は狭く当時これを容れる余裕がないので、私の勤務していた学校、この時は昇格して東邦大学医学部となっていたが、その本館一階の一室にしばらく保管してもらった。この保管もこれから数年にわたり、大学関係者の某君から「森先生、倉敷料を頂きましょうか」と揶揄されて頭を掻く始末であった。——

父の遺品が戻ってから十二年後に書かれたこともあって、於菟の描写は淡々として、かつこの人らしく、ユーモアを交えて「倉敷料（倉庫での保管料）」のことにまで触れている。

しかし、「頭を掻く始末」を綴る於菟の筆の奥には、静かな喜びが揺れている。

長い心労の果てにほっと胸を撫でおろした、安堵の微笑に相違ない。

第八章

時はめぐり
～最後の遺品返還～

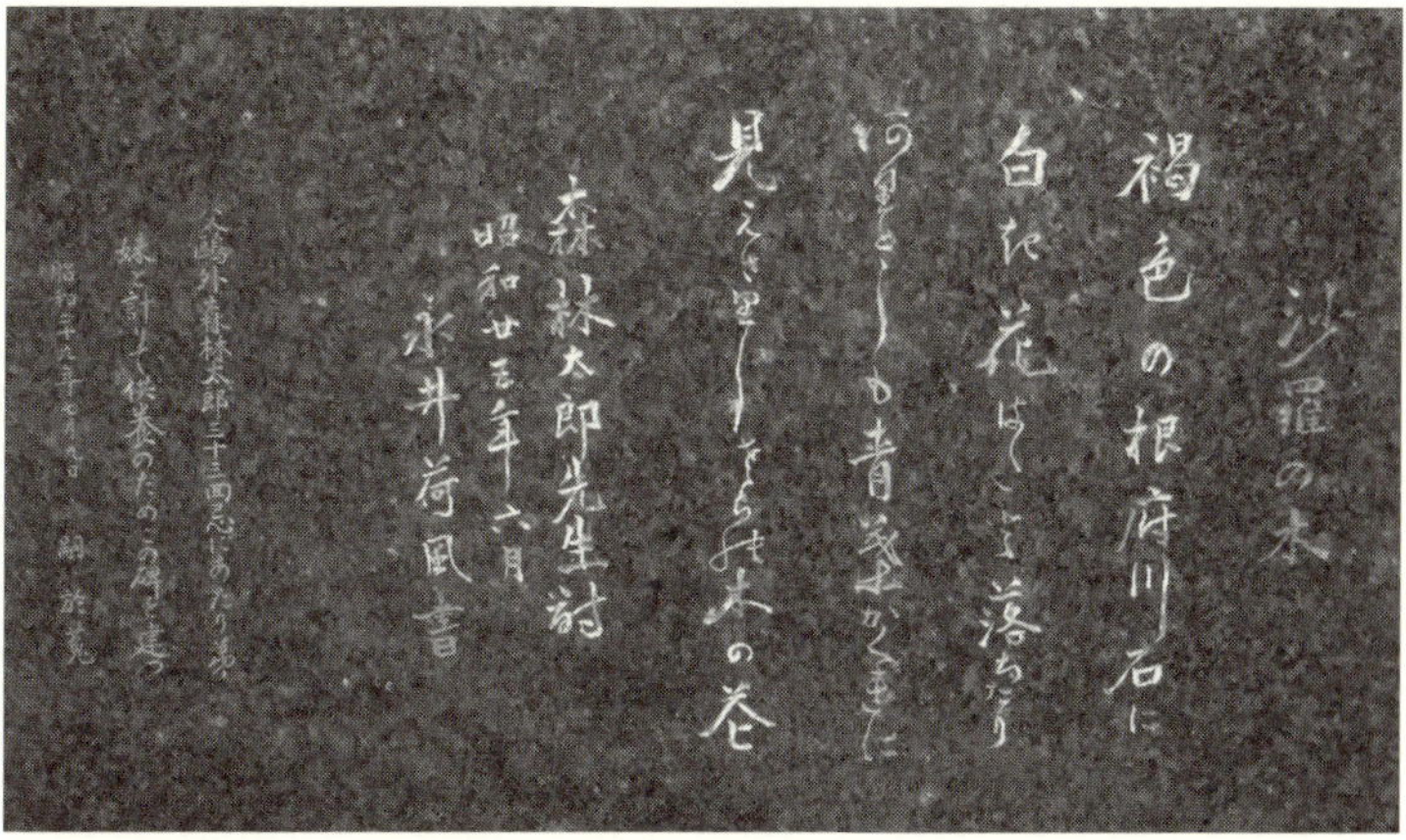

永井荷風の書になる「沙羅の木」の詩碑（森鷗外記念館）

一九五三年九月、森鷗外の遺品は無事、台湾から東京の森於菟の手元に戻った。

この時、於菟の胸中からは、台北時代のように父の遺品をわが手元に置く、という考えは払われていた。野田卯太郎らとの話し合いを通し、将来開設される鷗外記念館に寄贈し、末永く保管してもらうということで腹は定まっていた。

だが、このことは、東京に戻った鷗外の遺品を、そのままに放置しておくことを意味しなかった。否、むしろ事態はその逆で、記念館に収めるにあたっては、その前に、遺族として、それぞれの品の由来、縁起を、なるたけ詳細かつ正確に把握しておかねばならないと、於菟はそのように考えた。

台北でも数次にわたる展示会もあり、代表的な遺品については、いくつもの文章も発表して解説し、それらは集大成的な成果として、『森鷗外』(一九四六)という単行本に結実した。

だが、すべての遺品の整理がついていたわけではなかった。とりわけ、膨大な量の書簡の類は、長男である於菟の目をもってしても、細かな事情など、一見してわかるものではなかった。

於菟夫人の富貴が、後に、この間の事情を綴っている。

——(返還された鷗外の遺品は)書類など纏めたものも皆ばらばらになっていました。始めは如何手をつけてよいのやら途方にくれてしまいましたが、次第に整理し、秋山光夫先生(*註　美術史家。鷗外の推挙により宮内省図書寮に奉職。後に帝室博物館学芸課長をつとめた）にご教示いただいた事も度々ありました。興味が湧けば夜の更けるのも忘れて続け、又一つの事に長時間費し、全集の日記や書簡集によってやっと解明出来た時の悦び、私共二人にはほんとうに生甲斐のある仕事でした。（森富貴『亡夫の一周忌に憶う』一九六八年十二月『森鷗外記念会通信』第九号）──

亡夫を偲ぶ文章に現れた逸話であることを鑑みれば、既に老年を迎えた夫妻にとって、忘れがたい思い出ともなったらしい。煩瑣を極めつつも、充実した時間だったようだ。無論、その底には、遺品が無事に戻ってきた喜びがある。

同じ事情を記した第三者による文章もある。鷗外の親友であった賀古鶴所の百通を超える書簡が、於菟夫妻の尽力により整理され、『鷗外』第二号（一九六六年三月）に発表された際には、後書きに、「幸いにして森家に保存されてあった賀古書簡一一〇通が、森於菟博士夫妻三年来の御努力によって整理、筆写され、くわしい註解、参考まで附されて、ここに一〇二通（鷗外在世中のものに限った）発表することができたのである」との記述が添えられた。

また、一九六八年三月に出た『森鷗外記念会通信』第六号の巻頭言でも、前年末に没した於菟の人となりを偲んで、「図書館には先生の寄贈されたおびただしい鷗外資料がある。鷗外に対する正しい理解を持って貰うべく、先生は資料の解説に努めて来られた。『鷗外』第2号の賀古鶴所書簡の註書きでは、夫人と共に毎夜二時三時まで起きて執筆されたときく。ただただ頭の下る思いである」との文章が載る。

鷗外遺品が戻ったからといって、於菟が安心し、記念館開設まで手を拱いて日々を重ねていたわけではなかったのである。

ただ、肝心のその記念館は、将来的な方向としては疑いようもないことながら、実際には資金の問題もあり、一朝にして形になるものではなかった。

遺品が返還された翌年、一九五四年は、鷗外三十三回忌の年であった。命日の七月九日に合わせて、於菟ら鷗外の遺児は、観潮楼跡地に記念の詩碑をたてることにした。詩碑の文面を選んだのは野田で、鷗外の「沙羅の木」の詩に決まり、於菟は詩の揮毫を永井荷風に依頼した。

市川にある永井邸まで於菟は足を運んだというが、気難し屋で知られた荷風が即断で承諾した。半月後に於菟が永井邸を再訪した折には、既にできあがっていたという。鷗外への敬意がなせるわざであったろう。

「沙羅の木」の詩は、一九一五年（大正四年）発行の鷗外の詩歌集『沙羅の木』に収められた詩であるが、本のタイトルともなるほどに、代表的な作であった。

褐色《かちいろ》の根府川《ねぶかわ》石に
白き花はたと落ちたり
ありとしも青葉がくれに
見えざりし沙羅の木の花

永井荷風がこの詩を揮毫した一九五四年からは三十三年も前になるが、鷗外は観潮楼を訪ねた青年画家の宮芳平に、『沙羅の木』の詩歌集を与えている。本書のプロローグに、そのことは既に記した。沙羅の木に重ねて、人の目など気にせず、おのれの道を進み、輝けと、そのような意を伝えたかったかに思われる。

「沙羅の木」の詩は、野田卯太郎や永井荷風など、多くの人々の心をとらえ、観潮楼跡地にたつ詩碑に刻まれることになった。荷風の揮毫をもとに、谷口吉郎がデザインした。

だが、そこまでとんとん拍子に話が進みながら、詩碑建立に充てる資金が集まらなかった。結局、於菟は私費を投じて、予定通り、完成にこぎつけた。

除幕式には、安井誠一郎東京都知事も参加し、各界の名士が集まった。社会的注目を浴びることで、記念館建設に向け、意義ある跳躍台となった。

除幕式の日の午後、観潮楼跡から近くの根津神社に場所を移した有志諸氏は、社務所で会合し、鷗外記念館建設委員会を発足させた。委員長には、日本芸術院長の高橋誠一郎がつくことになった。

鷗外の故郷・津和野でも、顕彰の動きが生まれていた。「沙羅の木」の詩碑の除幕式のあった翌日、於菟は佐藤春夫夫妻と津和野に赴き、記念碑の除幕式に参加している。こちらの碑面は、佐藤によって、鷗外の「釦鈕《ぼたん》」の詩が選ばれた。

日露戦争に軍医として従軍した鷗外が、南山の戦いで、かつてベルリン留学中に現地で求めたカフスボタンをなくし、詠《よ》んだ詩で、

「ますらをの　玉と砕けし　ももちたり　それも惜しけど　こも惜し釦鈕　身に添ふ釦鈕」

というラストの一節は特に名高い。ドイツ女性エリーゼとの思い出を秘めるとも言われる。

鷗外の遺品の返還が一九五三年、翌五四年には、観潮楼跡の「沙羅の木」と津和野の「釦鈕」と、ふたつの詩碑の建立、そして鷗外記念館建設委員会の発足と、駒が一つずつ動く感があった。

しかしそれでいて、記念館建設のための募金はなおも思うように集まらず、蝸牛の歩みを重ねるところとなった。

歩みを止めることがなかったのは、父・鷗外の足跡をできる限り正確に後世に伝えたいとする、於菟の情熱だった。返還資料の整理に挺身するのと並行して、於菟は、鷗外に関する重大な――衝撃的ともいえる新証言をものすることになる。

その一つは、一九五四年、『文藝春秋』十一月号に発表された『鷗外の隠れた愛人』という文章だった。後に、『鷗外の隠し妻――鷗外と女性補遺――』と改題され、『父親としての森鷗外』（大雅書店　一九五五）に収められることになる作である。

かつて台湾に渡る船中で書かれた『父の映像』のなかで、鷗外の関係した女性のうち、最も真剣に父が愛したのはドイツ女性の「エリス」だったと推察した於菟であったが、こたびは、鷗外が最初の妻にして於菟の実母である登志子と別れ、十一年後にしげ子と再婚を果たすまでの間、「おせきさん」と呼ばれる女性を隠し妻のようにしていたと、明かしたのである。

実は鷗外は、万朝報が一八九八年（明治三十一年）に組んだ「弊風一班　畜妾の実例」の連載記事において、「児玉せき（三十二）なる女を十八、九の頃より妾として非常に寵愛し、嘗《かつ》て児迄挙げたる細君を離別して本妻に直さんとせしも母の故障により果す能わず」云々と、書き立てられたことがあった。

鷗外は最初の妻とは既に離縁していたので、正確には一般にいう「妾」ではなく、また、せきを鷗外にあてがったのは他ならぬ母の峰子で、小倉時代には後妻に迎えてはと結婚を勧めてもいるので（この時は鷗外が固辞した）、母が結婚の妨げになったかのような書きぶりには、事実誤認も見られる。

とはいえ、鷗外にそのような女性が存在したことは事実で、森家としては秘事にしておきたかった筈だが、於菟は敢えてその存在をオープンにしたのである。

森鷗外という巨人の実像を漏れなく伝えたいとする意向に加え、於菟自身が幼少時、おせきさんに可愛がられた思い出をもつことが、執筆の引き金になったかと思われる。

児玉せきは、いったんは旧士族に嫁いだが未亡人となり、鷗外の祖母の清子が知るところとなったのが縁で、仕立物の手伝いなどをしに森家に出入りするようになった。娘がひとりいたというが、「うまずめ」との噂で、そこが森家（峰子）に注目されたのは間違いない。気立ても器量も、まずまずの女性だった。

於菟の筆が伝えた逸話で、妙に生々しい印象を残すのは、小学校に上がる少し前の於菟が、せきの前で蟻をつぶして殺すくだりである。

「おせき。お前も蟻をつぶしてごらん」と於菟に問われ、「こわくって私には出来ませんわ」とせきが答えると、少年はこれ見よがしに、せきの前で蟻を次々とつぶして見せたというのである。

母のない子と、うまずめとされた日陰の身の女とが、こだまのように交わし合う孤独を蜜として寄り添い、心の歪みを毒の花と乱れ咲かせたかのような、妖しく恐ろしげな瞬間である。母の乳をいくら慕うても、絶えて望みのかなわぬ少年の疼きが、ちろちろと炎をあげているようにすら感じられる。

於菟がせきとともに写真館で撮った写真が伝えられている。五歳ほどになる於菟が、椅子に腰かけたせきに支えられて隣に立っている。

実は、森家にはせきの写真が三葉伝えられた。そして、ここからが本書にとっては重要なのだが、これらの写真は、鷗外の遺品として、他の品々と同じく長く台湾に留まり、また日本への返送は、他の遺品とは異なる経緯をたどったというのである。

『父親としての森鷗外』（一九五五年四月刊）に載った『鷗外の隠し妻』に、次の記述がある。

――もと私の家の手箱に三種が保存せられていた。いずれもせき女二十四五歳（父の三十三四歳の頃か）と思われる。一枚は中では一番老けて見え、縞の袷に黒の羽織をつけた半身像、一枚は五歳ほどの私の手をひいているもので、この二枚は手札形（そのうち後の方が本書校正中に台湾の友人が送ってくれた）。残りの一枚はキャビネというかその二倍大で、十歳ばかりの可愛らしい蝶々まげの娘と一緒にうつしたものであった。（中略）昭和十一年の台北への引越し、戦争、疎開、引揚などという事件の度に記念写真の類も大部分整理されたのであり、最後の引揚という時に写真類だけまとめて台湾人の学生で近所にいた心やすい人に托したので、それだけは最も早く送ってもらえるつもりの所、教室に公然預って貰った父の記念品や書籍など大きい荷物が送り出される時、手ちがいでその中に入れてもらえなかったためにかえってこれ等だけ、すなわち数冊の写真帖と若干のバラバラの写真が今もなお手に入らず、この中に私がおせきさんに手を引かれている写真はあるはずなのである。――

文章に少し乱れがある。引用文の最後を見ると、於菟はいまだ写真類が返還されぬままに、記憶を頼りに文章を綴ったようだが、引用文の前半、括弧で補足的に挿入された文では、校正中に手札形の二葉のうち「後の方」が「台湾の友人」によって送られてきたというのである。「後の方」とは、普通に読めば、五歳ほどの於菟の手をおせきさんが引いて並んで撮った写真のこととしか読めない。

肝心の写真が、長く手元を離れていたが、校正段階――一九五五年の早春の頃になって送られてきたため、強引に一文のみを括弧で挿入し、前後の文章には手を加えなかったために起きた齟齬だったのであろう。

ちなみに、『文藝春秋』に発表された『鷗外の隠れた愛人』には、この括弧による補足はない。単行本『父親としての森鷗外』では、巻頭に掲げられた写真のなかに、おせきさんと撮った於菟の写真も載っている。

校正段階で届けられたのは、一点だけの写真なのか、その他の写真も含まれていたのかどうか、詳細は不明である。写真を預けた「台湾人の学生で近所にいた心やすい人」が、校正中に少なくとも一点の写真を送り届けてくれた「台湾の友人」と同一人物なのかどうかも、よくわからない。

ただ、確かに言えることは、鷗外の遺品のうち、写真の類だけは、十一箱、二千点もの遺品を返送してくれた蔡錫圭とは別の台湾人に預け、蔡とは異なるルートによって、日本に返送されたという事実である。

戦後に、於菟が発表したもうひとつの重大な文章は、『世界』一九五五年四月号に発表した『父鷗外の死について』（後に『鷗外の健康と死』と改題し『父親としての森鷗外』に収録）で、それまで「委縮腎」と発表されてきた鷗外の死因が、肺結核であったことを明かしたものである。

鷗外の最期を看取った医師の額田晋が、於菟が台湾から引き揚げ後に奉職した東邦大学医学部の学長となっていた関係で、於菟に真相を告げたのだった。鷗外の吐いた喀痰を顕微鏡で診ると、結核菌でいっぱいだったという。

於菟の胸に、義母のしげ子が、「パッパが委縮腎で死んだなんてうそよ。ほんとは結核よ」と漏らしていた記憶が蘇った。その時には聞き流してしまったが、しげ子なりに真実を語っていたことになる。しげ子はさらに、「あんたのお母さんからうつったのよ」と付け加え、於菟を傷つけもした。

鷗外が世を去ったのが一九二二年、於菟は父の死の報せを留学先のベルリンで受け取った。二年後にドイツから帰国した於菟は、父の死因に関して、義母から、苛立ちのような、愚痴ともつかぬ小言を聞かされたのだった。

そのしげ子も、一九三六年には世を去った。於菟は台北に居を移したばかりだったが、急報を受け、開通したばかりの航空機で慌ただしく日本に戻ったのだった。

一九五五年七月、懐かしい人が於菟の家を訪ねた。杜聰明が来日したのである。

杜にとって戦後初めてとなる日本訪問であったが、ひと月にわたって、自身の専門である薬理学関係の場所を精力的にまわり、関係者と会合を重ねた。多忙なスケジュールのなか、杜は於菟を訪ねることを忘れなかった。

杜は筆まめな人だったようで、訪問の記録を日記風に残し、それは後に遺族の手でまとめられた『杜聰明博士世界旅遊記』(杜淑純編　杜聰明博士奨学基金会　二〇一二)という本のなかに、「旅日通訊(其二)」として載ることになった。

七月三日の文章に、次のくだりがある。

――午後受松田君陪同、往訪前台北帝大医学部長森於菟于寓所、先生和夫人都在家、是在一棟自建的新式住宅、覚得森氏的鬍子已蒼白、夫人也已很老矣

(午後、松田君(＊註　松田進勇。台湾出身。後に杏林大学を設立)を伴い、前台北帝大医学部長の森於菟の寓居を訪ねる。於菟先生と夫人はともに在宅であった。一軒家の新しい家に暮らしていた。森氏の髭は既に白くなり、夫人もまたかなり老けた。)――

於菟が台湾を離れてより、八年の歳月が流れていた。

簡潔を極めた杜聰明の記述のなかで、於菟夫妻がともに歳をとったと記したくだりが、ひときわ目を引く。

久しぶりに杜聰明に会って、於菟が何よりも鷗外の遺品返還に伴う杜の尽力に対し、礼を述べぬ筈はないのだが、その記述はない。

於菟はこの年、六十五歳になる。単に歳を重ねたというだけでなく、杜はそこに、敗戦と引き揚げ、新生活の立ち上げや父・鷗外の遺品返還までの心痛など、多くの苦労を読み取ったのだろう。

杜自身も、「祖国」復帰以降の道のりは、決して平坦なものではなかった。

二・二八事件の後には、半年ほど大学から追放され、その後台湾大学医学院長に復帰はしたものの、一九五三年には台湾大学を辞し、五四年からは新たに高雄医学院を開設し、院長をつとめていた。台湾大学を辞したのは、医事研究と教育について、自らが学び育った日本式の伝統を尊ぶ杜と、アメリカ式を優先する国（中華民国）の方針との間に、埋めがたい溝が生じたからだと言われている。

一九五五年の来日では、七月下旬にも、於菟夫妻と再会する機会があった。

この時は、松田進勇邸で開かれた集まりに、他の医学関係者とともども、於菟夫妻も招待されたのである。

杜の日誌には、談笑の弾む愉快な晩だった（「愉快地暢談一夜」）と、感想が添えられた。


時がめぐり、旧縁が復することが重なった。

一九五六年十月、東京銀座の兜屋画廊で、宮芳平の個展が開かれることになり、鷗外の小説『天寵』のモデルとなった画家と、久方ぶりに会う機会が訪れたのである。

一九三六年に義母のしげ子が亡くなった折、宮から於菟に宛てて、お悔みの便りが寄せられたことがあった。於菟はお礼に菓子折りを送り、それに対して宮から礼状が届くなど、多少の交流が生じた。

しかしそれ以降は、宮が諏訪湖のほとりに暮らし、教師をしながら絵を描いているという程度の知識を持ち合わせるばかりで、縁がふくらむことはなかった。

宮は戦中から戦後にかけ、ずっと信州に留まって、絵を描き続けた。その間、世の注目を浴びることはなかったが、地道におのれの道を歩み続けたのである。

一九四三年に妻のえんを結核によって亡くし、独り身となって以降は、隠遁者さながら、ひたすら絵を描くためだけに日々を重ねた。

それが、たまたま一九五一年に文化講演会で信州を訪れた哲学者の谷川徹三の目に触れ、その生き方も含め、関心を引いた。そのことがきっかけとなって、友人が動くなどし、銀座で個展を開くことが決まったのである。東京での初の個展で、会期は十月十七日から二十一日までであった。

開催前夜、法政大学総長で政治学者の中村哲の家で食事会が催され、宮芳平と兜屋画廊の西川武郎、美術関係者などが招かれた。中村は五年前の谷川の信州行に同道していたのである。

また、中村が旧台北帝大文政学部の助教授、教授をつとめた関係から、森於菟や立石鐵臣ら、台湾以来の知己も集まった。無論、於菟が招かれたのは、台北帝大の同僚だったというだけでなく、鷗外の息子として、宮との同席がふさわしいと考えられたからでもあった。

中村からの誘いを受け、作家の杉森久英もこの席に参加したことから、十月二十三日の東京新聞に、「鷗外のモデル……貧しい画学生と文展の審査委員長……」と題した署名入りの記事が載った。宮芳平と鷗外の妙縁が、改めて新聞紙上でも紹介されたのである。

記事によれば、中村邸での再会の折、於菟は若き日に観潮楼を訪ねた宮のことを記憶していなかったが、宮は当時大学生だった於菟のことをよく憶えていたという。

記事はまた、六十歳を過ぎてなお「純真さ、ウブさ」の溢れた少年のような宮の人柄を伝えて、「往年の画学生がそのまま現れたかのようだ」とも書いている。

ただ、鷗外と宮の旧縁を報じながらも、記事は、鷗外が購入した宮の『歌』と『落ちたる楽人』の絵画作品については触れていない。

それらの絵が現在どこにあるのか——、於菟の引き揚げの後、台湾に残されたままになっていることについては、杉森の視野に入っていなかったかに見える。

宮芳平個展の初日、於菟は妻の富貴を伴って、兜屋画廊を訪ねた。会場で、宮の絵を一点購入している。苺を描いた絵であった。

本格的な展覧会の経験がなかった宮は、絵を売ってよいものかどうか迷ったらしいが、ともかくも個展初日のその日、三点の絵が売れたという。於菟の他の購入者は、元教え子たちであった。

十一月三日付で、宮は於菟に礼状を寄せている。中後半部から引く。

——私は鷗外先生を忘れる事は出来ません。まじり気なく私を愛してくれたと思われるのは私の今迄の生涯のうちに、鷗外先生一人です（中村彝は別として）。そして私はいつの日か、鷗外先生に逢うつもりで、そのお子さん達にお会いしたいと思いました。しかしそれは鷗外先生の期待した絵が私に描けた時です。そして四十年もその上もの年月が流れてしまいました。今度の個展も、鷗外先生にお目にかかるつもりで、先生（あなた）や、茉莉子さん杏奴さん類さんにお会いしたかったのです。それが私の最大の今度の望みでした。（中略）先生はお元気でよかったと思います。奥様にもお目にかかれてよかったと思います。私もこれから一層勉強します。御機嫌よろしく。（＊註　中村彝は洋画家。宮に絵を教えた）――

鷗外の小説のモデルとなった経緯については承知していた於菟にとっても、改めて父が一画家に与えた影響の強さを思い知ることになったであろう。

宮が鷗外を知って既に四十二年、鷗外没後からも三十四年がたつのに、いまだに生涯の恩人と慕い、その愛を支えに、孤独と困窮に耐え、画業一筋に精進を重ねているのである。於菟の胸を熱い感動がひたしたことは想像に難くない。

於菟は絵の代金とともに、いくつかの品々を宮のもとに送った。十一月十日、宮は重ねて謝辞を述べる便りを、於菟宛てにものした。

感謝の言葉を綴った後に、次の一文が登場する。

――十二日夜半、台北に向かってお立ちになられる由、途中つつがない事をお祈り申し上げます。更に無事御帰京なされ日《(ママ)》をお待ち申して居ります。――

終戦から十年にして、台湾から杜聰明が日本を訪れた。

そして十一年目になる一九五六年、於菟は懐かしの地、台北へ向かうことになったのである。

名随筆家として知られた森於菟に、『「やきいも」とわが一家』という、一風変わったタイトルのエッセイがある。

『特集人物往来』（人物往来社）一九五七年四月号に掲載された文章だが、タイトルから予想される、「焼き芋」をめぐる家族の嗜好を云々するような話ではなく、「やきいも」に形状の似た台湾と一家の関わりについて綴ったものである。

日清戦争後に父・鷗外が台湾に派遣されたことや、生母・登志子の父（於菟の祖父）になる赤松則良も海軍中尉として台湾に赴いたといった古い話から、台北帝大医学部創設に伴う自身の台湾赴任へと、話を続けてゆく。

その終結部に、直近の関わりになる、一九五六年の台湾再訪の記述が添えられた。

＊　＊　＊　＊　＊　＊　＊　＊　＊　＊

——私はかくの如く因縁深い台湾を引揚げてから十年目の昨年十一月十六日、台湾医学会総会に招かれ、妻と同伴で航空機で台北に行った。

台湾医学会の理事長杜聰明博士の招待で、同博士は台北帝大時代の同僚であり、戦後台湾大学医学校長を務め、一昨年高雄に私立大学の高雄医学院を創立して、現在はこれの経営発展に尽している薬理学者である。

私どもは同時に招かれた医学の大家数名と共に、島内を遍歴し、各地で昔日本及び台湾で教えた学生達の心からなる歓待を受けて十二月十一日羽田に帰着した。——

杜聰明が理事長をつとめる台湾医学会の招待を受け、約一か月の間、於菟は妻とともに台湾をまわったというのである。

台湾訪問中、於菟夫妻は十年ほどの月日を暮らした台北の家を訪ねた。東門町北四條という日本時代の地名は杭州南路に変わったが、家のたたずまいは昔のまま、そこに蔡錫圭が家族とともに住んでいた。

於菟の訪問に合わせ、杜聰明も駆けつけた。

この時、蔡が写した写真が残されている。蔡の家族、杜聰明とその息子の杜祖智氏、そしてもちろん於菟夫妻もいる。於菟は蔡の孫の少年少女らに挟まれて座し、好々爺よろしく表情を和ませている。於菟の背後に立つ富貴夫人は、和装である。

かつて暮らした部屋を見てまわると、応接間の壁にかけられて、宮芳平の二点の絵があった。『歌』と『落ちたる楽人』である。鷗外が購入し、生前はずっと観潮楼に飾られた。於菟の台湾赴任に伴い、台北に移され、以来、於菟の家に飾られてきた。

東京で宮芳平の個展があったのは、まだひと月ほど前のことだ。「まじり気なく私を愛してくれたと思われるのは私の今迄の生涯のうちに、鷗外先生一人です」という宮の手紙に胸を熱くした記憶は、まだ少しも冷めていない。

一九四七年、台湾を引き揚げる際、於菟は蔡に将来日本に送ってほしい父の遺品を箱に分けて指定し、残りのものは適宜処分しても構わないと述べた。

宮の絵は大きすぎて箱に納まらず、実際の輸送の手続き上、返送してもらえるとは思えなかった。鷗外が購入した作品であることは承知しつつも、青年画家に鷗外がもたらしたものの大きさを、充分に把握できていなかったということもあったろう。

いったんは、放棄したに等しい絵であったが、律儀にも、蔡はそのままに保管しておいてくれた。新たな意味をもって、絵が迫ってきた。思いがけず東京で旧縁が復し、画家・宮芳平を貫く鷗外の愛を知った以上、これは外すことのできない「鷗外の遺品」に違いなかった。

旧居再訪のこの日の於菟の様子を、他ならぬ蔡錫圭が書いている。

——先生は応接間にかけていた、宮芳平氏の画いた「歌」と「落ちたる楽人」の額を撮ったり、かなり時間をかけて注意深くなつかしそうにみていた。その夜、宿舎まで送って行った私に、先生は静かな口調でそれらの画と鷗外のゆかりを聞かせてくれた。そしてできうればその二つの画をかえしてほしいと所望された。私もそんなに大切なものなら、どうぞと返事をした。そのかわり国交の回復した時期ですから先生の方から人をよこしてとりにきてほしいと注文をつけた。(『台湾にあった鷗外遺品について』『鷗外』第七号　一九七〇)——

逡巡の果て、控えめに、しかし思いきって蔡に語りこむ於菟の表情が見えるようだ。

実は、於菟の旧居=蔡の家には、宮芳平の絵以外に、中村不折の筆になる「文選《もんぜん》」の詩の額が一点、壁にかけられていた。「蘇秦張北遊説」から続く西晋の詩人・左思の詩で、鷗外は晩年、観潮楼二階の広間に飾っていた。

蔡の記述には登場していないものの、おそらくはこれについても、この時に返還の話が出たかと思われる。宮の絵二点を中心に話は進み、それならば不折の書もと、蔡は返還に同意したのであったろう。

この時以来、宮芳平の絵など、なおも台湾に残っていた鷗外遺品の返還が、於菟の大きな課題となった。ただ、於菟の依頼を受けて人が蔡の家を訪ねてみると、誰もがその大きさと重さに驚き、目的を果たすことができなかった。

最後の鷗外遺品の返還は、この先、思いのほか時間のかかることになる。

台湾再訪の折、於菟は台湾大学の蔡錫圭の研究室にも足を運んだ。

台湾から引き揚げるにあたって、於菟は、蔡に託した父の遺品を将来日本に返送する送料にあてるようにと、自身の所蔵する南方関係の書籍数十冊を蔡に託したが、それらの書籍がそっくり蔡の研究室で保管されていた。蔡は売却などしなかったのである。

改めてそれらの書に目を通すと、鷗外が使ったドイツ語の医学書が数冊紛れこんでいた。引き揚げのどさくさのなかで生じた混乱であったらしい。

それらのドイツ語の医学書には、所々、鷗外自身による書きこみも加えられている。

於菟は、父のぬくもりの残るそれらの医学書を、台湾から帰国する際に携行しようとしたが、あまりの重さゆえに果たせず、後日、改めて郵送してもらった。

鷗外の遺品が、台湾から東京へ集結するに至る経路に、もうひとつ、小さなルートがあったことになる。

遅々として進まなかった鷗外記念館の建設計画に、ようやく前進の兆しが見えてきた。

一九五九年、文京区は区立本郷図書館の移転拡張が必要になったのに伴い、これと鷗外記念館建設とを合わせ技にして、新しい区立図書館の中に鷗外記念室を設けるという案を打ち出した。図書館全体を文京区立鷗外記念本郷図書館とし、その一部に、鷗外資料の保管と展覧を担う鷗外記念室を併設することで、建設費用をすべて区が負担するというのである。

於菟にも、鷗外記念館建設委員会にも異論はなく、また、当時は観潮楼跡地の一角で書店を営んでいた鷗外の末っ子の類も、納得して他所に移ることになった。

これにより、鷗外記念館の建設に向け、一気に事が動くことになった。設計は谷口吉郎、一九六一年には最終案がまとまり、施工に移された。

公人としての於菟の身辺も、腰を落ち着ける頃合いにさしかかっていた。

台湾からの引き揚げ以来、東邦大学医学部に奉職してきたが、一九五七年からつとめた医学部長のポストを三年後には辞し、一九六一年には、同大学教授職も退いた。於菟は七十一歳になっていた。

一九六二年は鷗外生誕百年となる年であった。年初から、記念行事が続いた。

まずは一月三十日から二月四日まで、東京日本橋の三越本店で、「生誕百年森鷗外展」が開かれた。毎日新聞社の主催だった。

一九五三年に鷗外の遺品が返送されて以来、最大級となる鷗外展であった。初出品となる品々を含め、多くの遺品が展示された。

二月下旬には、小倉の井筒屋デパートでも、生誕百年の記念陳列会が開かれた。

そして、いよいよ鷗外記念本郷図書館が完成、九月十日に開館した。三階建て、その上に屋上を備えた近代建築で、南側の一角に鷗外記念室を備えていた。

於菟は、自身の所蔵する鷗外関係資料を、すべて新造の図書館に寄贈した。長く流浪の日々を送った鷗外の遺品は、ようやくここに終《つい》の棲家を得ることになった。

落成式は、日を改めて、十月十九日に執り行われた。晴天下、多くの来賓や参加者を集めて、屋上で式典が開かれた。もちろん、於菟もそのなかにいた。

鷗外記念館建設委員会委員長の高橋誠一郎を始め、設計者の谷口吉郎や東京都知事代理などの挨拶が続き、拍手が秋の高い空に響いた。

於菟は後日、式の終了後に屋上から眺めた景観を綴った文章を、『砂に書かれた記録』に残している。

――(屋上からは)鷗外の生涯の記念地が見渡される。父が郷里津和野町から初めて出て来た少年の日に住んだ向島、祖父森静男の医院があった千住、父が一時書生をした西周邸のあったという神田あたり、予科本科と長く通学した東京大学、ことに赤門鉄門に近い辺、下宿のあと、ゆかり深い湯島、無縁坂を降りて不忍池、最初の結婚生活を送った上野花園町、馬で通った三宅坂の陸軍省、昔のままの五重塔の残る上野の森、ことにそこには晩年の思い出深い帝室博物館、谷中の五重塔は焼け失せたがそれから団子坂への道。いずれもそれと指させる中にも千駄木界隈の緑深い町々は、ここから見降ろせば昔のままではないか。——

父・鷗外の足跡を留めるゆかりの場所を、ひとつひとつ確認してゆく於菟……。カメラが追うように、場所の名を次々と記しただけなのに、文章にはしみじみとした情感が溢れる。時はめぐり——という感慨が、波が寄せるように於菟の胸をひたしたのだろう。過ぎた歳月の堆積から、時の滴りのように滲み、こぼれ出る光の粒を、於菟は追い求めているかに見える。

鷗外の遺品は、遠い旅路の果てに、収まるべきところに収まった。昭和の激動のなか、於菟は父の遺品を守り抜き、ようやくにして、安住の地を得たのである。

生前の父との縁は、決して濃いとは言えない於菟であった。「パッパ」と呼んで、その膝に抱かれるような溢れる愛を授けられたのは、茉莉、杏奴、類など、後妻のしげ子との間にできた子ばかりだった。

於菟が生まれるとともに、鷗外は最初の妻・登志子と離婚したため、於菟は幼くして他家に預けられ、実家に戻って以降も、父と親密な時をもてたのはわずかしかなかった。父が後妻を迎えてからは、同じ屋敷に住まいながら、父子が直接会うことすら遠慮しなければならない窮屈な日々が続いた。

父との間に抱えた心の空洞は、父の生前には埋め得ず、父の死後、遺品を通して絆を深めてきた於菟だったのである。

観潮楼を離れ、台湾に渡って以降は、父の遺品に囲まれながら、独占的に父の愛を手にすることができた。父の遺品に向き合い、合奏でもするかのように、密なる時の熟するままに、幼い日以来の心の空洞を埋め、父子間の情愛を補填してきたのである。

その、遺品を通した愛の埋め戻しが、今、ようやく完結したのではなかったろうか……。

父の遺品を守るという責務から解放され、肩の荷を下ろしたことも、もちろんあったろう。だが、それだけでなく、遺品によって父を取り戻したいとする長年の悲願が、晴れて成就したのではなかったろうか……。

鷗外記念図書館の落成式の会場で、父の人生の「駅」となった東京各所の景色を追いながら、於菟は、義妹義弟が「パッパ」と呼びかけながら甘えた父の愛の膝を、ようやくにして獲得したのではなかったろうか……。

開館から二年後の一九六四年秋——、東京オリンピックが成功裏に終了してひと月ほど後に、鷗外記念本郷図書館で、「森鷗外展」が開催された。会期は十一月二十一日から三日間で、館の全室が展覧用に開放された。

遺墨を中心に多くの遺品が展示されたが、初公開となるものもあった。鷗外と与謝野寛、晶子夫妻の三人の書を軸に仕立てた小幅と、高浜虚子の書簡で「花のころほとけとならせたまひけり」という俳句が載るものを軸にした小幅、そして千住時代の鷗外の友人であった佐藤応渠の詩を小幅に仕立てたものの三点だった。

鷗外と与謝野夫妻の書は、戦時中に台北郊外士林の隧道に疎開させた遺品のうちの一点だった。油紙に包んで他の品物の上に置いたが、戦後に回収してみると、岩清水に濡れ、染みがついていたという。一九六四年まで一般に公開されることがなかったのも、おそらくは、染みの手入れなど、戦時中に受けた被害に起因しているのだろう。

虚子の書にあった「花のころ」の俳句は、鷗外の父の静男が一八九六年四月に世を去った時、その死を悼んで鷗外に送られたものである。

それらのことが知れるのは、於菟が一九六五年に発表した『砂に書かれた記録――鷗外記念館が建つまで――』という文章のお陰である。

鷗外記念館建設委員会は、鷗外記念本郷図書館の設立以後、森鷗外記念会と名を変え、なおも鷗外研究と顕彰事業を進めてきたが、一九六五年から『鷗外』という研究誌を発行することとなり、その第一号に、於菟の『砂に書かれた記録』が掲載されたのである。

――私は今、観潮楼に残された父、鷗外森林太郎の遺物の中で、どれだけの物がどんな経過をとって現在の観潮楼趾の記念館へ運び込まれたかを記して置きたい。――

書き出し部分に披露されたこのような執筆意図のもとに、於菟は、父・鷗外の遺品がたどった経緯を、細かに報告した。単に「記したい」とせず、「記して置きたい」とした文の結びに、於菟の真情が滲み出ている。後世への「置き土産」として、語り伝えておかねばならないとの覚悟で綴られたものなのである。

台湾時代にも、鷗外の遺品の紹介と考証を「鷗外」物と呼ぶ文章に書き続け、それは一九四六年に刊行された『森鷗外』にまとめられたが、こたびの原稿は、鷗外の遺品について於菟がものした「鷗外」物の白眉となるものだった。

『鷗外』第一号を発表の場としたことも、時宜を得ていた。

鷗外記念室の開設とともに、鷗外の遺品は於菟の手を離れ、公のものとなった。鷗外の遺品は、新たな時代に突入したのだった。

鷗外記念会が発行する研究誌に、公のものとなるまでに遺品のたどった運命を書き残しておくことは、遺族が遺品に添え得る最大の奉仕であり、誠意に違いなかった。

だが、そうなると、まだ返還を果たしていない遺品のことが改めて気になるのだった。ジグソーパズルがワンピースを欠いても永遠に完成しないように、空いた穴がことさら大きな綻びに見えた。

鷗外の遺品が全きものとして後世に伝えられるのに、どうしても欠くべからざるもの――それは、いまだ台湾に残る宮芳平の二点の絵と中村不折の書であった。

宮の『歌』の絵は、縦が一メートル二十二センチほど、横は八十二センチあまり。『落ちたる楽人』の絵は縦が六十五センチ、横が一メートル二十センチほど。『歌』の絵は、厚さ五センチほどにもなる額に入れられていた。

中村不折の漢詩の書は、縦は三十五センチあまりだが、横は一メートル二十センチを超える長いものだった。これも額入りであった。

それだけのものを梱包し、日本にまで送ってもらうことは、個人の手には余るもののようだった。何度か人に頼んで蔡の家に向かってもらったが、無駄足を踏むばかりだった。

なかなかに埒のあかない現実のなか、於菟の思いは宮芳平の絵ら、台湾残留の遺品に集中した。返還の熱望がいやましに高まり、最後の執念のように、老いの身をたぎらせた。

そのもだしがたい胸中を窺わせる於菟のメモを、森鷗外記念館で見つけた。「杜聡明と蔡錫圭氏の手紙下書き（昭和四十二年）」と資料名にはある。

大学ノートに書かれてはいるが、杜聡明、蔡錫圭両氏それぞれに宛てた（宛てようとした）手紙の下書きらしい。メモ書きで、他人の目を意識したものではないので、字も読みづらく、またインクがこぼれたのか、流れたインクに隠れてしまった所もあって、すべての字を判読することはできない。私なりに読める文字を最大限に拾って、以下、引用する。

——杜聡明博士へ

昭和四十二年○月

時候のあいさつ　欧州米国旅行のかへりを祝う

今春御出の申し上げた願の件

大使館の人をたててかへして頂く件

如何なったか　お願出来たら改めて

ねがいたい　蔡錫圭（台大解剖—高雄）には

お願いしたから
何分よろしく

　蔡錫圭教授
大分○○○のあいさつ　自己の近況
お願するのだが、先年
お願いしたので　大内○○
日本から台北の出先キカンへ
お願
　になって
今春　杜聰明来
大使館の人の
ときいた
　　　――

「お願い」という言葉が繰り返されているが、これは宮芳平の絵など、未返還のままの鷗外遺品の返還依頼のことだと考えてしかるべきだろう。

一九六七年（昭和四十二）三月、杜聰明は台湾を発って、長期に欧米をまわる医学関係の視察旅行に出た。その途次、東京に立ち寄ったが、その折に、於菟は杜と面会し、埒のあかない宮芳平の絵などの返還について、力を貸してほしい旨、申し出たのだと思われる。

具体的には、台北の日本大使館を巻きこみ、公的な支援を得て、事を前進させてほしいと、そのような方向で話が進んだ模様である。

その時には、杜は欧州、米国への視察旅行を控えていたので、「帰国次第、便宜な方法で一日も早く送り返すよう尽力する」と約したという（『森鷗外記念会通信』第八号）。

杜の台湾帰国は七月、その頃合いを迎え、念押しのために、於菟は便りしようとしていたのだろう。蔡錫圭への手紙のメモはインク染みが酷く、後半は殆ど読み取れない。しかし、杜聰明との合意に順じて、ともに動いてほしい旨を伝えたかったのではないかと思われる。

なお、杜聰明宛てのメモ中、蔡の名前が出た後に、括弧で「台大解剖―高雄」と添えられたのは、蔡が台湾大学の解剖学科の教授をつとめつつ、一時期、高雄医学院で教授職を兼任していたからである。

両者への手紙が実際にいつ出されたものか、今のところ、それははっきりしない。出されたものかどうかも、よくわからない。

ただ、杜聰明から直接、最後の遺品返還に向けた力強い言葉を聞けたことで、於菟がそれを頼みにし、台湾からの朗報を待っていたことは間違いない。

しかし、於菟が、日本に届いたそれらの遺品を見ることはなかった。この年、一九六七年の十二月二十一日、心臓発作を起こして、自宅でにわかに亡くなってしまったのである。

前夜は年賀状を書き、テレビも見るなどして就寝したが、翌朝には帰らぬ人となってしまった。享年七十七であった。

葬儀は十二月二十五日、鷗外の墓所である三鷹の禅林寺で執り行われた。東邦大学学長の東龍太郎や森鷗外記念会会長の高橋誠一郎など、各界の代表者たちが弔辞を述べ、故人を偲んだ。

このうち、森鷗外記念会の高橋会長は、鷗外の遺品についても言及している。

「台北大学に赴任されました時、貴重な遺品の全部をかの地に持って行かれ大切に保管されたことはいうまでもありませんが、戦後大変困難な状態にもかかわらず、そのほとんどを無事に取り返されました。現在、それらの品は図書館に保管、特別室に展示されて、鷗外先生のありし日をしのぶよすがとなっております。事、ここにいたるまで、氏が教えられた中国（＊註　中華民国＝台湾）の医学者たちのひとかたならぬ骨折りがあったのでありますが、それだけに、氏がいかに人望があったか、温和で誠実な人柄をうかがうことができるでありましょう。」――

於菟の生前にはかなわなかったが、台湾の友人たちは、約束を反故にしなかった。

杜聰明は台湾に戻って以降、返還に向け、具体的に動きだした。一九六八年四月には、糟糠の妻の林雙随女史を亡くし、自身の哀しみも深かったはずだが、最後の鷗外の遺品を於菟の霊前に届けるべく、最善を尽くした。

一九六八年の初夏、杜聰明から森家に私信が届き、鷗外の遺品は日本大使館を通じて返送するが何処に送ればよいか、送付先を尋ねてきた。

森家から連絡を受けた鷗外記念会は、杜氏の尽力への謝辞とともに、遺品を記念会事務局宛てに送ってもらうよう依頼した。

一か月ほど後、杜聰明、蔡錫圭両氏から鷗外記念会事務局に宛てて、鷗外の遺品を日本大使館に届けた旨の通知が入った。

この年の九月の発行になる『森鷗外記念会通信』第八号は、「台湾の鷗外遺品返却は確実――杜・蔡両氏の尽力で――」と題して、昨春以来の経緯を伝えるとともに、十月下旬に鷗外記念本郷図書館で開かれる鷗外展に出品できればとの期待を吐露している。

鷗外展には間に合わなかったが、十二月半ば、いよいよ鷗外最後の遺品、宮芳平の絵二点と、中村不折書の漢詩の額が、日本に到着した。

安着を伝える『森鷗外記念会通信』第九号（一九六八年十二月）は、最後の遺品が「台湾の杜聰明博士、蔡錫圭教授、日本大使館、外務省文化事業部等々の御厚意、御尽力でこの十二月中旬に無事記念会につき、次いで鷗外記念図書館に寄贈」されたことを伝えている。

併せて、来たる一月十八日に、「鷗外小説『天寵』のモデルになった原作者宮芳平氏に「小説『天寵』と私」と題し、若き日の思い出、特に鷗外先生との出あい等について思い出を語っていただくことを予定」している旨、報じた。

一九六九年一月十八日、七十五歳の宮芳平は、鷗外記念本郷図書館で講演に立った。

ひと月ほど前に日本に届いた『歌』『落ちたる楽人』の絵が、聴衆の前に披露された。宮自身にとっても、五十四年ぶりに見る若き日の作品であった。

この日の講演内容の記録が残されていないのは残念至極だが、若き日の自分を励まし、二点の作品を購入してくれた鷗外の愛が、改めて宮の胸に溢れたであろうことは想像に難くない。

台北の家に、三十二年間もかけられてきたこれらの絵も、長い旅路の果てに、他の遺品ともども、鷗外を記念する公の場所に、未来永劫、保存されることになったのである。

＊　＊　＊　＊　＊　＊　＊　＊　＊　＊

鷗外の遺品は、こうして、すべてが台湾から返還された。鷗外の遺品の運命を追ってきたこの物語も、終わりが近づいている。

一九六九年十二月、富貴夫人の尽力で、森於菟著『父親としての森鷗外』が筑摩書房から刊行された。亡夫の三回忌に間に合わせたいと、夫人が原稿を整理し、義妹で作家の森茉莉の仲介で出版にこぎつけたのである。

タイトルは、一九五五年に大雅書店から出た本と同じだが、『観潮楼始末記』『父の映像』『鷗外の母』『鷗外と女性』など、台湾時代に書かれた代表作を中心に、戦後に書いた『鷗外の隠し妻』と『鷗外の健康と死』、そして最新作の『砂に書かれた記録』なども加えて、新たに一巻にまとめた。於菟が書き綴ってきた「鷗外」物の遺稿集の趣であった。

一九七〇年二月二日、蔡錫圭が鷗外記念本郷図書館の鷗外記念室を訪ねた。台湾大学の解剖学教授職にある蔡は、前年十月より一年の予定で日本に滞在していたが、一月末に富貴夫人に連絡をとり、この日の記念室訪問となった。

富貴夫人を始め、鷗外記念会の面々が集まり、記念室を案内したことはもちろん、その後、蔡を囲む会食の集いをもった。

鷗外の遺品返還に伴う蔡の苦労は、おおまかには既に伝えられていたものの、当局との交渉や、度重なる挫折、そして遺品再整理と再申請など苦労の逐一は、この時初めて、その人自身の口から（流暢な日本語で）、記念会の面々に知らされることになった。

蔡の話が人々の胸を打ったのであろう、是非にも文章で記録を残してほしいということになったらしく、結果、『鷗外』第七号（一九七〇年十二月）に、『台湾にあった鷗外遺品について』という蔡の文章が載ることになった。鷗外の遺品の日本返還の経緯を伝える、台湾側からの貴重な記録が、こうして残された。

日本滞在中、蔡は鷗外の故郷・津和野も訪ねている。『台湾にあった鷗外遺品について』の文章の最後を、蔡は次のように結んだ。


——（東京の鷗外）記念館や津和野郷土館で大切に陳列、保存されている、これらの品々を見たとき、自分のしたことが、いかに有意義であったかを今更のように知りえて、測り得ない満足感にうたれた。

——


一九七一年、宮芳平が七十七歳で亡くなった。

鷗外との縁のきかっけとなった、一九一四年の第八回文展に応募し落選した『椿』という作品は、その後、長く行方が知れなかったが、一九九一年になって、アトリエの奥に木枠から外され丸められた状態で発見された。今では、安曇野市豊科近代美術館に収蔵されている。

一九八二年には、於菟夫人の森富貴が亡くなった。

於菟亡き後は、鷗外記念会の理事をつとめ、時には於菟の遺志を継ぐように鷗外に関する文章を発表することもあった。彼女自身、なかなかに筆がたった。

最期は、東北大学医学部教授や仙台大学学長をつとめた次男の森富が暮らす仙台で迎えている。享年八十三。

一九八六年、杜聰明が九十二歳で亡くなった。

杜は、一九六六年には自身の創設した高雄医学院の院長を勇退したが、その後も、台湾医学の父として、広く人々の敬愛を受けた。日本の勲二等瑞宝章を受けたこともある（一九六八年）。

医学のみならず、詩歌にも造詣が深く、また篆書による書をよくして、高雅な人となりで知られた。著書も多い。

二〇〇四年、台湾大学医学院に森於菟の銅像がたった。日本時代に存在したものが復元されたのではなく、卒業生らの寄贈により、新たにたてられたのである。除幕式には、森家から於菟の五男の常治夫妻らが参加した。

像はブロンズの胸像だが、同窓会館に相当する景福館のロビーに、杜聰明の胸像と並んで置かれている。二人ともに、台湾大学医学院にとって忘れてはならない存在だと、台湾人によって認証されたのである。

一九六二年に開館した、鷗外記念室を備えた文京区立鷗外記念本郷図書館は、図書館部門が移転することになり、鷗外記念室が独立した記念館として生まれ変わることになった。二〇〇八年、改築を前提に休館に入った。

二〇一二年は、鷗外生誕一五〇年にあたる年だった。この年の十一月一日、かつての観潮楼跡に、新築の文京区立森鷗外記念館がオープンした。陶器二三雄の設計になるモダンな建築で、広々とした二つの展示室に図書室なども備えた、二十一世紀にふさわしい、鷗外研究、顕彰の施設が誕生した。

十一月一日に行われた開館記念式では、関係者や鷗外ファンなど、多くの人々が集まり、文京区長や名誉館長の作家・加賀乙彦らの挨拶が続いた。森家からは、於菟の孫娘の婿で、鷗外記念会理事をつとめる憲二氏が挨拶に立った。

この日、参集した人々のなかに、遥々台湾から訪れた蔡錫圭の姿があった。九十二歳という高齢ながら矍鑠《かくしゃく》とし、半世紀前に自身の手で守った鷗外の遺品の新たな棲家を確かめに来たのだった。

蔡は一九八二年から八五年まで、台湾大学医学院の解剖学科の主任教授をつとめ、一九九一年に教授職を引退、名誉教授となって以降も、連日大学に通って研究や後進の指導にいそしんだ。

二〇一三年三月には、台湾大学で「永懐師恩」と題した講演を行っている。自分のひ孫にあたるような若い世代の学生たちを前に、蔡は、森於菟と金関丈夫という二人の旧師への永遠の恩義を語ったのだった。

この時の講演は、ヴィデオ撮影もされたので、今もその一部を、インターネットで確認することができる。

それを見て、私が感心したのは、蔡が医学上の知識を日本人の両教授から授けられたという次元を超え、人間性や人となりを重視、賞賛していることである。

於菟は、日本人と台湾人、どの教え子に対しても分け隔てなく接し、常に鷹揚、温和な態度で対した人であった。

その於菟が、文豪森鷗外の息子であることを、蔡は語りこむ。鷗外の遺品を蔡が預かり、苦労して日本に返送した話も、自慢話に聞こえぬ範囲で、程よく入れこんだ。

恩師を回顧する、こうした語り口を見ると、おそらくは蔡自身に、医学者でありながら、文人気質のようなものが、濃厚に備わっていたのだと思わざるを得ない。於菟が父・鷗外から受け継いだものが、蔡自身にも伝わり、響き合ってと、人間としての美質が麗しくリレーされている。

そういえば、『台湾にあった鷗外の遺品について』の文章でも、「(台湾から遺品を送り出す迄の)数回にわたる遺物の検査で、私もその都度に鷗外の遺作に接する機会を得た。そしてだんだんと鷗外の人となりに心酔し、時には一人で数多い遺品、遺作の中にこもって、その心にふれる楽しみをおぼえた」と、書いていた蔡なのである。

鷗外の遺品は、ただの預かり品、荷物ではなかったのだ。遺品にまつわり、そこに醸し出される精神の芳しさが、於菟の人柄への共感とも重なり、いつしか蔡をとらえていたのだろう。

二〇一九年に百歳を迎えた蔡が、カメラの前で半生や心境を語った貴重な映像が残されている。『蔡錫圭教授回顧録』と題してネット公開されているのだが、この生前最後のインタビューに違いないヴィデオのなかで、蔡は老境を語るに、森於菟が一九六一年に発表した随筆『耄碌《もうろく》寸前』から中国語訳で引き、自らの思いに重ねている。

――我自己也知道逐漸老朽……私は自分でも自分が耄碌しかかっていることがよくわかる。記憶力はとみにおとろえ、人名を忘れるどころか老人の特権とされる叡智ですらもあやしいものである。時には人の話をきいていても異常に眠くなり、話相手を怒らしてしまうことすらある。「私はもう耄碌しかかっているのです。このあわれな老人をそっと放置しておいて下さい」といっても世間の人々は時に承知せず、ただ赤児のように眠りたい老人を春日の好眠からたたき起こそうとするのだ。――

日本人向けのインタビューではない。リップサービスを気遣う必要など全くないのだ。蔡は中国語で於菟の文章を引用し、その心構えへの共感を吐露したのである。

百年――時に応じて「日本人」とされたり「中華民国人」となったり、有為転変に満ちた激動の百年を生きた台湾人の心に、鷗外の息子が――しかも、その立場の決してシンプルでなかった於菟の人となりが、脈々と生きているのである。

これを思えば、鷗外の遺品返還は、かつての恩師や同僚に対する義理だけで行い得たものではなかったことがわかる。友情と信頼、そして、こだまのように響き合う精神の共鳴があってこそ、初めて可能になったと考えるべきだと信ずる。

二〇一九年十月四日、蔡錫圭、没――。

鷗外の遺品の物語を紡いできた主役たちは、これで完全にこの世から退場した。

＊　＊　＊　＊　＊　＊　＊　＊　＊　＊　＊

二〇二一年春、文京区立森鷗外記念館で開かれた「観潮楼の逸品――鷗外に愛されたものたち」の展覧会で、「『観潮楼の逸品』の歩み」と題したコーナーに、注目すべき小さな写真が陳列された。鷗外記念室を案内する森於菟と、その横に立って見学する杜聰明を撮った写真であった。重要な証言となる写真である。その人の尽力があればこそ、無事日本に返還された鷗外の遺品なのである。

遺品が晴れて記念室に収められたことを、於菟は喜びを以て杜に伝え、改めて感謝を述べた筈である。杜聰明も、自身が返還に奔走した鷗外の遺品が、その人の旧居跡にできた記念室に収蔵されたことを、安堵し、また誇らしくも感じたであろう。

鷗外の遺品の物語の終幕を飾るにふさわしい、晴れ姿に違いないのだが、惜しむらくは、この写真がいつ撮られたのか、判然としない。

鷗外記念室ができたのは一九六二年なので、それ以降、そして於菟が没した一九六七年の暮れまでの間の出来事になるのだが、鷗外記念館でも、年月日を特定できないという。

鷗外の遺品返還の功労者が、遺品の終の棲家となった記念室を訪れ、しかも鷗外の息子が迎えているのである。

森鷗外記念館がその写真を飾りながら、いつのことであったのかを把握していないのは、にわかには信じられない気がしたが、森鷗外記念室が発行してきた『鷗外』や『森鷗外記念会通信』などをつぶさに見ても、該当する記録は見当たらない。

杜の著書などから私が知り得た情報で言うと、戦後の杜の日本訪問は、一九五五年、五九年、六三年、六七年と続いている。候補となるのは後者の二つだが、これは日本では回答の出ない問いのようであった。

鷗外記念館には、杜聰明に関連して、もうひとつ、やはり詳細は不明とされながらも、重要と思われる資料が保管されている。杜聰明の漢詩で、記念館では「鷗外記念館建設祝詩」としている。巻物仕立てに表装されているが、中身はコクヨの原稿用紙に楷書で文字を連ねたものである。貴重なものなので、於菟か記念館の方で巻物にしたのだろうか。書の達人として知られた杜聰明が贈呈用に詩を贈るにしては、随分とぞんざいなありようである。自作詩の解説をメモ書きのように原稿用紙で添えたと、そのように見える代物なのだ。

しかも、詩が書かれた時期や贈られた経緯など、事情のいっさいが不明とされ、困ったことに、手書きの字が活字化されておらず、書き下し文や和訳の試みもなされていない。

とりあえず、以下、私なりに字を読み解いて引用する。杜聰明の名の前に「思牧」とあるのは、氏の号である。

——前台湾大学医学院長　高雄医学院長
思牧　杜聰明書

大道同天自永古　碩猷如日宣四方
古柳陰中來走馬　好花深處有鳴禽
一陰一陽之謂道　或出或處唯其時
夕陽一角射魚罟　嘉樹卅里走鹿車
古人惟大同謂辭　君子以中庸為逮
花時奔走遊人樂　柳樹昏黄舟子帰
載道好花同走馬　盈天微雨一歸舟
花及秀時如處子　柳逢雨止是可人
日出而陰霰不作　天依則靈雨其來
秀異賢人為時出　嘉樂君子自天申
流水四時鳴古樂　夕陽一角射歸舟 ――

全体を書き下し文にすることも、逐語訳的に和訳することも私の手に余るが、大意はおよそ次のようになるかと思う。

大いなる道は天に同じく永遠であり、すぐれた道理は陽光のように広がるものだ。見えない所に馬は走り鳥は鳴く。陰も陽もあるのが人の道で、起伏はあっても夕日はきっと射す。古人はそれを詩に感じ、君子は中庸を重んじた。

盛んな時には大いに奔走し、日が陰れば舟をそっと帰す。道に則しておればよい。日の輝く晴天の時もあれば雨が降る時もある。天が降らせるは慈雨なのだ。

秀賢の人に機が熟せば、君子は天に言うだろう、流水は常に古楽を鳴らし、夕陽は常に帰舟を照らしていたのだと……。

この詩が書かれた時期や経緯については、私なりにつかむことができた。

先にも引用した於菟の随筆『「やきいも」とわが一家』の結びに、次の記述があるのを見つけたのである。

――なおこの稿をしたためる数日前杜博士から鷗外記念館設立資金の料として、見事な聯十一幅を寄贈され、感激を新たにした。――

於菟のこの文章が発表されたのは、『特集人物往来』の一九五七年四月号である。となれば、杜聰明から漢詩が届いたのは、その年の早春ということになろうか。

その一年半あまり前、一九五五年七月に、杜が戦後初めて来日し、於菟夫妻と八年ぶりに再会した。一九五六年には、十一月半ばからひと月ほど於菟夫妻が台湾を訪ね、杜や蔡錫圭と会っている。

鷗外記念館建設委員会は　鷗外三十三回忌の一九五四年に発足したものの、資金が思うように集まらず、せっかく送り返してもらった鷗外の遺品が、日本での納まりどころを見出せぬままになっていた。

そういう状況下、杜聰明が記念館建設資金の足しにと、自作（乃至は古人）の漢詩を書にして贈ってきたのである。現在、鷗外記念館に残るものは、達筆な書の内容を、原稿用紙に楷書で記し、解説文風に添えたものだったのだ。

その経緯を踏まえた上で、改めて杜の漢詩を見てみたい。人生には浮沈はつきものだが、道理に背いていなければ、いつしか日の目を見ると、そのような内容には、記念館建設が思うように進まぬなか、於菟を励ます意味が込められていることがわかる。

さらに大局的に考えれば、新天地に骨をうずめる覚悟で台湾に渡り、誠意を尽くして生きたにもかかわらず、敗戦によって引き揚げを強いられ、苦労を重ねざるを得なかった於菟に対する、応援歌のようなメッセージでもあったのかもしれない。

その詠み手である杜聰明自身もまた、二・二八事件に象徴されるような台湾人の蹉跌と傷心を、身をもって知る人であったのだ。

於菟は杜聰明の詩に感激しつつ、鷗外にその詩を聞かせたくなったのではなかろうか……。漢詩にも造詣の深かった鷗外が、この詩を詠じた人によって遺品が守られたのだと聞けば、誰よりも喜んだに違いないのである。

さて、於菟には、一九六二年の鷗外記念室誕生の折にものした公の文章がある。

長き流浪の果て、鷗外の遺品の終の棲家がようやくにして定まるなか、記念室（館）を訪れる後世の人々に、決して忘れないでほしいというメッセージを記したものである。

杜聡明に宛てて出されたものではないが、私には、杜の漢詩と、於菟のこのメッセージとが、対をなす言葉のように感じられる。球を投げ合うような、心の通い合いを覚えてならない。互いへの敬愛がこだまし、友情の美しい応酬を生んだのである。

杜聡明から贈られた漢詩とともに、森於菟の次の文章を引くことで、鷗外の遺品の物語の本編を締めたいと思う。

――高雄医学院長杜聡明博士は台湾に於ける私の最親しい且つ深く尊敬する友人である。十五年前彼地から帰国するに当って残して置かなければならなかった父の数々の遺物記念品を、絶大な好意を以て保管し更に長い間の尽力によって無事に私の手元まで届けてくれた　今度文京区立鷗外記念本郷図書館が竣成し記念物を皆さんに展示するに当って衷心よりの謝意を杜博士に捧げる

昭和壬寅歳十月十九日　森於菟――

鷗外の遺品は、文豪が残した品々ではあれ、単なる物品ではない。

遺品自体がもつ由来や逸話もある。同時に、遺品を今日、そして未来に伝えようと努力を重ねた人々の思いや行い――熱意や使命感、忍耐や献身などがまつわりついている。それもまた、鷗外の余香、残照なのであろう。

森鷗外記念館には、今日も鷗外を慕い、その文学を敬う人々が足を運ぶ。

鷗外の遺品は、それぞれの物語を秘めつつ、静かに来客たちの訪れを待っている。

エピローグ

二〇二三年十二月・台湾

台湾大学景福館に並びたつ森於菟と杜聰明の銅

鷗外の遺品について書き出して以来、いずれは台湾に赴かねばとの思いがふくらんできた。

初めのうちは、森於菟が父の遺品とともに暮らした街に自分も佇《たたず》みたいという、心にたつ風に旅情がそそられるほどの気分だったものが、次第に自身の書き物にけじめをつけたいと願うような意味合いに変じ、さらに後半に書き進むにしたがって、実際に台湾で調査にあたらなければならない必要が生じてきた。

台湾での実務調査の軸は、大きく二つあった。ひとつは、敗戦後に、森於菟を含む台湾残留日本人知識人らが始めた回覧同人誌についてである。

回覧同人誌が、主要メンバーだった国分直一の死後、遺族によって台湾大学に寄贈されたことは承知していた。ただ、国分直一コレクションとして、膨大な資料が台湾大学に納められたので、その一部である回覧同人誌の扱いがよくわからなかった。

台湾大学図書館のホームページによれば、国分直一コレクションを含む「特蔵資料」の「数位化」(デジタル化)の作業を順次進めているとのことだったが、回覧同人誌に関して、どこまで作業が進んだのか、見当がつかない。

世界にたった一部しかない手書きの同人誌であることを考えれば、ふらりと訪れた外来客に実物の閲覧を許すとは、とても思えない。

私としては特に実物を手に取る必要はなく、内容さえわかればデジタル化された資料で構わないのだが、森於菟が回覧同人誌に寄せた文章が果たして公開されているかどうか、確証もないまま、ともかくも現地に飛んだ。

台湾大学を訪ねるのは初めてだった。台北市南部、地下鉄の公館駅で降りて、学生たちについて大学に向かう。

キャンパスが広大であるのに驚く。左右に丈高い椰子の木を見ながら、正門から図書館まで、十五分近く歩く。

総合案内のカウンターで、当館が収蔵する国分直一のコレクションのうち、回覧同人誌を見たい旨を告げた。森鷗外の遺品について本を書いているので、鷗外の長男であり、台湾大学の前身、台北帝大の医学部長だった森於菟が同人誌に発表した文章を閲覧したいのだと、主旨を明確にした。

その日は日曜日だったが（図書館が日曜でも開館していることはネットで確認済みだった）、対応してくれた係員からは、「特蔵資料」を扱う部署が日曜は休みなので、明日出勤したスタッフに事情確認をしてもらい、メールで連絡を入れると、そのように言われた。

私は謝辞を述べ、その日はそのまま退出したが、正直なところ、いつ連絡をもらえるのか、何日も待たされるのではないかと、覚束ない気持ちだった。

ところが翌朝、早速にメールで連絡がきた。

回覧同人誌はすべてがデジタル化されており、そのリストは外部からもネットで確認できるが、本編の内容は、図書館内のコンピュータでしか見ることができない。閲覧を希望するならば、来館して

「特蔵資料」のカウンターで申請してほしいとのことだった。

浮きたつような気持ちで、再び台湾大学図書館に向かった。

そして、その日以来、数日をかけて、回覧同人誌に森於菟が寄稿した原稿のすべてに目を通すことができた。

その成果については、前倒しするかたちで、第六章、第七章において、既に明らかにしてきた。鷗外の遺品、また鷗外研究といった次元では、特に、長く非公開とされた『半日』が、於菟によって明らかにされ、また『原稿「半日」に就て』という補足の文章によって、自筆原稿の受け渡しなど、詳しい経緯が解説されていたことを確認できたのは、嬉しい「発見」となった。

於菟に限らず、回覧同人誌には、全体として真摯な情熱が横溢していた。手書きの文字で綴られているがゆえに、それが一層、胸に響くのである。

植民地という、ある意味では砂上の楼閣だった権威が崩れ、身ぐるみ剝がれるように荒野に放り出されてなお、精神の自立を失わず、考え、書くことを怠らなかった人々の知的営為に、頭の下がる思いがした。

また、もうひとつ興味深く思うのは、主として『民俗台湾』を受け継ぐ執筆者たちが始めたものながら、回覧同人誌では、「台湾」という枠さえも超えて、自由闊達に思想と詩文が綴られたという事実である。

於菟が連載を続けた『ルードルフ・ウィルヒョウの手紙』にしても、第八号に発表した『性格俳優「アレキサンダー・モイッシイ」に就て』にしても、直接には台湾と関係がない。

この点、他の書き手も、日本語による同人誌ではあっても、国籍や民族、国境を超えたところで、のびのびと文章を綴っている。彼らの多くは経験を積んだ学者たちだったが、まるで中学生か高校生にでも戻ってしまったように、純粋な意志、意欲だけで書いている。

どうしても書きたい、書かねばならないという執筆や創作を促す原点が、いぶし銀の如き輝きを発しているのだ。

日がな一日、台湾大学の図書館のコンピュータの前に座しつつ、私は曰く言い難い感動にとらわれ、しばしばそこが台湾であることを忘れてしまうような、不思議な酩酊感に襲われた。

鷗外の遺品を追い、於菟の文章を求めて台湾を訪れたその先で、まるで私自身が新たな鷗外の遺品に出会えたような、錯覚のようで、そうとも言いきれない、神妙な興奮を覚えてならなかった。

鷗外の遺品が放射する光の暈《かさ》に包まれる感覚、とでも言おうか……。

台湾での調査のもうひとつの軸は、杜聰明の関連で、日本では突きとめきれない件について、確認をとるためであった。

一九六二年にできた鷗外記念本郷図書館内の鷗外記念室を、森於菟が杜聰明を案内する写真が、いつ撮られたのか、年月日をつきとめたいのと、東京の森鷗外記念館で見つけた杜から贈られた漢詩について、もう少しわかることはないかと念じたのである。

台北に、杜聰明博士奨学基金会という組織が存在することは、ネット情報を通じて把握していた。メールアドレスも記載されていたので、台湾に赴く一週間ほど前に、訪問希望の旨をメールで出しておいた。

森於菟と杜聰明がともに写る鷗外記念室での写真と、森鷗外記念館で私が筆写してきた杜の漢詩も、メールに添えた。挨拶文は、日本語だけでなく、自動翻訳の助けも借りつつ、繁体字による中国語でも用意した。

だが、期待した返事はなかなかに来ず、そのまま台湾へ発たざるを得なかった。

相手からの連絡もなしに押しかけてよいものか悩んでいると、台湾到着の夜、メールの返事が来た。杜聰明博士奨学基金会の鄒評《すうへい》氏からで、ありがたいことに、日本語で書かれていた。

趣旨は了解したので、三日後に会おうということになった。私の質問に答えるため、なおも少し時間が必要だという。

約束の日――、台北市林森北路の住所を頼りに、杜聰明博士奨学基金会を訪ねた。

日本語による丁寧な文面から、年配の人を想像していたのだが、鄒評氏はまだ若い人だった。台湾大学と大学院で日本語を学んだという。

杜聰明の孫にあたる、杜武青氏も同席してくれた。アメリカで長く学び、教えられた、工学、応用科学の碩学で、杜聰明博士奨学基金会の会長をつとめる。こちらは初老の年配だ。

「写真の件ですが、ようやくわかりましたよ」

挨拶を終えるや、鄒評氏が目を細めて語りだした。

可能性があるのは一九六三年と六七年に限られる旨を、私から事前に説明しておいたが、それらの年の杜聰明の日記にあたって、正解を得たという。

杜聴明博士奨学基金会では、杜聴明の残した膨大な手書きの日記のデジタル化を進めていて、まずは映像をコンピュータに記録し、漸次、活字化しつつあるという。活字化の終わったものから、順に出版をしているそうだ。

一九六〇年代の分は、デジタル化は済んだものの、活字化の作業はまだ手つかずだそうで、鄒評氏は当該年の日記を逐一、手書きの映像資料からチェックしてくれたのである。

その結果、杜聴明が東京の鷗外記念室を訪ねたのは、一九六三年であることが判明した。一九六三年の日記を追うと、杜聴明は三月二十八日に台湾から日本に飛び、関西で諸事をこなし、四月七日に東京へ移って、翌八日には森於菟宅を訪ねている。

そして四月十一日の日記に、以下の文面が登場する。

――下午往肴町森鷗外紀念図書館参観及受招待茶会坐談　後與森於菟往銀座「九重」料亭受東寧会スキヤキ晩餐

（午後、肴町に赴き、森鷗外記念図書館を参観し、お茶と座談に招かれる。その後、森於菟と銀座に行き、料亭の「九重」で東寧会によるスキヤキの晩餐をご馳走になる）――

漢字で記された文章のなか（原文は繁体字）、「スキヤキ」だけがカタカナで記されているのが、目を射抜く。

於菟を始めとする旧台北帝大の関係者たちが杜を囲み、鍋をつつき談笑する様子が目に浮かぶようだ。

なお、「肴町」は古い町名の「駒込肴町」のことで、一九六四年に「向丘一丁目」と改称された。観潮楼跡にできた森鷗外記念図書館は千駄木にあり、肴町は隣町にあたる。この日、杜聰明はまずは肴町に向かい、そこから森鷗外記念図書館を訪ねたのだろう。

ともかくも、東京ではさまざまな資料をあたっても写真がいつ撮られたのか時期を特定することができず、また森鷗外記念館でも、口頭で尋ねるだけでなく、文書で確認の申請をしても不明とされたものが、台湾に来て、杜聰明の日記からじかに回答を得ることになった。

一九六三年四月十一日、つまりは前年秋のオープンから半年後――、於菟は父の遺品を守り抜いてくれた台湾の恩人を、感謝を込めて鷗外記念室に案内したのである。

夜の食事会も含め、愉快な一日であったに違いない。

一九六七年、欧米への出張の途次に日本に寄った折の杜聰明の行動についても、詳しく知ることができた。

杜は三月二十一日に東京に着いたが、その日早速に、森於菟夫妻や薬理学者の小林芳人らがホテルを訪ね、晩餐を共にしている。

三月二十四日には、杜が於菟宅を訪問した。

於菟が、台湾からの移送が思うように進まない宮芳平の絵など、最後の遺品の返還について特に杜聰明に協力を懇請したのは、この日のことだったろう。

杜は、欧米出張から台湾に戻り次第、全力を尽くそうと約した。

それが、前章で紹介した、返還を重ねて要請する於菟の手紙の下書き（メモ）につながってゆく……。

杜聰明は、東京を訪ねるたびに、森於菟に会うことを怠らなかった。

薬理学と解剖学と、厳密には専門分野を異にするのだが、人間としての信頼と親愛がすべてを凌駕した。

於菟はこの年の暮れには急死してしまうのだが、二人の友情は、最後の最後まで、変わることなく続いたのである。

杜聰明博士奨学基金会では、杜から贈られた漢詩についても、確認を求めた。

東京の森鷗外記念館が所蔵する「杜聰明博士　鷗外記念館建設祝詩」と題された漢詩を書き写したものを、お二人の前にひろげた。

杜聰明は篆書をよくし、墨蹟は数多く残されている。しかし、十一聯からなるこの長い詩を、杜武青氏も鄒評氏も、見たことがないという。

私は、一九五七年の春に発表された森於菟の随筆『「やきいも」とわが一家』の結びに、十一聯からなる漢詩を杜聰明博士から寄贈された旨の記述があることから、その年の早春に詩が贈られた可能性が高いことを説明した。

また、篆書による漢詩は、当時記念館設立の経済的な目途が立たずにいたので、資金調達の補助にと贈られ、記念館には詩の内容を伝える控えだけが残された旨も言い添えた。

十一聯の詩は、杜聰明作のオリジナルであると信じたかったが、お二人は、古詩の可能性もあると、慎重な姿勢を崩さなかった。

実をいうと、森鷗外記念館でこの詩を見つけ、筆写した時から、私には心もとなく感じる部分があった。例えば、「帰」という文字が三回登場するが、初出の六聯目だけが「帰」と新字が使われ、七聯目と十一聯目では「歸」と旧字が使われている。

これは、記念館に伝わる詩の内容を記した人が、杜聰明自身でなく、日本人によって書かれたことを推測させる。

そういうこともあって、私は台湾を訪れるよりも前に、この漢詩を一聯ずつ、ネット検索にかけて、もしやこの詩がどこかに載っていることがないか、丹念に探してみたのだった。

それは、詩自体の出典を明らかにする可能性をも含んでいた。有名な古詩であるなら、必ずや中文のサイトに載るからである。

すると、古典のなかには出典を見いだせなかったものの、他ならぬ杜聰明の書として、一聯単位で書かれたものが、いくつか世に出まわっていることが判明した。

それらは縁ある方に贈られたもののようだったが、なかには、日本でネットオークションにかけられたものもあった。

その事実を告げたところ、杜武青氏と鄒評氏の反応が違ってきた。

十一聯の全体を俯瞰した時には、未見の詩と考えられたものが、部分ごとに分解すると、必ずしも初めて知る内容ではない可能性が出てきたのである。

『杜聰明【墨寶　漢詩】紀念輯』という本が取り出されてきた。

杜聰明のご息女、杜淑純氏がまとめた遺墨集で、二〇〇八年に上梓された。篆書による遺墨の写真が多数掲載されている。

杜武青氏と鄒評氏がこの本をぱらぱらとめくりながら、この部分はここだ、あの部分はそこだという風に、一聯ごと、次々に確認が進んでゆく。

その結果、十一聯の詩が、一聯ずつの短冊を並べ重ねるかのように寄り合わさって、改めて全体像を浮かび上がらせた。

その過程で、私の書き写してきたものとは、一部に字の異なるところも出てきた。

それが例えば、第二聯、第六聯、第七聯、第八聯に登場した「花」の字がもとは「華」であり、第六聯にある「遊」が「游」であるなど、単なる字体の問題ならば、大したことではないかもしれない。

しかし第九聯、「天依則靈雨其來」とされた詩句が、杜聰明の遺墨では「天氐則靈雨其來」となっている事実は、看過できないようである。「依」ではなく、「氐」なのである。

私は「天は則《のり》に依《よ》りて」と読んだが、鄒評氏によれば、それは漢詩の文法上ありえず、ここは動詞のような用言が来なくてはならないとのことだった。つまり、「氐」は「低」と同じ意を表し、「天が低くなれば則《すなわ》ち」となるのだという。

こういう漢詩の鉄則となると、私などは正直全くのお手上げで、感心して聞くしかない。

ともかくも、杜聰明博士奨学基金会を訪ねたお陰で、杜聰明が森於菟に贈った詩の原型を確かめることができた。

改めて、十一聯の詩を以下に引こう。

大道同天自永古　碩猷如日宣四方
古柳陰中來走馬　好華深處有鳴禽
一陰一陽之謂道　或出或處唯其時
夕陽一角射魚罟　嘉樹卌里走鹿車
古人唯大同謂辭　君子以中庸為歸
華時奔走游人樂　柳樹昏黄舟子歸
載道好華同走馬　盈天微雨一歸舟
華及秀時如處子　柳逢雨止是可人
日出而陰霿不作　天氏則靈雨其來
秀異賢人為時出　嘉樂君子自天申
流水四時鳴古樂　夕陽一角射歸舟

幸い、前章の終わりで述べた詩全体の大意は、修正せずともよさそうである。無理をして逐語訳にしなかったので、誤謬を免れた。

新たな疑問が湧く。

杜聰明は、於菟に贈るためにこの詩をつくり、以後、詩を一聯ずつ小出しにして揮毫を重ねたのだろうか……。

『杜聰明【墨寶　漢詩】紀念輯』に掲載された遺墨が、すべて一九五七年以降の作であるならば、於菟に宛てて詠んだ詩を、その後も、さまざまな機会、さまざまな人に対して、分割して贈ったと考えてもよいことになろう。

しかし実際には、於菟に宛てる以前にも、一聯ずつの漢詩の贈呈はあった。遺墨集の本では、最も早いものは一九五一年のものが掲載されている。

おそらくは、人生のある時点で、杜聰明はこの詩を詠み、自身の座右の銘のように、胸に抱き続けたのだろう。そして折に触れ、その一部を見事な篆書で清書し、心を共有できる知己友人に贈呈してきたのである。

それが、森鷗外記念館の建設に向け、於菟に贈る際には、思いのたけを明かすように、胸に秘めていた詩の全容を筆にした。

現在までのところ、十一聯が並んだ全体像を示す「完全版」は、一九五七年、於菟に贈ったものだけである。極めて特別な、貴重なものと言わざるを得ない。

この詩は、人生には雨の日もあれば晴れの日もあるという風に、「陰画」を抱えている。

杜聰明にとって、影に巣くう最大の黒斑は、医療関係者を含めた多くの台湾人が犠牲となった、二・二八事件であったと見てよいだろう。

杜自身も、事件の影響を受けて台湾大学医学院長の座から追われ、半年もの間、大学から身を隠さざるを得なかった。

穿った見方をすれば、杜聡明が詩の全容をなかなかに明かさなかったのは、詩の抱える影の正体を探られるのを避けてのことだったのかもしれない。

この詩はまた、たとえ日の当たらない道であっても、努力を怠らずなおも進めと、そのようなメッセージを含んでもいる。説教臭とは無縁だが、日陰を歩く人へのあたたかな激励がある。

それはどこか、鷗外の『沙羅の木』の詩とも、響き合う。

杜が直接に鷗外の著書に影響を受けることはなかったかもしれないが、この人自身の天稟《てんぴん》が、長い道のりのなかで磨かれたものであったに違いない。


台湾大学医学院附設医院に向かった。地下鉄の「台大医院」駅からすぐである。

かつて於菟がつとめた台北帝大医学部の附属病院だったところで、正面の入り口にたつ赤レンガづくりの建物（旧館）は、於菟のつとめた時代から変わらない。南国の陽射しを浴びた赤レンガが美しい。

目的地の景福館は、病棟のあるメインの建物からいったん外に出、迂回するかたちで別の入り口から入ることになる。同窓会館で、これは比較的新しい建物だ。

建物に入ってすぐ、一階のロビーの奥に、二つの銅像が並んでいた。

向かって左が「杜聡明先生像」、右が「森於菟先生像」とある。どちらもブロンズの胸像で、背広にネクタイ姿だ。

ここに二人の銅像が設置されたのは、台湾大学（旧台北帝大）を舞台に、ともに近代医学の発展に尽くした功績が認められたからであろう。

杜聰明は、「台湾医学の父」と称され敬愛された人であり、台湾大学医学院の初代院長でもあった人なので、台湾大学医学院の同窓会館に銅像があるのは、当然至極な話に思える。

ただ、それに並べて日本人の森於菟の胸像が置かれたのは、当たり前のこととは思えない。

確かに、台北帝大の医学部長を二度にわたってつとめ、内地から医学生が台大に「留学」するほどのレベルの高い教育を施し、かつ日本人台湾人の分け隔てなく接した人ではあったが、日本の敗戦を挟み、荒波に船が転覆するほどの社会の大変換を経て、なおもこの人への学恩を忘れずに顕彰しようとするのは、驚くべき奇特さである。

しかもそれが、台湾人の意志として行われたのだ。政治力学や民族主義の勢いに流されず、客観的な歴史事実として、その功績、人柄を、きちんと評価してくれなければ、あり得ないことなのである。

於菟の像ができたのは二〇〇四年のことだが、おそらくは、当時はまだ名誉教授として大学と関わりのあった蔡錫圭が、尽力したお陰でもあるのだろう。

像の台座の右横に、「森於菟先生略歴」として、簡単な年譜が記載されていた。

その冒頭に、「東京にて出生。父親は森林太郎　森鷗外」（原文は中文）とあり、鷗外の子であることが明かされている。だが、近代日本を代表する文豪であるとも、明治大正期の作家であるとも、鷗外を説明する文言はない。

それだけを見れば、景福館のロビーに杜聰明と森於菟の像が並ぶのは、あくまでも台湾での医学への貢献の故であって、鷗外がそこに入りこむ余地はないかのように見える。

だが、これまで見てきた通り、台湾にあった鷗外の遺品を、手を携えて守り通した二人でもあったのである。鷗外の遺品の物語の、主役たちだったのだ。

この二人の胸像が、仮にこのまま東京に運ばれ、森鷗外記念館のロビーに設置されたとしても、違和感など生じない筈なのである。

私の胸に、森鷗外記念館で見た於菟の言葉が蘇ってきた。

長い旅路の果てに鷗外の遺品がようやくにして終の棲家を得、鷗外記念室で人々に公開された折に、於菟が社会へのメッセージとして筆にした、杜への謝辞である。

杜聰明博士は台湾に於ける私の最親しい且つ深く尊敬する友人である……

父の数々の遺物記念品を、絶大な好意を以て保管し更に長い間の尽力によって無事に私の手元まで届けてくれた……

鷗外記念本郷図書館が竣成し記念物を皆さんに展示するに当って衷心よりの謝意を杜博士に捧げる……

日本と台湾、東京と台北——、二つの国、二つの地域を超えて、人と人とをつないだ確かな心の結びつきがある。鷗外の遺品は、国や地域を超えた友愛が守り抜いた。

森於菟と杜聰明——。台北の医大で始まった二人の縁は、鷗外の遺品を介して発展し、太い絆となって、台湾から東京へとつながっていった。

それはまた、医学が医学だけに留まらず、文学にも橋を架けてゆく道のりでもあったろう。森於菟は、父譲りの名文で知られたすぐれた随筆家であった。

杜聰明も著書が多く、かつ篆書による書をよくして、文人気質を濃厚に抱えていた。歳を重ねるごとに、医の枠を超え、人としての品格に高雅なふくらみを加えた。

それは、鷗外その人の生き方とも重なる。鷗外も、医と文と、垣根をまたいで道を究めた人だった。十一聯からなる杜聰明の漢詩が、鷗外の『沙羅の木』に似ていると、先に記した。

沙羅の木の白い花は青葉に隠れて見えないが、そのように、人目に触れずとも咲く、美しい花がある……。

於菟も、杜聰明も、そして無論鷗外も、人の目など気にせずに積む徳の尊さ、美しさを知る人たちであった。学を積み、精進を重ね、おのれを磨きあげた人品のすがすがしさを持ち合わせていた。

杜聰明は、人生の旅路の過程で、森於菟と同じ駅に宿し、同じ水を飲むことになった。

それが、自身の道を潤し、豊かにすることを、本人が自覚する故に、交流は生涯に及んだ。

於菟もまた、鷗外の遺品を軸に、杜への尊敬と友情を維持し続けた。

鷗外から於菟へ、そして杜聰明へと、こだまを重ねながら伝播し、涵養された精神の薫りが、確かに存在するように思われてならない。

胸像は無言である。しかし、二人の口から語られる多くの言葉を、そこに聞く思いがする。

交わされる会話には、鷗外の遺品をめぐる物語が、大きな位置を占めることだろう。

二つの胸像は、台湾と日本をつなぐ記憶を、永遠に留めている。

形は見えずとも、太い絆の中心点に、鷗外の遺品がしかと座を占めている。

鷗外の遺品を追う旅の最後に、旧東門町を訪ねた。

於菟が暮らし、鷗外の遺品が於菟とともに、また彼が台湾を離れて以降も、長く留め置かれた町である。

今では杭州南路と町名を改めたというが、鷗外の遺品が十年以上も（宮芳平の絵に至っては三十年近くも）保管され、住処となっていた現場を、この目で確かめておきたかった。

東門町の名の起こりは、旧台北城市の東門（景福門）の外に続く区域に、日本人によって開かれたからだという。

於菟は台湾に骨をうずめる気持ちで、この地の東門町北四條に家を贖い、暮らした。閑静な住宅街で、勤務先の台北帝国大学医学部からは一キロほど、歩いて約十五分の距離だった。

現地に来て初めてわかったのは、杭州南路がひと筋の通りではなく、南北に通る大道路と、そこからコの字型に折れ曲がった幾筋もの細い通りを、すべて杭州南路と総称していることだ。

日本人居住地の跡地であれば、日本式の木造家屋が少しは残っているのではと思ったが、予想に反して全く残存せず、殆どの建物が、数階建てのアパートかマンションのようなつくりのものに変わっている。

ただ、店などは少なく、その意味では、現地風に様変わりしつつも、なおも住宅地ではあるようだ。人も車も少ない。

珍しく、サラリーマン風の通行人二人とすれ違った。驚いたことに、日本語を話している。挨拶をして尋ねると、近くのオフィスにつとめる駐在員だという。

「昔、日本時代にこのあたりは東門町と呼ばれ、森鷗外のご長男がお住まいだったのですが、そんな話はお聞きになったことはありませんか？　台北帝国大学の医学部長だった方です」

「知りませんね……ここは東門町って言ったんですか？」

歴史を流れてきた時間が途切れている。町の様変わりを象徴するような、時の流れを峻拒するかたくなな断絶である。

於菟の五男にあたる森常治氏は、かつて父母とともに東門町の家に暮らし、ともにここから日本に引き揚げたが、二〇〇四年、於菟の胸像ができた折に訪台し、旧宅に立ち寄っている。その時には、「大学所有の不動産として、まさにぼろぼろの廃屋の姿で残っていた」と、『台湾の森於菟』（ミヤオビパブリッング　二〇一三）に書いている。

二〇一六年、台湾大学の名簿に載る蔡錫圭の住所を頼りにこの地を訪れた王敏東氏は、「七階建ての建物となっていた」と、『森鷗外の長子於菟の片影──台湾とのかかわりを中心に──』（日本医史学雑誌　第六十三巻第一号　二〇一七）で報告している。王氏はこの論文に、その七階建ての建物の写真も添えている。

私は幾筋もの杭州南路をぐるぐるまわって、この写真の建物がないかどうか、探してみた。さんざん歩きまわった挙句に、ようやくそれらしき建物を見つけることができた。

おそらくはここに、かつて於菟が住んだ日本家屋があったのだろう。そこには、家族の暮らしとともに、鷗外の遺品が大切に保管されていたのだ。

この地に鷗外の遺品があればこそ、於菟は父の思い出の品々と向き合い、精力的に「鷗外」物の随筆を執筆することができた。

鷗外の遺品を目当てに、瀧田貞治ほか、鷗外に関心をもつ学者や文化人たちがここに集い、サロン的な雰囲気のなかに清談を楽しんだこともあったろう。

引き揚げの時には、限られた手荷物のなかに携行できる少数の遺品を選び、残りの大部分のものを、九つの箱に整理して、ここに置いてゆかざるを得なかった……。

この地で繰り広げられた鷗外の遺品のいくつもの光景を思い描こうとするのだが、正直なところ、記念碑ひとつあるわけでもなく、この家も、周囲の様相も、あまりにも変わってしまって、思いを引き寄せ、集中させることが難しい。

胸中の思いと現実の景色がばらばらで、うまくマッチしてくれない。鷗外の遺品の記憶は、他者の風景のなかに埋没してしまったようだ。

鷗外の遺品の余香を求めてそこに立つ自分自身が、周囲から浮き、孤立した「異物」に思えてきた。地に足のつかない、あてどなさが胸をふさいだ。

その時、他ならぬ鷗外の遺品も、「異物」としてここに留まっていたのだと、思い至ることになった。

於菟を始め、台湾から日本人が引き揚げて以後、鷗外の遺品は、中華民国台湾の台北市杭州南路となったこの町で、「異物」化していったに違いないのである。

今ではすっかり非日本的な街並みのひろがるこの地だが、この町の戦後の歩みとは、日本式家屋が櫛比《しっぴ》していた古い姿から、ひとつまたひとつと日本式家屋が消え、台湾人、ないしは大陸から渡ってきた人々による自身のスタイルの家屋に建て替わる道程であったのだ。

そういう非日本化の進むなかで、鷗外の遺品は、日本の文豪の財産として、なおもこの地に踏み留まっていたのである。

私は改めて、蔡錫圭のことを思った。

社会全体がドラスティックに変わり、中華化が進行するなか、蔡は鷗外の遺品を守って孤軍奮闘を続けたのである。時代の風に背を向けるように、「異物」を後生大事に抱え、死守したのである。

遺品の送還に道が開けそうになると、警察関係者がたびたび家を訪れたという。周囲の住民は、どんな目でそれを眺めていたろうか。

密輸商人の取り締まりと思われても仕方がなかったろう。否、それならばまだしも、国民党独裁政治に反感をもつ親日インテリとして、白色テロに遭う可能性すらあったのだ。

変貌を遂げゆくこの町で、鷗外の遺品を守り、日本へ送還を果たすことが、どれほどの難行であったか、痛感させられる思いがした。

一度はうまくゆくかに見えた遺品の送還が空振りに終わった時、蔡は改めて二千点にものぼる鷗外の遺品のひとつひとつを確かめ、リストを作成し直した。

一年を要したというその作業も、ここにあった家で行われたのだった。

時には、鷗外の遺品が家から出ることもあった。日本への運送許可の手続きのため、蔡はリヤカーに遺品を積んで、いくつもの部署をまわった。

鷗外の遺品は、リヤカーの荷台の上にあって、降り注ぐ陽光を受け、吹き通う風を受けて、この道を、この町を、行き来したのだった。

蔡の足どりと視線を追うように、私は杭州南路の界隈を、なおも逍遥し続けた。

街区の隅のどこかに、鷗外の遺品の記憶をたどることのできる、何がしかのよすがを模索する気持ちだった。

一九五二年の秋、いよいよ返還が決まって、十一箱に仕分けられた鷗外の遺品が、この町から基隆の港へ向かった。

苦労の果てに、ようやく鷗外の遺品を送り出した蔡の気持ちはどんなだったろう。

一九六八年の夏、最後の遺品となった宮芳平の絵が運び出される時には、必ずや、込みあげる気持ちがあったことだろう。

それは、喜びや安堵であったろうか、胸を締めあげる淋しさであったろうか。或いは、於菟の存命中に届けることができなかった悔悟の痛憤であったろうか……。

蔡自身とて、鷗外の遺品であるその絵と、二十一年もの間、日夜をともに過ごしてきたのだった。

台湾の家々は、コンクリートで固めた塀が高く、鉄の門も固く閉められ、中を窺うことなどできない。庭があるのかどうかさえ、わからない。

日本の古い家屋のように、垣根越しに庭が覗くことのできるような開かれたつくりとは違う。

だが、ふと角を曲がった折など、視界に飛びこんでくる路地のつくりが、ほんの一瞬、そこがかつて日本人の町であったことを思い起こさせることがある。

道の幅や微妙な曲がり具合、家々の間隔、また塀の内側から生い茂る木々のたたずまいなどが、日本人の暮らしのわずかな残り香を、幻のように薫《くゆ》らせるのだ。

時を超えて立ち現れるその微香に惹かれて、私は夢心地に路地の奥へと足を進める。

高い樹木の下を通った時に、思いがけず、澄んだ玉のような声が降ってきた。

歩みをとめて、私は声の主を追った。

梢の先に、鳥がとまって、気持ちよさげにさえずっている。

日本では見ない鳥だった。ヒヨドリに近いが、頭が白く、羽に緑色が混じる。「台湾シロガシラ（白頭翁）」という、台北ではどこにでもいる鳥なのだった。

ピッコロのような高い声音に聞き惚れつつ、ああ、この声を、毎日のように、森於菟も聞いていたのだと思った。

「鷗外」物の随筆の筆を走らせつつ、耳にすることもあったに違いない。

蔡錫圭もまた、耳になじんだ声音であったろう。

鷗外の遺品も、この鳥の鳴き声を、何度となく浴びていたのである。

しばらくは、台湾シロガシラの鳴き声に耳を傾けた。

美しい鳥の声が、胸に沁みた。

時の流れをかたくなに断絶していた壁が、ゆるやかに融けてゆく……。

東京の森鷗外記念館に収まる、鷗外の遺品を思った。

資料として整理、保管され、展示品として陳列される品々である。

それらの鷗外の遺品が、台湾の鳥の声によって生命《いのち》を吹きこまれ、血が通って、新たに蘇るような気がした。

あとがき

私事になり恐縮だが、私は二十二年間、公共放送（ＮＨＫ）に身を置いた人間である。やりがいのある仕事にめぐり合う機会にも恵まれたが、正直、自己の思いや志とはかけ離れた仕事も多かった。自分の居場所ではないような思いに悩まされることもあり、そのような時、心の支えとなったのが森鷗外だった。

高校時代から大学時代にかけて、近代日本文学の基礎知識を得るため、いくつかの代表作に目を通してはいたが、その時とは全く違った思いで、鷗外を読み直した。三十代から四十代にかけてのことである。

今では鷗外に親しむ人は少なくなってしまったが、少し前までは、文学研究者のような専門家でなくとも、鷗外作品を生きる支えとする職業人がいた。日銀総裁までつとめた経済人でありながら、鷗外好きが昂じて鷗外研究の本まで出した吉野俊彦氏など、そのよき例であろう。

吉野氏とでは属する畑も違い、職責の重みも比較にならない身ではあったが、鷗外を支えのようにとらえる感覚には、同質のものがあった筈だと信ずる。

それをひと言でいうなら、「公」という観念になるかと思う。あるいは、「公」と「私」をどう調和させ、両立を図るかといったことになろうか。

近代人として「私（自我）」が肥大することは避けられないが、自意識が暴走するままにせず、かといって「私」を犠牲にするのでもなしに、自身のもてる力を発揮して、勤めであったり、役務や課業、使命であったりと、広く「公」に通ずる道に、地道な努力を重ねるのである。

もっとも、言うは易し行うは難しで、実のところ、悟りの境地などにはついぞ達し得ず、なれば一層、崇敬の念をもって鷗外に親しむという、奇妙な堂々めぐりが続いたものだった。

鷗外への関心から、津和野の生家跡や、小倉の鷗外旧居、果てはベルリンの下宿跡にまで足を延ばしたが、もちろん、東京・千駄木の観潮楼跡地にたつ森鷗外記念館（当時は記念室）は、幾度となく訪ねたものだった。

当然ながら、そこに陳列、展示された鷗外の遺品を、この目で何度も見た。

しかし、恥ずかしながら、それらが鷗外の身のまわりの品々であるとは承知しても、どのような経緯でここに収められるに至ったのかという点には、意識が向かわなかった。

一例だが、本文中に何度か登場したビアジョッキについても、ドイツ留学時代に、ロート軍医監から贈られたという由来ばかりに目が行って、それがまさか、台湾に長く置かれていたなどということは、夢にも思わなかったのである。

それまでにも、森於菟が鷗外の長男であり、偉大な父に関する重要な証言となるいくつもの文章をものしているとの理解はあったものの、それらの殆どが、台湾で書かれたという事実には、なかなか気づかなかった。

その事実を知って以降も、「鷗外」物の執筆を可能にしたのは、於菟が台湾で父の遺品とともにあったからだということに意識が届くまでには、なおも時間がかかった。

鷗外の遺品が、長く於菟とともに台湾にあり、しかも、日本の敗戦による於菟の引き揚げ後も現地に留め置かれて、台湾人の厚意と尽力によって、ようやく日本に戻されたのだということを知った時には、身震いするほどの衝撃と感激を覚えてならなかった。

鷗外をめぐっては、自分なりに親しみ、周辺の逍遥もしてきたつもりであったのに、何という大きな盲点が存在していたことかと、啞然とする思いもした。

その盲点が自分ひとりの不明であればともかく、鷗外をとりまく知的環境にあっても、半ば空洞化しているという現実がある。鷗外記念館を訪ねる人たちにとってさえ、鷗外の遺品と台湾については、ほぼ知識の外に置かれているのだ。

鷗外の遺品が鷗外記念室に収められることになった時に、於菟がわざわざ杜聰明への感謝を公に文章化し、未来につなぐメッセージを残したにもかかわらず、である。

この貴重な事実の気づきが、そして、これほどの重要なことが知られざる秘話のままに放置されていることへの違和感が、鷗外の遺品について書く動機となった。

取材・調査を進めながら、鹿児島県鹿屋市の同人誌『火山地帯』に、二〇二二年の春から二年にわたって書き続け、単行本化にあたって、大幅に手を入れ、整理し直した。

書きあげて、思うところがふたつある。

ひとつは、鷗外の遺品の物語が、まぎれもなく人間のドラマだということだ。

鷗外の遺品を語ることは於菟を語ることだと、第一章の冒頭で述べたが、生前の父の愛に恵まれたとは言いがたい於菟が、鷗外の遺品とともに成長を重ねてゆくさまは、それだけでも充分に感動的である。人として、教えられるところが大きい。

先妻の子である於菟は、後妻のしげ子から生まれた茉莉、杏奴、類に比べ、派手なところもなく、真面目一方で地味に映る故か、一般的な世間の興味を惹くことが少なかったように思う。

だが、鷗外の遺品という新たな視点から見た時、起伏に富んだ珠玉の人間ドラマが立ち現れてきたのである。

そして、もうひとつは、鷗外の遺品が、台湾と切っても切れない縁をもつということである。

それはもちろん、遺品が長い間、台湾にあったことに基づくのだが、それだけでなく、於菟の引揚げ後の、杜聰明、蔡錫圭両氏を中心とする台湾人の献身的支援が遺品を守ったという事実による。彼らの貢献なくしては、鷗外の遺品は今日、存在していないと言ってよい。

金のためでもなく、社会的な栄誉につながることでもなく、受益とは無縁の、まさに陰徳として寄せられた純粋な厚情である。鷗外の『沙羅の木』の詩を地でゆく美徳なのである。

鷗外の遺品を介して、人の心のあたたかみと、人間のもつ善が、海を越えてこだまする。

日本と台湾には、国や民族を越えて、心と心を寄せ合ういくつかの事例が存在する。

烏山頭ダムを建設して嘉南平野一帯を潤し、地域住民の生活を向上させた八田與一技師のように、今なお、台湾の人々から敬慕される日本人もいる。

台湾で守られた鷗外の遺品も、何がしか、それに通ずる心の通い合いの上に存在していると信ずる。

鷗外の遺品は、日本と台湾を結ぶ、もうひとつの「絆」なのである。

＊＊＊＊＊＊＊＊＊＊＊

本書のような性格の書において、実在の人物について、敬称をどのようにするかは、なかなかに難しい。

森於菟はもとより、妻の富貴、杜聰明、蔡錫圭にいたるまで、主要登場人物については、歴史上の存在として、敬称を略させていただいた。また、近年および直近の出来事に関して人名が現れる場合には、名前の後に「氏」を付すことを基本とした。

森鷗外の家族については、母が「峰子」「峰」、二度目の妻は「しげ子」「しげ」「志げ」などと、表記が割れることがある。本書では、それぞれ「峰子」、「しげ子」で統一しておいた。

森於菟が台湾で書いた文章を始め、本書で引用した当時の新聞や雑誌などは、旧字旧仮名で書かれている。現代の読者に読みやすくするため、本書では、基本として新字新仮名に改めた。

ただ、鷗外の遺書など、オリジナル資料の文献的価値の高いものについては、既存の研究書などでの慣例を踏まえ、旧字のままにした。

引用文のなかに、現在では一般に使われなくなっている漢字が登場する場合、私の判断でルビを振ったところがある。

森於菟の『砂に書かれた記録』は、鷗外の遺品について知る上では必見の資料だが、戦争末期、士林の隧道に鷗外の遺品を避難させた時期や、台北大空襲、大渓疎開などの年次が、本人の勘違いか印刷ミスかにより、一部、不正確な記述になっている。

本書では、他の客観的資料と突き合わせた上で、確認した数字を用いている。

また、蔡錫圭が書いた『台湾にあった鷗外遺品について』では、森於菟夫妻の台湾再訪を昭和三十三年（一九五八年）としているが、これは他の文献等から、一九五六年の誤りであることも判明した。

これらの誤った記述をもとにした引用も既存の論文や記事等に散見されるが、本書では、訂正した年次をあげておいた。

両者の原資料を見た人が、本書との数字の食い違いに戸惑うことがあるといけないと思い、敢えて付記する次第である。

本書に掲載した写真のうち、鷗外の遺品に関しては、森於菟の管理下、台湾で撮影され、発表されたものを紹介した。古い写真にはなるが、父の遺品に寄せる於菟の気持ちが込められているように思うからである。

ただし、宮芳平の『歌』は、台湾で撮られた写真がないため、文京区立森鷗外記念館に提供を仰いだ。

台湾大学医学院など、現在の台北での写真と、鷗外と森家の墓、「沙羅の木」の詩碑の写真は、著者自らが撮影したものである。

取材、調査にあたって、最も足しげく通ったのは、文京区立森鷗外記念館、そして国立国会図書館であった。

国会図書館では、かなりの古い文献資料がデジタル化されて、登録さえすれば、自宅のパソコンからでも閲覧可能なものが増えてきている。『愛書』や『民俗台湾』など、戦前に台湾で発刊された雑誌が自由に目を通すことができるのは、つくづくありがたく感じた。

宮芳平の関係では、安曇野市豊科近代美術館のお世話になった。

また、エピローグの章でも記したが、台湾での調査には、台湾大学図書館と、杜聰明博士奨学基金会の世話になった。

医学関係の確認には、小池道明氏からご助言力をいただいた。

出版に関しては、現代書館の須藤岳氏の世話になった。

ご協力いただいた諸機関、諸人士に対し、心からの謝辞を呈することで、本書を閉じたいと思う。


二〇二四年、最後の鷗外遺品の返還から五十六年後の夏に

多胡吉郎

《主要参考文献》

・『鷗外全集』（岩波書店）
・『森鷗外全集』（ちくま文庫）

☆森鷗外記念館関係
・『鷗外愛用の品々』（森鷗外記念館 一九九八）
・『森鷗外資料目録』（森鷗外記念館 二〇〇一）
・『観潮楼の逸品 鷗外に愛されたものたち』（森鷗外記念館 特別展図録 二〇二一）
・『鷗外遺産～直筆資料が伝える心の軌跡』（森鷗外記念館 特別展図録 二〇二二）
・『永井荷風と鷗外』（森鷗外記念館 特別展図録 二〇一九）
・『鷗外』（一九六五年十月～ 森鷗外記念館）
・『森鷗外記念会通信』（一九六五年～ 森鷗外記念会）
・森於菟『杜聰明と蔡錫圭氏の手紙下書き』（森鷗外記念館 一九六七）
・杜聰明『鷗外記念館建設祝詩』（森鷗外記念館）

☆森於菟の本
・森於菟『木芙蓉』（時潮社 一九三六）
・森於菟『森鷗外』（養徳社 一九四六）
・森於菟『父親としての森鷗外』（大雅書店 一九五五、筑摩叢書 一九六九、ちくま文庫 一九九三）
・森於菟『解剖台に凭りて』（昭和書房 一九三四）
・森於菟『屍室断想』（時潮社 一九三五）
・森於菟『解剖刀を執りて』（養徳社 一九四六）
・森於菟『耄碌寸前』（みすず書房 二〇一〇）

☆森於菟が雑誌に発表したもの（単行本所載のものを除く）
・森於菟『我家の蔵書』（『愛書』一九三八年十二月）
・森於菟『台湾の門弟』（『民俗台湾』一九四二年七月～九月）
・森於菟『時代の先端を行くもの』（『民俗台湾』一九四二年十二月）
・森於菟『十二月八日の私はどうしていたか』（『台湾時報』一九四二年十二月）
・森於菟『海南島見聞記』（『民俗台湾』一九四四年三月～十一月）
・森於菟『鷗外二十七回忌』（『文芸評論』一九四八年十二月）
・森於菟『樊遲の夢』（『世界人』一九四九年二月）
・森於菟『一夜』（『世界人』一九四九年七月）
・森於菟『老いらく日記』（『娯楽朝日』一九四九年十月）
・森於菟『蛇穴を出づ』（『心』一九五三年三月）
・森於菟『汐くみ』（『心』一九五五年一月）
・森於菟『「やきいも」とわが一家』（『特集人物往来』一九五七年四月）
・森於菟『十年前の追想』（『日本及日本人』一九五七年九月）
・森於菟『鷗外生誕百年祭近し』（『国文学解釈と鑑賞』一九五九年八月）
・森於菟『野菜が鬼になる』（『あまカラ』一一八　一九六一）
・森於菟『台湾での経験』（『潮』一九六五年八月）

☆森家、親族によるもの
・森潤三郎『鷗外森林太郎伝』（昭和書房　一九三四）
・森潤三郎『鷗外森林太郎』（丸井書店　一九四二年）
・森しげ『あだ花』（弘学館書店　一九一〇）
・森茉莉『父の帽子』（講談社文芸文庫　一九九一）
・森茉莉『記憶の絵』（ちくま文庫　一九九二）

・森茉莉『父の麦酒のジョッキーと葉巻切り』（『森茉莉全集第五巻　筑摩書房 一九九三）
・小堀杏奴『紅梅』（『回想』東峰書房 一九三七）
・小堀杏奴『朽葉色のショオル』（春秋社 一九七七）
・小堀杏奴『晩年の父』（岩波文庫 一九八一）
・森類『鷗外の子供たち』（ちくま文庫 一九九五）
・小金井喜美子『鷗外の思い出』（岩波文庫 一九九九）
・小金井喜美子『森鷗外の系族』（岩波文庫 二〇〇一）
・森富貴『亡夫の死に際して』（『森鷗外記念会通信』第六号 一九六八年三月）
・森富貴『亡夫の一周忌に憶う』（『森鷗外記念会通信』第九号 一九六八年十二月）
・森常治『台湾の森於菟』（ミヤオビパブリッシング 二〇一三）
・森富『台湾・基隆・澳底の旅　蔡錫圭教授との再会を含めて』（『鷗外』第四十九号 一九九一）
・森富『父、森於菟』（『解剖学雑誌』一九八七年十二月）
・森千里『森於菟が台湾に残した解剖学の足跡』（『解剖学雑誌』二〇〇八年十二月）
・森千里『鷗外と脚気　曾祖父の足あとを訪ねて』（NTT出版 二〇一二）

☆その他

・佐藤春夫『観潮楼附近』（三笠書房 一九五七）
『生誕100年記念　森鷗外展』図録（毎日新聞社　一九六二）
・瀧田貞治『鷗外書志』（国書刊行会 一九七六）
・吉野俊彦『鷗外・五人の女と二人の妻　もうひとつのヰタ・セクスアリス』（文藝春秋 一九九四）
・森まゆみ『鷗外の坂』（新潮社 一九九七、新潮文庫 二〇〇〇）
・池内紀『解説　詩と真実——森於菟のこと』（森於菟『耄碌寸前』所載　みすず書房 二〇一〇）
・木村邦彦『追悼　森於菟先生』（『解剖学雑誌』一九八七年十二月）
・野田宇太郎『鷗外記念事業十七年の記録』（『鷗外』第五十七号 一九九五）
・杉本完治『森鷗外と赤松登志子の、離婚に至る経緯——結婚経緯補足を含め、赤松文書紹介——　第一回〜第三回』

（『鷗外』第九十二号～第九十四号 二〇一三～二〇一四）
・倉本幸弘『報告』（『鷗外』第九十六号 二〇一五）
・水沼二郎『森於菟の小説『樊遅の夢』と『世界人』』（『鷗外』第九十七号　二〇一五）

☆宮芳平関係
・宮芳平『AYUMI』（野の花の会 一九八七）
『宮芳平画集　森鷗外の短編『天寵』のモデル画家』（信濃毎日新聞社 一九九七）
堀切正人『宮芳平《椿》について』（静岡県博物館協会研究紀要第二十五号 二〇〇一）
・山崎一穎『鷗外ゆかりの人々』（おうふう 二〇〇九）
・宮芳平著・堀切正人編『宮芳平自伝――森鷗外に愛された画学生M君の生涯――』（求龍堂 二〇一〇）
『宮芳平画文集　野の花として生くる。』（求龍堂 二〇一三）
・杉森久英『鷗外のモデル……貧しい画学生と文展の審査委員長……』（東京新聞 一九五六年十月二十三日）

☆台湾関係
・『杜聰明【墨寶　漢詩】紀念輯』（杜淑純編　杜聰明博士奨学基金会 二〇〇八）
・『杜聰明博士世界旅遊記』（杜淑純編　杜聰明博士奨学基金会　二〇一二）
・『杜聰明與我～杜淑純女士訪談録』（国史館 二〇〇五）
・『杜聰明日記』一九六三年、一九六七年（未刊）
・蔡錫圭『台湾にあった鷗外遺品について』（『鷗外』第七号 一九七〇）
・哈鴻潛『招待講演　台湾解剖学史――森於菟と金関丈夫両先生を中心に』（日本医史学雑誌　第四十六巻第三号 二〇〇〇）
・呉佩珍『森於菟――その台湾時代（一九三四～一九四七）』（和田博文・黄翠娥編〈異郷〉としての大連、上海、台北』勉誠出版 二〇一五）
・王敏東『森鷗外の長子於菟の片影――台湾とのかかわりを中心に――』（日本医史学雑誌　第六十三巻第一号 二〇一七）

・『陳澄波全集 第十八巻　年譜』（藝術家出版社 二〇二二）
・『東寧会四十年――台北帝大医学部とその後――』（東寧会 一九七八）
・金子幸代『台湾・香港の森鷗外――日清戦争時代を中心に――』（『鷗外』第四十九号 一九九一）
・井上弘樹『台湾の科学者と『光復』――杜聰明による国立台湾大学医学院の運営を事例に――』（『東洋学報』二〇一二年三月）
・与那原恵『94歳の教え子蔡錫圭が語る、『私の恩師は森於菟と金関丈夫』日台医学の交流秘話』（『東京人』二〇一四年八月）
・安渓遊地、貴子『国分直一先生の足跡を追って（3）――台湾大学図書館の国分文庫と回覧雑誌など』（『榕樹文化』六十六号 二〇二〇）
・『回覧同人誌』（『回覧雑誌』台湾大学図書館数位典蔵館）
・台湾日日新報、『民俗台湾』、『愛書』、『台湾時報』、『台大文学』、『文藝台湾』その他
☆新聞記事
・一九五三年一月七日 朝日新聞その他
（単行本には出版社名を添えたが、雑誌の類は、年と月、あるいは号数を記すのみにて、出版社は省略した。インターネットでの情報収集も多用しているが、ここでは参照したサイトのリスト化は省いた。）

多胡吉郎（たご　きちろう）

作家。1956年生まれ。東京大学文学部国文学科卒。NHKでのディレクター、プロデューサー経験を経て、2002年に独立、文筆の道に入る。主な著書に、『スコットランドの漱石』（文春新書）、『リリー、モーツァルトを弾いて下さい』（河出書房新社）、『長沢鼎　ブドウ王になったラスト・サムライ～海を越え、地に熟し～』（現代書館）、『猫を描く～古今東西、画家たちの猫愛の物語～』（現代書館）その他がある。2023年、『生命の谺　川端康成と「特攻」』（現代書館）により、第35回和辻哲郎文化賞を受賞。

鷗外《おうがい》の遺品《いひん》　～森《もり》於《お》菟《と》と台湾《たいわん》　遥《はる》かなる旅路《たびじ》～

二〇二四年九月十三日　第一版第一刷発行

著　者　多胡吉郎
発行者　菊地泰博
発行所　株式会社現代書館
東京都千代田区飯田橋三―二―五
郵便番号　102-0072
電　話　03（3221）1321
FAX　03（3262）5906
振　替　00120-3-83725
組　版　具羅夢
印刷所　平河工業社（本文）
東光印刷所（カバー・帯・表紙・扉）
製本所　積信堂
装　幀　大森裕二

校正協力・高梨恵一
 ISBN978-4-7684-5965-2
定価はカバーに表示してあります。乱丁・落丁本はおとりかえいたします。
http://www.gendaishokan.co.jp/

活字で利用できない方のための
テキストデータ請求券
『鷗外の遺品』

多胡吉郎の本☆現代書館

生命《いのち》の谺《こだま》
川端康成と「特攻」

多胡吉郎 著 2700円＋税

1945年4月、川端康成は海軍報道班員として鹿児島県鹿屋の特攻基地に降り立った。鹿屋から飛び立ち散華した特攻隊員たちとの出会いと別れが、戦後の川端文学に及ぼした影響を深掘りする。第35回和辻哲郎文化賞受賞作。

漱石とホームズのロンドン
文豪と名探偵　百年の物語

多胡吉郎 著 2000円＋税

西洋に対する尊敬と反発、劣等感を抱えながら創作を続けた漱石と、アイルランド系カトリックの家庭出身で、非エリートながら大人気作家となったコナン・ドイル。両者がすれ違ったロンドンを舞台に濃やかな筆致で綴る。

猫を描く
古今東西、画家たちの猫愛の物語

多胡吉郎 著 2400円＋税

ルーベンス、バロッチ、歌川国芳、卞相璧、ルノワール、ボナールなど、こよなく猫を愛した画家たち。猫が彼らの人生と画業に与えた多大な影響を軽やかに綴った美術エッセイ。オールカラーで90作品を超える名画を紹介。

海を越え、地に熟し
長沢鼎 ブドウ王になった
ラスト・サムライ

多胡吉郎 著 2300円＋税

幕末、薩摩藩英国留学生の最年少者（13歳）として海を渡った長沢鼎（ながさわかなえ）。アメリカに降り立ち、ワイナリー経営に成功。禁酒法時代にカリフォルニア・ワインの伝統を死守した「バロン・ナガサワ」の生涯。